AGATHA CHRISTIE EDITOR'S CHOICE

MURDER ON THE ORIENT EXPRESS

MURDER ON THE ORIENT EXPRESS

AGATHA CHRISTIE EDITOR'S CHOICE

오리엔트 특급 살인 애거서 크리스티 장편 소설 | 신영희 옮김

황금가지

MURDER ON THE ORIENT EXPRESS
by Agatha Christie Mallowan

나는 한국에서 우리 할머니의 작품을 정식으로 출간한다는 소식을 듣고 무척 기뻤다. 할머니가 1920년부터 1970년 무렵까지 오랜 세월에 걸쳐 집필한 작품들은 21세기인 지금 읽어도 신선하고 재미있다. 등장 인물들이 워낙 자연스러워서 요즘 사람들과 다를 바 없고 이들이 등장하는 상황과 장소가 전 세계 사람들의 애정과 향수를 자극하기 때문이다. 한국 독자들은 이번에 새로 나온 정식 한국어 판을 통해 그 동안 접하지 못했던 애거서 크리스티의 일부 작품들을 읽을 수 있을 것이다. 덕분에 한국에 새로운 세대의 애거서 크리스티 팬들이 탄생할지도 모르겠다는 생각을 하면 가슴이 벅차다.

애거서 크리스티는 대표적인 두 명의 주인공으로 기억되는 작가이다. 14권의 작품에 등장하는 마플 양은 영국의 작은 시골 마을에서 평온한 나날을 보내며 뜨개질과 수다로 소일하는 미혼의 할머니이지만, 놀라운 기억력과 날카로운 두뇌 회전으로 주변에서 벌어진 살인 사건을 해결한다.

그리고 마플 양과 상반되는 성격을 지닌 에르퀼 푸아로는 자신만만하고 콧수염을 포함한 자신의 외모와 벨기에라는 국적에 대한 자부심이 상당하다. 그는 이집트와 이라크(할머니가 재혼한 남편과 함께 여행했던 곳이다.)를 비롯한 세계 각지에서 수수께끼를 해결하며 『오리엔트 특급 살인 *Murder On The Orient Express*』, 『나일 강의 죽음 *Death On The Nile*』, 『애크로이드 살인 사건 *The Murder Of Roger Ackroyd*』 등 애거서 크리스티의 여러 대표작에 모습을 드러낸다.

황금가지의 대담하고 참신한 표지와 전반적인 디자인 덕분에 작품의 성격이 잘 살아난 것 같아 기쁘다. 또한 한국 독자들이 할머니의 원작이 지닌 참된 묘미를 느낄 수 있도록 충실한 번역을 위해 애써 준 점도 높이 사고 싶다.

할머니의 작품이 20세기의 그 어떤 작가들보다 많이 팔리고 있는 이유는 나이와 국적에 상관없이 읽을 수 있는 재미와 감동을 갖추었기 때문이다. 모쪼록 한국 독자들도 황금가지에서 선보이는 애거서 크리스티 작품들을 즐겁게 감상하기를 바란다.

매튜 프리처드
애거서 크리스티의 손자
ACL 이사장

M.E.L.M.에게 1933년 아르파치야를 기억하며

차례

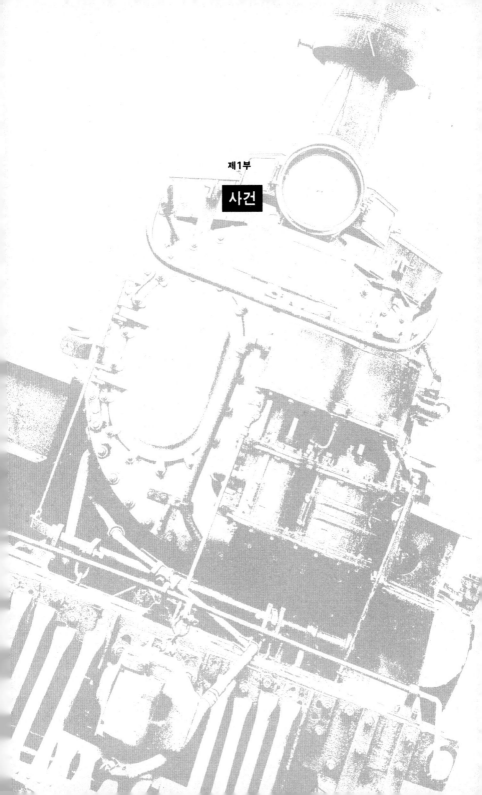

제1부

사건

타우루스 특급의 중요한 손님

시리아의 겨울 아침 5시였다. 알레포 역의 플랫폼을 따라 철도 안내판에 타우루스 특급이라고 표시된 열차가 위풍당당하게 서 있었다. 열차는 조리실 겸 식당차 한 량과 침대차 한 량, 그리고 일반 차량 두 량으로 이루어져 있었다.

번쩍거리는 제복을 입은 젊은 프랑스 중위와 작고 마른 남자가 침대차로 올라가는 계단 옆에서 이야기를 나누는 중이었다. 조그만 남자는 귀에까지 목도리를 감고 있어서, 보이는 거라곤 빨간 코끝과 말려 올라간 콧수염의 양쪽 끝밖에 없었다.

날씨는 매우 추웠다. 이런 날씨에 낯선 사람을 배웅하는 게 대단한 일은 아니었지만, 뒤보스크 중위는 자신의 역할을 충실히 해내고 있었다. 중위는 세련된 프랑스 어를 유창하게 구사했다.

중위도 일이 어떻게 돌아가고 있는 건지는 몰랐다. 물론, 늘 그렇듯이 이런 경우엔 떠도는 소문이 있었다. 중위가 모시는 장군이 자꾸만 성질을 부릴 즈음에 갑자기 이 낯선 벨기에 인이 나타났다. 그는 먼 영국에서 온 듯했다. 기묘한 긴장감 속에 일주일이 흐른 뒤, 돌연 몇 가지 사건이 벌어졌다. 장래가 유망하던 장교 한 명이 자살했고, 또 다른 장교는 사임했다. 근심에 찼던 얼굴들은 갑자기 밝아지고 경계령이 해제되었다. 그리고 뒤보스크 중위가 모시는 장군은 10년이나 젊어진 것처럼 보였다.

뒤보스크는 장군과 이 낯선 사람이 나누는 대화를 우연히 엿듣게 되었다.

"당신이 우리를 구해 주었소, 친구."

장군이 감격에 겨워 말했다. 그 말을 할 때 장군의 희고 커다란 콧수염이 부르르 떨렸다.

"당신이 프랑스 군대의 명예를 구해 주었소. 뿐만 아니라 무수한 학살을 막아 주었소! 내 요청을 받아들여 준 데 대해 어떻게 감사를 표시해야 할지 모르겠소. 이렇게……."

이름이 에르퀼 푸아로라는 낯선 사람은 이렇게 대답했다.

"하지만 당신 역시 내 목숨을 구해 준 적이 있지 않습니까?"

그러자 장군은 지난 일을 가지고 뭘 그러느냐는 식의 그럴싸한 대답을 한 다음, 다시 한 번 프랑스와 벨기에에 대해, 영광과 명예에 대해 이야기했고 두 사람은 따뜻하게 서로를 끌어안았다. 그리고 대화는 끝났다.

뒤보스크 중위는 여전히 내막을 몰랐지만, 타우루스 특급으로 떠

나는 푸아로 씨를 배웅하라는 임무를 맡게 됐다. 그래서 중위는 전도
양양한 젊은 장교다운 열성을 보이며 그 임무를 수행하는 중이었다.

"오늘은 일요일이니까, 내일 아침이면 이스탄불에 도착하실 수
있겠군요."

뒤보스크 중위가 말했다. 이 말을 건넨 것이 처음은 아니었다. 어
차피 기차가 출발하기 전 플랫폼에서 나누는 대화란 몇 번씩 되풀
이되게 마련이었다.

"그렇군요."

푸아로가 맞장구를 쳤다.

"그곳에서 며칠 머무르실 것 같은데, 그러십니까?"

"메 위(예, 그렇습니다). 이스탄불엔 아직 한 번도 가 보지 못했으
니까요. 그냥 지나치면 두고두고 아쉬울 겁니다, 이렇게요."

그는 뭔가 묘사하듯이 손가락으로 따닥 하는 소리를 냈다.

"급하게 처리할 일도 없으니, 거기서 며칠 느긋하게 머무를 생각
입니다."

"소피아 성당은 아주 훌륭하지요."

뒤보스크 중위가 말했다. 사실 그는 그 성당을 본 적조차 없었다.

차가운 바람이 플랫폼을 휩쓸고 지나가자 두 남자는 몸을 떨었
다. 뒤보스크 중위는 상대방이 눈치 채지 못하게 흘끗 손목 시계를
훔쳐보았다. 5시 55분이었다. 5분만 더 버티면 되겠군!

상대방이 자신의 시선을 눈치 챘을까 봐 뒤보스크는 서둘러 다시
한 번 말을 걸었다.

"이맘때에는 여행객들이 거의 없군요."

두 사람 머리 위쪽에 있는 침대차의 창문을 올려다보며 뒤보스크가 말했다.

푸아로가 동의했다.

"그렇군요."

"타우루스 산맥에서 폭설로 발이 묶이는 일이 없어야 할 텐데요."

"그런 일도 있습니까?"

"그럼요. 그런 적이 있습니다. 올해는 아직 없지만요."

"그런 일이 없기만을 바라야겠군요. 유럽발 일기 예보에선 날씨가 나쁘다던데요."

"최악이라더군요. 발칸 반도에는 폭설이 내렸답니다."

"독일도 마찬가지라던데요."

"에 비엥(그렇군요)."

이야기가 또다시 끊길까 봐 뒤보스크 중위가 서둘러 덧붙였다.

"내일 저녁 7시 40분에는 콘스탄티노플*에 도착하실 겁니다."

"맞습니다. 소피아 성당은 아주 훌륭하다고 하더군요."

"아마 굉장할 겁니다."

그들 머리 위쪽의 침대차 객실 중 한 칸에서 젊은 여자가 블라인드를 옆으로 젖히고 밖을 내다보았다.

메리 더벤햄은 지난 목요일 바그다드를 떠난 후 거의 잠을 자지

---

* 이스탄불의 옛 이름.

못했다. 키르쿠크행 열차에서도, 모술의 호텔에서도, 지난밤에도 그녀는 제대로 잘 수 없었다. 침대 칸은 난방이 지나쳐 찜통같이 더웠다. 더 이상 누워 있기에 지친 그녀는 일어나서 창 밖을 내다보았다.

아랍 인들의 요란한 말다툼 소리가 들려오는 어둠 속의 긴 플랫폼 외엔 아무것도 눈에 띄는 게 없었지만, 여긴 알레포가 분명했다.

그녀가 묵는 객실 창문 아래에서는 두 남자가 프랑스 어로 이야기를 나누고 있었다.

한 명은 프랑스 인 장교였고, 다른 한 명은 커다란 콧수염을 기른 조그만 남자였다. 그녀는 살며시 미소 지었다. 그렇게 꽁꽁 감싼 사람은 처음 보았다. 바깥 날씨가 아주 추운 게 분명했다. 그래서 이렇게 끔찍할 정도로 난방을 해 대고 있는 것이리라. 그녀는 창문을 좀 더 끌어내리려고 해 보았지만, 창문은 꼼짝도 하지 않았다.

차장이 두 남자에게로 다가갔다. 열차가 출발하려 하니 기차에 오르는 게 좋겠다고 차장이 말했다. 그러자 그 조그만 남자가 모자를 벗었고, 달걀 모양의 머리가 드러났다. 그 모습이 너무나 우스꽝스러워 보여 메리 더벤햄은 웃고 말았다. 이런 종류의 사람을 진지하게 대하기는 힘들 것 같았다. 뒤보스크 중위가 작별 인사를 했다. 작별의 말을 미리 다 머릿속에 그려두고 마지막 순간이 오기만을 기다린 것이다. 대단히 아름답고 매끄러운 인사말이었다.

푸아로 역시 그에 못지 않을 정도로 다정하게 대답했다.

"기차에 타십시오, 선생님."

차장이 말했다.

매우 아쉬운 듯한 태도를 보이며 푸아로가 기차에 올랐다. 차장도 그 뒤를 쫓아 기차에 올랐다. 푸아로가 손을 흔들자 뒤보스크 중위가 정중하게 경례를 붙였다. 기차는 한 번 크게 덜컹거린 다음 천천히 앞으로 움직이기 시작했다.

"앙팽(드디어)!"

에르퀼 푸아로가 중얼거렸다.

"으으으······."

뒤보스크 중위는 신음을 내뱉었다. 정말 추운 날씨였다.

"브알라(여깁니다), 무슈."

차장이 커다란 몸짓으로 훌륭한 침실과 깔끔하게 정리된 짐을 보여 주었다.

"손가방은 이곳에 두었습니다."

차장의 펼친 손이 무언가를 암시하는 것 같았다. 에르퀼 푸아로는 그 손 위에 지폐 한 장을 접어서 올려놓았다.

"메르시(감사합니다), 무슈."

차장의 태도는 활달하면서도 재빨랐다.

"제가 선생님의 차표를 맡아 두겠습니다. 여권도 제게 주시지요. 선생님께선 이스탄불에서 내리시는 걸로 알고 있는데, 맞습니까?"

푸아로가 그렇다고 대답했다.

"승객이 별로 없는 것 같군요."

"예. 다른 승객은 두 분뿐입니다. 두 분 다 영국 분이시지요. 인도에서 오신 대령님과 바그다드에서 오신 젊은 영국 숙녀 분이십니다. 필요한 게 있으십니까?"

푸아로는 작은 페리에 음료수 한 병을 주문했다.

아침 5시는 기차 타기에 애매한 시간이었다. 동이 트려면 아직 두 시간이나 남아 있었다. 이번에 해결한 사건을 생각하며, 모자란 잠을 자기 위해 푸아로는 한쪽 구석에 웅크리고 잠에 빠져들었다.

잠에서 깨어나 보니 9시 30분이었다. 푸아로는 뜨거운 커피를 마실 생각으로 식당차로 갔다.

식당차에는 손님이 딱 한 명 있었다. 차장이 말했던 그 젊은 영국 아가씨가 분명했다.

키가 크고 늘씬한 검은 머리의 아가씨였다. 나이는 스물여덟쯤 되어 보였고, 아침을 먹는 몸가짐이나 능숙하게 급사를 불러 커피를 더 달라고 하는 모습을 보니, 세상 돌아가는 것이나 여행에 대해서 상당한 경험이 있는 것 같았다. 옷은 난방이 되는 기차에 알맞게 얇은 천으로 만든 검은색 여행용 드레스를 입고 있었다.

달리 할 일이 없던 에르퀼 푸아로는 그녀가 눈치 채지 않을 정도로 은밀하게 여자를 관찰했다.

그녀는 어디에 가든지 자신을 지킬 수 있는 침착하고 유능한 여성으로 보였다. 특히, 단정한 외모와 고운 피부가 푸아로의 마음에 들었고, 깔끔하게 웨이브가 들어간 반짝거리는 검은 머리와 쉽게 감정을 드러내지 않는 침착한 회색 눈도 푸아로를 매혹시켰다. 하지만 푸아로식 표현인 '졸리 팜므(귀여운 여자)'라고 하기엔 조금 지나치게 똑똑해 보였다.

잠시 후 또 한 사람이 식당차 안으로 들어왔다. 그는 사오십 대의 키 큰 남자로 마른 몸매에 피부는 가무잡잡했고, 관자놀이 부근엔 흰 머리가 조금 섞여 있었다.

'인도에서 온 대령이로군.'

푸아로는 마음속으로 중얼거렸다.

대령은 젊은 여자에게 살짝 고개를 숙여 인사했다.

"안녕하십니까, 더벤햄 양."

"안녕하세요, 아르버스닛 대령님."

대령은 그녀의 맞은편 의자에 한 손을 올려놓은 채 서 있었다.

"앉아도 되겠습니까?"

"물론이죠. 앉으세요."

"음, 그러니까, 아침 식사라고 해서 꼭 수다스럽게 이야기하면서 먹어야 하는 건 아니지요?"

"저도 그렇게 생각해요. 상관없으니 앉으세요."

대령이 의자에 앉았다.

"급사."

대령이 거만한 태도로 급사를 불렀다. 그는 계란과 커피를 주문했다.

대령의 시선이 잠시 에르퀼 푸아로에게 머물렀지만 관심 없다는 듯이 슥 스쳐 지나갔다. 그러나 영국인의 마음속을 정확하게 읽은 푸아로는 그가 무슨 생각을 했는지 알 수 있었다.

'빌어먹을 외국인이로군.'

국민성에 걸맞게 두 영국인은 별로 많은 말을 나누지 않았다. 간단한 몇 마디의 말이 오가고 난 후 여자가 일어나 자신의 객실로 돌아갔다.

점심 시간에도 그 두 사람은 푸아로에게는 전혀 신경 쓰지 않고 한 탁자에 앉았다. 두 사람 모두 세 번째 승객을 무시했다. 두 사람의 대화는 아침 식사 때보다는 활기를 띠었다. 아르버스넛 대령은 펀자브 지방*에 대해 이야기했고, 여자가 가정 교사로 바그다드에서 일했다는 것을 알고 난 후엔 때때로 그곳에 대해 질문을 던졌다. 대화를 나누던 두 사람은 함께 알고 있는 친구들이 몇 있다는 걸 알고서는, 좀 더 친밀하고 자연스럽게 이야기했다. 그들은 나이 든 토미 아무개에 대해 이야기했고, 제리 아무개에 대해서도 이야기를 나누었다. 대령은 그녀에게 곧장 영국으로 갈 것인지, 아니면 이스탄불에서 내릴 것인지에 대해 물었다.

"곧장 갈 거예요."

"그러면 좀 아쉽지 않겠습니까?"

"2년 전에 이 길을 지날 때 이스탄불에서 사흘 동안 머문 적이 있어요."

"아, 그렇군요. 당신이 곧장 가신다니 아주 반갑군요. 나 역시 그러니까요."

---

* 인도 북부와 파키스탄 중북부에 걸친 지역.

그는 살짝 얼굴을 붉히고 겸연쩍어하며 말했다.

'우리의 대령은 감수성이 예민한 사람이로군. 기차 여행도 선박 여행만큼이나 위험하단 말야!'

에르퀼 푸아로가 흥미를 느끼며 속으로 중얼거렸다.

더벤햄 양은 그러면 아주 멋질 거라고 조용히 말했다. 그녀의 말투에는 약간 감정을 자제하는 듯한 면이 있었다.

에르퀼 푸아로가 눈치 챈 대로, 대령은 더벤햄 양을 객실까지 바래다주었다.

기차가 타우루스 산맥의 장엄한 풍광을 지나칠 때였다. 그들 두 사람은 통로에 나란히 서서 실리시안 산협(山峽)을 내려다보고 있었다. 여자의 입에서 갑작스런 한숨이 새어나왔다. 푸아로는 그들 가까운 곳에 서 있다가 그녀가 중얼거리는 걸 들었다.

"정말 아름다워요! 전, 전……."

"예?"

"이 풍경을 마음껏 즐길 수 있으면 좋으련만!"

아르버스닛 대령은 대답하지 않았다. 모난 턱 선이 더 굳어져서 엄격해 보일 뿐이었다.

"당신이 이 모든 것에서 자유로웠으면 좋겠습니다."

"쉿! 제발, 소리를 낮추세요!"

"괜찮아요."

대령이 푸아로 쪽을 쏘아보고는 계속 말했다.

"난 당신이 가정 교사를 한다는 게 마음에 들지 않습니다. 제멋대로인 부모들과 넌더리 나는 말썽쟁이들이 시키는 대로 해야 한다는 것이 말입니다."

그녀는 감정을 다스리지 못하고 살짝 웃었다.

"오, 그렇게 생각하시면 안 돼요. 구박받는 가정 교사란 건 터무니없는 생각이에요. 괴롭힘을 당할까 봐 두려워하는 쪽은 오히려 부모들이란 걸 당신에게 확인시켜 드릴 수도 있답니다."

그들은 더 이상 이야기를 나누지 않았다. 아마도 아르버스넛으로선 감정을 폭발시킨 게 부끄러웠던 모양이었다.

"한 편의 기묘한 코미디를 보는 것 같군."

푸아로는 혼자 중얼거렸다. 그는 나중에 이 생각을 다시 떠올리게 됐다.

그들은 그날 밤 11시 30분쯤에 코냐*에 도착했다. 두 영국인은 눈 내리는 플랫폼을 산책하려고 밖으로 나갔다.

푸아로는 창문을 통해 부산한 역 풍경을 바라보는 걸로 만족했다. 하지만 10분쯤 지난 후엔 신선한 공기 한 모금쯤을 마시는 것도 나쁘지 않을 거란 결론을 내렸다.

그는 외투와 머플러를 두르고, 깨끗한 장화에 덧신을 껴 신는 등 단단히 준비를 했다. 그런 다음 조심스럽게 기차에서 내려 플랫폼을 따라 화차 너머까지 걸어갔다.

화물 열차의 그림자 속에 서 있는 두 개의 형체가 누구인지 알게

---

* 터키 중부의 도시.

된 것은 목소리를 듣고 나서였다. 아르버스닛이 말했다.

"메리……."

여자가 말을 가로막았다.

"지금은 안 돼요, 지금은. 모든 일이 끝난 다음에요, 모든 일이 끝난 다음, 그때는……."

푸아로는 조심스럽게 그 자리를 빠져나왔다. 하지만 궁금증이 일었다. 더벤햄 양의 목소리에선 그녀만의 냉정함과 명석함을 전혀 느낄 수 없었던 것이다.

'이상한 일이야.'

푸아로는 속으로 중얼거렸다.

그러나 다음 날 그들은, 두 사람이 싸운 것은 아닐까 하고 푸아로가 의심할 정도로 서로 거의 말을 하지 않았다. 여자는 수심에 찬 표정이었고 눈 밑에는 검은 그늘이 보였다.

오후 2시 30분쯤 되어 기차가 멈춰서자 사람들은 창문 밖으로 머리를 내밀었다. 한 무리의 사람들이 기차 옆에 몰려들어 식당 칸 아래의 뭔가를 보며 손가락질하고 있었다.

푸아로가 문 밖으로 몸을 내밀고 서둘러 지나가는 차장에게 말을 붙였다. 차장의 대답을 들은 푸아로는 고개를 끌어들여 몸을 돌리다가 바로 뒤에 서 있던 메리 더벤햄과 부딪칠 뻔했다.

"무슨 일인가요? 왜 기차가 멈춘 거죠?"

그녀가 프랑스 어로 숨가쁘게 물어 왔다.

"별일 아닙니다, 아가씨. 식당 칸 아래에서 불이 났지만 큰 불은 아니었다는군요. 불은 이미 껐고, 사람들이 수리하는 중입니다. 장담하건대 위험할 건 아무것도 없습니다."

위험 따위는 전혀 중요하지 않다는 듯 그녀는 의외의 말을 했다.

"알아요, 알아, 그 부분은 이해했어요. 문제는 시간이에요!"

"시간이라고요?"

"그래요, 이 일 때문에 기차가 늦어질 거예요."

"그럴 수 있죠. 맞습니다."

푸아로가 동의했다.

"늦으면 안 돼요! 기차가 6시 55분에 도착해야지만 보스포러스 해협을 건널 수 있을 테고, 그 반대편에서 9시에 출발하는 심플론 오리엔트 특급 시간에 맞출 수 있을 거예요. 한두 시간 연착하면 그 기차를 놓칠 거라고요."

"그럴 수도 있겠군요."

푸아로가 맞장구쳤다. 그는 흥미롭게 그녀를 바라보았다. 창틀을 잡고 있는 그녀의 손은 떨렸고 입술마저 경련을 일으켰다.

"아주 중요한 일인가 보죠?"

"그래요. 전 꼭 그 기차를 타야만 해요."

그녀는 몸을 돌려 아르버스넛 대령에게로 가기 위해 복도를 내려갔다. 하지만 그녀의 걱정은 기우였다. 10분 후 기차는 다시 움직이기 시작했다. 하이다파샤*에 단지 5분 늦게 도착했을 뿐이어서, 연

---

* 이스탄불 카디코이 지구에 있는 국제 기차역으로 터키 동부와 남부로 향하는 국내외 노선이 여기서 출발한다

결편에 시간을 맞출 수 있었다.

보스포러스 해협은 거칠어서, 푸아로는 항해를 즐기지 못했고 그
배에 함께 탔던 승객들도 다시 만나지 못했다.

갈라타 다리*에 도착하자마자 푸아로는 곧장 토카틀리안 호텔로
향했다.

---

* 이스탄불의 골든혼에 걸쳐진 역사적인 다리

토카틀리안 호텔

토카틀리안 호텔에서 에르퀼 푸아로는 욕실이 딸린 방을 청했다. 그런 다음 지배인의 책상으로 가 자기 앞으로 온 편지가 있는지 물어보았다. 편지 세 통과 전보 한 장이 와 있었다. 전보를 보자 푸아로의 눈썹이 약간 올라갔다. 그는 늘 하던 대로 서두르지 않고 깔끔하게 전보를 열었다. 인쇄된 문자가 확 눈에 들어왔다.

캐스너 사건이 예상치 못한 방향으로 전개되었으니, 곧 돌아오시기 바랍니다.

"브알라 스 키 에 탕베탕(그것 참 귀찮게 되었군)."
푸아로가 초조해하며 중얼거렸다. 그는 시계를 바라보았다.
"오늘 밤 다시 떠나야겠습니다. 심플론 오리엔트 특급이 언제 출발합니까?"

푸아로가 지배인에게 물었다.

"9시입니다, 선생님."

"침대 칸을 예약해 주실 수 있겠습니까?"

"물론입니다. 이맘때쯤에는 전혀 어려울 게 없지요. 기차가 거의 텅텅 비니까요. 1등실로 할까요, 2등실로 할까요?"

"1등실로 해 주세요."

"트레 비엥(잘 알겠습니다), 무슈. 그런데 어디까지 가십니까?"

"런던입니다."

"비엥, 무슈. 이스탄불 출발 칼레행 열차의 침대 칸을 예약하고 런던행 표를 사 드리겠습니다."

푸아로가 다시 시계를 쳐다보았다. 7시 50분이었다.

"저녁 식사 할 시간이 있을까요?"

"물론입니다."

조그만 벨기에 인은 고개를 끄덕였다. 그는 방을 취소시키고 홀을 가로질러 레스토랑으로 걸어갔다.

푸아로가 급사에게 주문을 하고 있는데 누군가 그의 어깨에 한 손을 올려놓았다.

"정말 반갑습니다. 이건 정말 생각도 못했던 일이로군요."

푸아로의 등 뒤에서 목소리가 들려왔다.

머리를 짧게 자른 땅딸막한 중년 남자였다. 그는 기쁜 듯 미소 짓고 있었다.

푸아로가 벌떡 일어섰다.

"부크 씨!"

"푸아로 씨!"

부크는 벨기에 인으로 국제 침대차 회사의 중역이었고, 전직 벨기에 경찰로 화려한 공적을 쌓아 온 푸아로와는 오래전부터 친분을 유지해 온 사이였다.

"먼 곳까지 오셨군요."

"시리아에 좀 볼일이 있어서요."

"아하! 그럼 언제 돌아가십니까?"

"오늘 밤입니다."

"잘됐습니다! 나도 그렇답니다. 일이 있어서 로잔*까지 갑니다. 그럼 심플론 오리엔트 특급을 타겠군요?"

"맞아요. 방금 전에 침대차 예약을 부탁했지요. 여기서 며칠 머무를 생각이었는데, 중요한 일이 있으니 곧 영국으로 돌아오라는 전보를 받았답니다."

"아하!"

부크가 한숨을 내쉬었다.

"늘 사건, 사건이군요! 하긴, 당신은 최고의 탐정이니까요!"

"제대로 한 것도 없는걸요, 뭘."

에르퀼 푸아로는 겸손해 보이려고 애썼으나, 당연히 잘되지는 않

---

* 스위스 서부 레만 호 북쪽 연안에 있는 관광 · 휴양 도시.

왔다.

"이따가 봅시다."

부크가 웃음을 터뜨리며 말했다.

그가 사라지자 에르퀼 푸아로는 수프를 수염에 묻히지 않으면서 먹는 일에 몰두했다.

그 어려운 작업을 완수하고 나자, 푸아로는 다음 음식이 나오길 기다리는 동안 주변을 둘러보았다. 레스토랑에는 여섯 명의 사람이 있었고, 그 여섯 명의 사람 중에서도 특히 두 명이 에르퀼 푸아로의 흥미를 끌었다.

그 두 사람은 그다지 멀지 않은 탁자에 앉아 있었다. 한 사람은 사람 좋아 보이는 30대의 젊은 남자로 미국인처럼 보였다. 하지만 이 작은 탐정의 주의를 끈 쪽은 그 젊은 남자가 아니라 그의 동행자였다.

그는 60대의 노인이었다. 약간 떨어진 곳에서 보면, 자선 사업가 같이 자상해 보였다. 약간 벗어진 머리와 둥근 이마, 가지런하지는 않아도 대단히 흰 이빨을 드러내며 미소 짓고 있는 입, 그 모든 것이 그를 자비심 넘치는 성격인 것처럼 보이게 했다. 오로지 두 눈만이 그런 인상이 거짓이란 걸 알려 주었다. 쑥 들어간 작은 두 눈은 교활했다. 그뿐만이 아니었다. 젊은 동행인에게 뭐라 말을 하면서 실내를 둘러보던 그의 시선이 한순간 푸아로에서 멈추었는데 그 시선에는 기묘한 적의와 부자연스러운 긴장감이 들어 있었다.

그런 다음 그 남자는 자리에서 일어났다.

"계산하게, 헥터."

그의 목소리는 약간 쉰 듯한 음성으로, 부드러웠지만 어딘지 모르게 수상했고 위험한 느낌이 묻어났다.

푸아로가 휴게실에서 친구와 다시 만났을 때, 아까의 두 사람은 막 호텔을 떠나려는 참이었다. 그들의 짐이 아래층으로 운반되고 있었고, 젊은이가 작업을 감독하는 중이었다. 잠시 후 젊은이가 유리문을 열고 말했다.

"준비가 끝났습니다, 라쳇 씨."

노인이 알았다고 하면서 밖으로 나갔다.

"에 비엥, 저 두 사람을 어떻게 생각하시죠?"

푸아로가 물었다.

"미국인이로군요."

부크가 말했다.

"확실히 미국인이 맞을 겁니다. 하지만 나는 저 사람들 인상에 대해 물은 겁니다."

"젊은이는 꽤 친절해 보이는군요."

"다른 쪽은?"

"솔직히 말해, 난 그 사람한테 신경 쓰지 않았습니다. 인상이 좋지 않았으니까요. 당신은?"

에르퀼 푸아로는 잠시 망설이다가 대답했다.

"레스토랑에서 그 사람이 날 스쳐 지나갈 때 기묘한 인상을 받았답니다. 마치 야수가, 아주 사나운 동물이 스쳐 지나가는 듯한 느낌이었습니다."

"하지만 아주 점잖은 사람으로 보이던데요."

"프레시제망(물론 그렇죠)! 그 사람의 몸, 그 우리 자체는 너무나 점잖죠. 하지만 철창 너머로는 사나운 야생 동물이 밖을 내다보고 있답니다."

"당신은 상상력이 풍부하군요."

부크가 말했다.

"그럴지도 모르지요. 하지만 악마가 바로 내 옆을 지나갔다는 인상을 지울 수 없었습니다."

"저 고상한 미국 신사가요?"

"저 고상한 미국 신사가요."

"글쎄요, 그럴 수도 있겠죠. 세상에는 온갖 종류의 악인이 있으니까요."

부크가 유쾌하게 말했다.

그 순간 문이 열리고 지배인이 그들에게로 다가왔다. 걱정스럽고 미안해하는 표정이었다.

지배인이 푸아로에게 말했다.

"아주 이상한 일이 벌어졌습니다, 선생님. 1등실 침대 칸이 하나도 없다는군요."

부크가 소리를 질렀다.

"코망(뭐라고)? 요즘 같은 때에? 아, 공동 취재단이라도 있나 보군. 아니면 정치가들인가?"

정중하게 부크에게로 돌아서며 지배인이 말했다.

"모르겠습니다, 선생님. 아마도 그런 모양입니다."

"좋아, 좋아."

부크가 푸아로에게로 몸을 돌렸다.

"걱정할 것 없습니다. 다른 해결책이 있으니까. 16호실은 언제나 비어 있죠. 차장이 알아서 처리해 줄 겁니다."

그는 미소를 띠며 시계를 보았다.

"갑시다, 출발할 시간이 되었습니다."

역에서 부크는 갈색 제복을 입은 차장의 정중한 인사를 받았다.

"안녕하십니까? 방은 1호실입니다."

부크가 짐꾼을 불렀다.

짐꾼들이 목적지가 씌어진 표찰이 붙은 화물차 중간으로 짐을 밀고 갔다.

이스탄불 트리에스테* 칼레

"오늘은 만원이라고 들었는데?"

"이상한 일입니다. 세상 사람 모두가 오늘 밤에 여행하기로 작정한 모양입니다!"

"자네가 여기 계신 신사 분께 방을 하나 마련해 드려야겠네. 이

---

* 이탈리아의 항구 도시.

사람은 내 친구일세. 뭐, 16호실을 쓰면 되겠지."

"그 방도 이미 찼습니다."

"뭐라고? 그 16호실도?"

이해를 구하는 시선이 오간 다음 차장이 미소를 지었다. 차장은 키가 크고 누르스름한 안색의 중년 남자였다.

"그렇게 되었습니다. 말씀드렸다시피 오늘 밤엔 워낙 손님이 많아서요."

"도대체 어떻게 된 일이지? 어딘가에서 회의라도 열리는 건가? 단체 손님이라도?"

부크가 화를 내며 물었다.

"아닙니다, 그저 우연일 뿐입니다. 우연히도 많은 사람들이 오늘 밤에 여행하기로 작정했나 봅니다."

부크는 심기가 불편한 듯 흠흠 소리를 냈다.

"베오그라드*에 아테네발 열차가 있을 겁니다. '부쿠레슈티**-파리'행 열차도 있을 테고. 하지만 베오그라드에 도착하는 건 내일이지. 문제는 오늘 밤이로군. 2등실 침대는 빈 게 없나?"

"2등실 침대가 있긴 합니다."

"좋아, 그런데?"

"하지만 여자 분이 아니면 곤란합니다. 이미 어떤 숙녀 분의 독일

---

* 세르비아의 수도.
** 루마니아의 수도.

인 하녀가 그 방을 쓰고 있어서요*."

"라 라(저런저런), 그것 참 일이 꼬이는군."

부크가 말했다.

"괜찮습니다. 난 보통 열차로 여행하면 됩니다."

푸아로가 말했다.

"안 돼요, 안 돼."

부크가 다시 한 번 차장에게 돌아섰다.

"손님들은 모두 도착했나?"

차장은 망설이며 천천히 대답했다.

"사실은, 아직 한 분이 도착하지 않았습니다."

"그럼 취소가 되었나?"

"아닙니다. 2등실의 7번 침대입니다. 8시 56분인데 아직 도착하지 않았습니다."

"그게 누군가?"

차장이 승객 명단을 뒤져 보고 대답했다.

"영국인으로, 이름은 A. M. 해리스 씨입니다."

"이름에서 좋은 예감이 느껴지는군요. 난 디킨스를 읽어 보았지요.** 해리스 씨는 오지 않을 것 같군요."

푸아로가 말했다.

----

* 2등실은 2인용임.

** 디킨스의 작품 중에 '해리스 부인'이라는 가상의 친구를 가진 인물이 나온다.

"이분의 짐을 7번 침대로 옮겨 주게. 만약 해리스 씨가 온다 해도, 너무 늦었다고 말하면 될 걸세. 그 칸을 그렇게 오랫동안 비워 둘 수 없었다고 말일세. 어떻게든 처리할 수 있을 거야. 해리스라는 사람한테 신경 쓸 거 없어."

부크가 말했다.

"알겠습니다."

차장이 말했다. 차장은 푸아로의 짐꾼에게 짐을 갖다 놓을 장소를 알려주었다. 그런 다음 푸아로가 열차에 올라탈 수 있도록 옆으로 한 걸음 비켜섰다.

"투 아 페 오 부(맨 끝 쪽에 있습니다), 무슈. 제일 끝에서 두 번째 칸입니다."

푸아로는 조금 천천히 복도를 따라 걸어갔다. 대부분의 승객들이 침실 밖에 나와 서 있었기 때문이었다.

푸아로는 시계처럼 규칙적으로, 공손하게 "파르동(실례합니다)."을 반복했다. 마침내 배정받은 방에 도착했다. 안쪽에서는 토카틀리안 호텔에서 본 키 큰 젊은이가 여행 가방을 들어올리고 있었다.

푸아로가 안으로 들어서자 젊은이가 얼굴을 찡그렸다.

"미안합니다만, 방을 잘못 찾아오신 것 같습니다."

그런 다음 수고스럽게도 불어로 다시 한 번 말했다. 푸아로는 영어로 대답했다.

"당신이 해리스 씨인가요?"

"아니요, 제 이름은 매퀸입니다. 전……."

그때 푸아로의 등 뒤에서 차장의 사과하는 듯한 숨찬 목소리가 들려왔다.

"기차에 빈 침대가 없어서요, 손님. 이 신사 분께선 이곳을 쓰실 수밖에 없습니다."

말을 하면서 차장은 통로 쪽 창문을 밀어올리고 푸아로의 짐을 선반 위에 올려놓기 시작했다.

푸아로는 차장의 목소리에서 사과하는 빛을 알아차리고 꽤 재미있어했다. 방을 혼자 쓰게 해 주는 대가로 후한 팁을 약속받았으리라. 하지만 아무리 후한 팁이라도 회사 중역이 명령을 내리는 데는 어쩔 수가 없지.

차장은 여행 가방을 선반 위에 올려놓고 침실을 나섰다.

"정리가 끝났습니다. 손님이 쓰실 침대는 위쪽 7번입니다. 기차는 2분 후 출발합니다."

차장은 서둘러 통로를 걸어갔다. 푸아로가 침실 안으로 들어왔다.

"별걸 다 보게 되는군요. 차장이 직접 짐을 정리해 주다니! 이런 일은 들어본 적도 없는걸!"

푸아로가 즐거워하며 말했다. 옆 사람도 미소를 짓는 걸 보니, 화를 내지 않기로 한 모양이었다. 아니면 문제 삼아 봐야 이로울 게 없다고 판단했거나.

"기차가 정말 꽉 찼군요."

기적 소리가 여운을 남기며 길게 울렸다. 두 사람은 통로로 나섰다. 밖에서 외치는 소리가 들려왔다.

"발차하오니 탑승해 주십시오!"

"출발하는군요."

매퀸이 말했다.

하지만 기차는 출발하지 않았다.다시 한 번 기적이 울렸다.

"저, 선생님."

젊은이가 갑자기 말을 걸었다.

"아래쪽 침대를 쓰십시오. 그쪽이 더 편하실 거 같은데. 전 괜찮습니다."

"아니요, 아닙니다. 당신을 귀찮게 하고 싶지 않습니다."

"괜찮습니다."

"정말 친절하시군요. 하지만 하룻밤뿐이니까요. 베오그라드에 도착하면……."

"오, 알겠습니다. 베오그라드에서 내리시는군요."

"꼭 그런 건 아닙니다. 그러니까……."

기차가 갑자기 덜컹거렸다. 두 사람은 창문으로 다가가 긴 플랫폼이 천천히 뒤로 미끄러져 가는 것을 바라보았다. 오리엔트 특급이 사흘 간의 유럽 횡단 여행을 시작한 것이다.

푸아로, 사건을 거부하다

다음 날 에르퀼 푸아로는 조금 늦게 점심 식사를 하러 식당차에 들어섰다. 아침에는 일찍 일어나서 혼자 식사를 한 다음에 런던으로 그를 불러들인 사건에 대한 기록을 훑어보며 오전을 보냈다. 같은 방을 쓰는 청년의 모습은 전혀 보이지 않았다.

자리에 앉아 있던 부크가 맞은편의 빈자리로 친구를 불러들였다. 자리에 앉자마자 푸아로는 이 자리가 가장 좋은 음식을 가장 먼저 제공받는 특석이란 사실을 알아차렸다. 맛 또한 아주 훌륭했다.

달콤한 치즈 크림을 먹고 나서야 부크는 배를 채우는 것 이외의 다른 문제로 관심을 돌렸다. 관념적인 이야기를 할 수 있을 정도로 충분히 배가 부른 거였다.

부크가 한숨을 내쉬며 말했다.

"아! 내게 발자크* 같은 글재주가 있다면 이 장면을 아름답게 묘사할 수 있을 텐데."

부크는 손사래를 쳤다.

"멋진 생각이로군요."

"그렇지요? 이만한 소설은 아직 쓰인 적이 없을 겁니다. 그것은 아주 낭만적인 소설이 될 겁니다. 지금 우리 주위에 있는 사람들을 보세요. 계급과 국적과 나이가 다 다르죠. 서로 전혀 모르는 사람들이 사흘 동안 함께 지내게 된 겁니다. 한 지붕 아래서 먹고 자고, 서로에게서 벗어날 수가 없습니다. 그러다가 마지막 날이 되면 각자의 길로 가서 다시는 서로 만날 수 없게 되겠죠."

"하지만, 만약 사고라도 나면……."

푸아로가 말했다.

"오, 안 돼요."

"당신에게는 유감스런 일이 되겠지만 잠시 상상이라도 해 봅시다. 여기 있는 사람들이 서로 연결될 수도 있습니다. 바로 죽음이라는 연결 고리로."

"포도주 한 잔 더 하죠."

서둘러 포도주를 입에 들이부으며 부크가 말했다.

"소름 끼치는 소리를 하는군요. 소화 불량 때문에 그럴 겁니다."

"맞습니다. 시리아 음식이 내 위에 잘 맞는다고 할 수는 없지요."

---

* 프랑스의 소설가. 근대 사실주의 문학의 거장.

푸아로가 동의했다.

푸아로도 포도주를 한 모금 마셨다. 그리고 뒤로 기대어 차분하게 식당차 안의 사람들을 둘러보았다. 거기에는 부크의 말대로 각기 다른 국적을 가진 다양한 계층의 열세 사람이 앉아 있었다. 푸아로는 그들을 관찰하기 시작했다.

그들 맞은편의 식탁에는 세 남자가 앉아 있었다. 혼자 여행하는 사람들을 레스토랑 급사가 재빨리 움직여 한곳에 모아 놓은 모양이라고 푸아로는 생각했다. 체격이 크고 거무튀튀한 이탈리아 인은 이쑤시개로 이를 쑤시고 있었다. 그 맞은편의 마르고 말쑥한 영국인은 잘 교육받은 하인인 듯 표정 없는 얼굴을 하고 있었다.

영국인 옆에는 덩치 큰 미국인이 화려한 양복을 입고 앉아 있었는데 사업상의 여행인 듯했다.

"크게 한탕 벌렸어야 했소."

미국인이 커다란 코맹맹이 소리로 말하고 있었다. 이탈리아 인이 이쑤시개를 빼내더니 맘대로 휘둘러 댔다.

"내 얘기가 바로 그 얘기요."

영국인은 창 밖을 내다보며 기침을 했다.

푸아로는 계속 주위를 살펴보았다.

조그만 식탁에는 푸아로가 여태껏 보았던 사람 중에 가장 추하게 생긴 늙은 여자가 몸을 꼿꼿이 세우고 앉아 있었다. 하지만 그것은 혐오감을 주기보다는 사람을 매혹시키는 색다른 추함이었다. 그녀는 똑바른 자세로 앉아 있었다. 목에는 진짜라고 믿기지 않을 정도로 아주 큰 진품 진주 목걸이를 걸고, 손에는 반지를 잔뜩 끼고, 검은 담비 코트를 어깨에 걸치고 있었다. 아주 조그맣고 비싼 검은 토크 모자*는 그 아래의 누런 두꺼비같이 생긴 얼굴과 전혀 어울리지 않았다. 그녀는 정중하고도 분명하지만, 권위적인 말투로 급사에게 주문하는 중이었다.

"생수 한 병과 오렌지 주스를 큰 잔에 담아 내 객실로 갖다주면 고맙겠군요. 저녁 식사로는 양념 없이 데친 닭과 삶은 생선을 먹을 수 있도록 준비해 주세요."

당연히 급사 역시 정중하게 대답했다.

그녀는 우아하게 살짝 머리를 끄덕이고 일어섰다. 그녀의 시선이 푸아로의 시선과 마주쳤지만, 귀부인답게 냉연히 스쳐 지나갔다.

부크가 낮은 목소리로 속삭였다.

"저 여자가 드래고미로프 공작 부인이지요. 러시아 인입니다. 남편이 혁명 전에 모은 큰 재산을 해외에 투자했답니다. 국제적인 명망을 가지고 있는 거부죠."

푸아로가 고개를 끄덕였다. 그도 드래고미로프 공작 부인에 대해서는 들은 적이 있었다.

"대단한 여자입니다. 지독히 못생겼지만 위풍당당하죠, 그렇잖습니까?"

푸아로는 수긍했다.

---

* 테가 없는 원통형의 낮은 여성용 모자.

다른 커다란 식탁에는 메리 더벤햄이 두 명의 여자와 앉아 있었다. 한 명은 격자 무늬 블라우스와 트위드 치마를 입은 키가 큰 중년 여성이었다. 색이 바랜 풍성한 노란 머리를 질끈 묶고 안경을 썼는데, 양처럼 긴 얼굴엔 온화한 표정이 떠올라 있었다. 그녀는 세 번째 여자의 말에 귀 기울이고 있었는데, 세 번째 여자는 쾌활한 얼굴을 하고 있는 뚱뚱한 중년 여성으로, 도저히 끝날 것 같지 않은 느리고 단조로운 어조로 숨 한 번 쉬지 않고 말을 계속했다.

"……그리고 내 딸은 이렇게 말했죠. '이 나라에서는 미국식 방법이 통하지 않아요. 이 나라 사람들이 게으른 것은 천성이라고요. 그런 방법으론 이 사람들은 조금도 움직이지 않아요.'라고요. 하지만 그곳에서 우리 대학이 어떤 일을 하고 있는지 알게 되면 당신들도 놀랄 거예요. 교수진도 훌륭하죠. 난 교육이란 아주 중요한 거라고 생각해요. 우린 서구 사회의 이상을 그들이 받아들이도록 가르칠 거예요. 내 딸 얘기로는……."

기차가 터널 속으로 들어갔다. 그녀의 느리고 단조로운 목소리는 소음에 묻혀 버렸다.

곁의 작은 식탁에는 아르버스넛 대령이 홀로 앉아 있었는데, 그의 시선은 메리 더벤햄의 뒷머리에 못 박혀 있었다. 함께 앉는 게 어렵지는 않았을 텐데. 어째서 함께 앉지 않았을까?

아마도 메리 더벤햄이 꺼렸을 것이라고 푸아로는 생각했다. 가정교사란 직업은 매사에 신중해야 한다. 사람들에게 어떻게 보이느냐가 중요한 것이다. 혼자서 생계를 꾸리는 여자라면 더욱 그랬다.

푸아로의 시선이 식당차 저쪽으로 옮겨갔다. 건너편 벽 쪽 자리에는 검은 드레스를 입은 넓적하고 무표정한 얼굴의 중년 여자가 앉아 있었다. 독일인이거나 스칸디나비아 인일 거라고 푸아로는 생각했다. 아마도 독일인 하녀인 듯했다.

그녀 뒤엔 한 쌍의 남녀가 몸을 앞으로 내밀고 활기찬 대화를 나누는 중이었다. 남자는 느슨한 트위드 천으로 된 영국제 옷을 입고 있었지만, 영국인은 아니었다. 푸아로에게는 뒤통수만 보였지만, 머리의 형태와 어깨의 윤곽만으로도 짐작이 가능했다. 그는 키가 크고 체격이 좋았다. 남자가 갑작스럽게 고개를 돌리는 바람에 푸아로는 그의 옆얼굴을 볼 수 있었다. 길고 멋진 수염을 기른 아주 잘생긴 30대 남자였다.

반면, 맞은편의 여자는 앳되어 보였다. 어림잡아 스무 살쯤. 몸에 딱 맞는 검은 코트와 치마, 하얀 공단 블라우스를 입고 검고 예쁜 작은 토크 모자를 최신 유행에 맞춰 잔뜩 내려쓰고 있었다. 이국적인 아름다움이 풍기는 얼굴, 하얗다 못해 창백해 보이는 피부, 커다란 밤색 눈, 칠흑같이 검은 머리의 여자였다. 그녀는 긴 담뱃대로 담배를 피우는 중이었다. 손톱에는 진한 빨간색 매니큐어를 칠했고, 백금에 에메랄드가 박힌 반지와 목걸이를 하고 있었다. 그 눈빛과 목소리에서는 요염한 매력이 풍겨 나왔다.

"엘 레 졸리 에 시크(예쁘고 세련된 여자군)."

푸아로가 중얼거렸다.

"부부일까요?"

푸아로의 질문에 부크는 고개를 끄덕였다.

"헝가리 대사관 직원일 겁니다. 멋진 한 쌍이군요."

그 외에도 점심 식사 중인 승객이 두 사람 더 있었다. 푸아로와 한 방을 쓰는 매퀸과 그의 고용주인 라쳇이었다. 라쳇이 푸아로와 마주보는 자리에 앉아 있었으므로, 푸아로는 라쳇의 작고도 매서운 눈에 주의하면서 그 위선적인 얼굴을 다시 한 번 꼼꼼히 살펴보았다.

부크는 친구의 표정이 변하는 걸 알아차렸다.

"당신의 야수를 보고 있는 겁니까?"

푸아로는 고개를 끄덕였다.

푸아로의 커피가 나오자 부크는 자리에서 일어났다. 부크는 이미 커피까지 마신 뒤였다.

"난 방으로 돌아갑니다. 이따가 내 방으로 오세요. 함께 이야기나 나눕시다."

"기꺼이."

푸아로는 커피를 홀짝이며 독한 양주를 주문했다. 급사는 상자를 들고 돌아다니며 식대를 받는 중이었다. 나이 지긋한 미국 부인의 목소리가 호소하는 투로 바뀌었다.

"내 딸이 이렇게 말했어요. '식권을 가져가세요, 그럼 아무 문제가 없을 거예요.' 하지만 이제 보니 그렇지가 않네요. 10퍼센트의 팁을 줘야 하죠. 게다가 저 이상한 음료수나 생수병은 있는데 에비앙이나 비키 같은 음료수가 없는 것도 참 이상한 일이에요."

"자기 나라 물만 팔 수 있어서 그럴 거예요."

양처럼 생긴 여자가 설명했다.

"글쎄요, 그래도 내겐 이상한걸요."

미국 부인은 자기 앞 식탁에 놓인 거스름돈을 혐오스러운 시선으로 쳐다보았다.

"급사가 내게 준 이 별난 물건을 보세요. 디나르*라든가 뭐라든가. 꼭 쓰레기 더미 같아요. 내 딸애 얘기로는······."

메리 더벤햄이 의자를 뒤로 밀고 일어서서 나머지 두 사람에게 살짝 고개 숙여 인사하고는 떠났다. 아르버스넛 대령도 일어나 그녀를 따라나갔다. 미국 부인도 경멸해 마지않던 잔돈을 챙겨들고 자리에서 일어섰고, 양같이 생긴 여자도 따라 나갔다. 헝가리 인 부부는 벌써 자리를 뜬 뒤였다. 식당차에는 이제 푸아로와 라쳇과 매퀸만이 남았다.

라쳇이 매퀸에게 무슨 말을 하자, 매퀸은 자리에서 일어나 식당차를 떠났다. 라쳇 역시 일어섰지만 매퀸을 따라나가는 대신 놀랍게도 푸아로의 맞은편 자리에 와서 앉았다.

"불 좀 빌려 주시겠습니까?"

라쳇이 말했다. 그의 목소리는 나지막했고, 약간 콧소리가 섞여 있었다.

"내 이름은 라쳇입니다."

푸아로가 살짝 고개 숙여 인사하고 주머니를 뒤져 상대편에게 성

---

* 유고슬라비아의 화폐.

낭갑을 건네주었다. 상대방은 성냥갑을 받아들긴 했지만 담배에 불을 붙이지는 않았다.

"만나 뵙게 되어 영광입니다. 푸아로 씨가 맞으시죠?"

푸아로가 다시 한 번 고개를 숙였다.

"정확히 알고 계시는군요."

탐정은 그 교활한 두 눈이 말을 계속하기 앞서 자신을 평가하는 걸 알아차렸다.

"우리 나라 사람들은 곧장 본론으로 뛰어들곤 하지요. 푸아로 씨, 당신에게 일을 의뢰하고 싶습니다."

에르퀼 푸아로의 눈썹이 살짝 위로 치켜 올라갔다.

"요즘은 고객을 가려 받고 있답니다. 사건도 조금만 맡고 있고요."

"당연하죠. 이해할 수 있습니다. 하지만 푸아로 씨, 이건 큰돈을 받을 수 있는 일입니다."

푸아로는 잠시 침묵을 지킨 다음 말했다.

"음, 부탁할 일이란 게 어떤 일이죠, 라쳇 씨?"

"푸아로 씨, 난 부자입니다. 그것도 아주 큰 부자이지요. 아시다시피 사람이 그런 위치에 오르면 적이 생기는 법입니다. 나에게도 적이 하나쯤 있습니다."

"적이 한 사람 있다고요?"

"그 질문은 무슨 뜻입니까?"

라쳇이 날카롭게 물었다.

"내 경험에 의하면, 당신 말대로 한 남자가 적이 생길 만한 위치에 오르게 되었을 때면 대개 그 적이 한 사람으로 끝나지 않는 법이지요."

라쳇은 푸아로의 대답에 안심한 눈치였다. 라쳇이 재빨리 말했다.

"그렇죠. 무슨 뜻인지 알겠습니다. 적의 숫자는 문제가 아닙니다. 문제는 나의 안전입니다."

"안전이라고요?"

"푸아로 씨, 난 생명의 위협을 받고 있습니다. 물론 이래 봬도 난 자신을 지킬 줄 아는 사람이지요."

라쳇은 코트 주머니 속의 자동 권총을 슬쩍 보여 주었다. 그런 다음 단호하게 말을 이었다.

"난 협박 따위에 굴할 남자가 아닙니다. 하지만 푸아로 씨, 당신이 도와준다면 좀 더 안전할 것이라 생각했습니다. 잊지 마십시오, 큰돈이란 것을."

푸아로는 몇 분 동안 생각에 잠긴 채로 라쳇을 쳐다보았다. 완전히 무표정했으므로, 상대방은 그의 마음속에 무슨 생각이 스쳐 지나가는지 전혀 알 수 없었다. 마침내 푸아로가 말했다.

"라쳇 씨, 안타깝지만 당신 뜻에 따를 수가 없군요."

상대방은 교활한 시선으로 푸아로를 살펴보았다.

"그렇다면 얼마나 원하는지 말해 보시지요."

푸아로가 고개를 저었다.

"이해하지 못하시는군요. 일을 하면서 행운이 따라 준 덕분에 난 생활을 즐길 만한 충분한 돈을 벌었지요. 그래서 나의 흥미를 끌 만한 사건들만 받고 있답니다."

"꽤 배짱 있는 분이로군요. 2만 달러면 푸아로 씨의 흥미를 끌 수 있겠습니까?"

"안 될 겁니다."

"돈을 더 달라고 버티는 거라면, 잘 안 될 겁니다. 난 어떤 것이 중요한지 잘 알고 있으니까."

"나 역시 그렇습니다, 라쳇 씨."

"내 제안이 왜 마음에 안 드는 거죠?"

"당신 얼굴이 마음에 들지 않습니다, 라쳇 씨."

그 말을 남기고 푸아로는 식당차를 떠났다.

한밤중의 비명소리

심플론 오리엔트 특급은 그날 저녁 8시 45분에 베오그라드에 도착했다. 9시 15분에 다시 출발할 예정이었으므로, 푸아로는 플랫폼으로 내려왔다. 하지만 바깥에 오래 머무르지는 않았다. 너무나 추웠기 때문이었다. 플랫폼엔 천장이 있어서 괜찮았지만 밖에서는 내리는 함박눈을 고스란히 맞아야 했다. 그는 객실로 돌아왔다. 플랫폼에 서서 몸을 덥히려고 발을 동동 구르고 손을 휘젓고 있던 차장이 푸아로에게 말을 걸어왔다.

"선생님, 짐을 옮겨 놓았습니다. 부크 씨가 쓰시던 1호실입니다."

"그러면 부크 씨는 어디에 있습니까?"

"그분은 방금 연결된 아테네에서 온 객차로 옮기셨습니다."

푸아로는 친구를 찾아갔지만, 부크는 푸아로의 항의를 가볍게 물리쳤다.

"별 거 아니에요. 정말 별 거 아닙니다. 난 이쪽이 훨씬 편해요. 당신은 영국까지 가야 하니까 칼레로 가는 객차에 있는 게 더 나아요. 난 이곳에서 평화롭게 잘 지내고 있습니다. 이 객차는 나와 그리스인 의사를 제외하면 텅텅 비었거든요. 그나저나 정말 대단하죠? 지난 몇 년 동안 이런 폭설은 없었다고 하더군요. 발이 묶이지 않기나 바랍시다. 그런 일이 벌어지면 좋을 건 하나도 없으니까요."

9시 15분 정각에 기차는 역에서 출발했다. 기차가 출발하고 잠시 후 푸아로는 친구에게 잘 자란 인사를 하고 일어서서 통로를 따라 식당차 바로 앞칸인 자신의 객실로 돌아왔다.

여행 이튿날째가 되자 사람들 사이의 서먹함이 사라졌다. 아르버스넛 대령은 그의 객실 앞에 서서 매퀸과 이야기를 나누고 있었다.

매퀸은 푸아로를 보자 하던 말도 잊을 정도로 놀랐다.

"아니, 세상에! 전 선생님이 떠난 줄 알았습니다. 베오그라드에서 내린다고 하셨기에요."

푸아로가 미소를 지으며 말했다.

"당신이 내 말을 잘못 이해한 모양입니다. 아, 이제 기억납니다, 우리가 막 이 이야길 하려던 참에 기차가 이스탄불에서 출발했죠."

"하지만 짐도 없어졌잖습니까?"

"다른 객실로 옮겼을 뿐입니다."

"아, 그렇군요."

그는 아르버스넛과 다시 말하기 시작했고, 푸아로는 통로를 따라 걸어갔다.

푸아로의 방으로부터 두 번째 문 앞에는 나이 지긋한 허바드 부인이 양 같은 얼굴의 스웨덴 여자와 대화 중이었다. 허바드 부인은 상대방에게 잡지책을 건네주고 있었다.

허바드 부인이 말했다.

"받아요. 난 이것 말고도 읽을 게 많은걸요. 세상에, 끔찍한 추위죠?"

허바드 부인이 푸아로를 향해 다정하게 고개를 끄덕였다.

"당신이 제일 친절해요."

스웨덴 여자가 말했다.

"무슨 말씀을. 푹 자 둬요. 내일 아침엔 머리가 개운해질 거예요."

"고작 감기입니다. 이제 차 한 잔 만들 거예요."

"아스피린은 있어요? 정말이지요? 난 꽤 많이 갖고 있거든요. 그래요, 그럼 잘 자요."

스웨덴 여자가 떠나자 허바드 부인은 푸아로에게로 돌아섰다.

"불쌍하기도 하지. 저 여자는 스웨덴 사람이에요. 선교사라나, 교사라나? 어쨌든 좋은 사람이지만, 영어를 잘 못해요. 그래도 그녀는 내 딸 이야기를 관심 있게 듣는답니다."

이때쯤 푸아로는 허바드 부인의 딸에 대한 모든 것을 알고 있었다. 푸아로뿐만 아니라 이 기차에 탄 사람 중 영어를 할 수 있는 사람이라면 모두 알고 있었다! 허바드 부인과 그녀의 남편이 어떻게 해서 스미르나*에 있는 커다란 미국 대학의 교수가 되었는지, 허바

---

* 이즈미르의 옛 이름. 터키 서부의 항구 도시이다.

드 부인의 이 첫 번째 동양 여행이 어떠했는지, 허바드 부인이 터키인들과 그들의 도로 상황에 대해 어떻게 생각하는지도.

옆문이 열리고, 마르고 창백한 얼굴의 남자 하인이 걸어나왔다. 푸아로는 객실 안에 라쳇이 침대에 앉아 있는 걸 흘끗 볼 수 있었다. 라쳇 역시 푸아로를 보았고, 그 순간 라쳇의 얼굴이 분노로 일그러졌다. 그리고 문이 닫혔다.

허바드 부인이 살짝 푸아로를 옆으로 끌어당겼다.

"난 저 남자가 무서워 죽겠어요. 저 하인 말고 주인 말이에요. 정말 무섭다니까요! 저 남자에겐 뭔가 이상한 점이 있어요. 내 딸은 항상 내게 대단한 직감이 있다고 말하죠. '엄마의 예감은 정말 잘 맞는다니까.'라고 말이에요. 그런데 난 저 남자에게서 기묘한 예감을 받아요. 저 사람이 내 옆방에 있다는 게 싫어요. 지난밤에는 사잇문에 이물쇠를 걸었다니까요. 글쎄, 그가 손잡이를 돌리려는 소리가 들리지 뭐예요. 저 사람이 살인자나 소문난 열차 강도로 밝혀져도 놀라지 않을 거예요. 바보 같은 소리지만, 정말 그런걸요. 난 저 남자가 진짜로 무서워요. 내 딸은 즐거운 여행이 될 거라고 말했지만, 전혀 그렇지 않네요. 정말 바보 같은 소리지만 무슨 일이 벌어질 것 같아요. 끔찍한 일이 말이에요. 저 사람 좋아 보이는 젊은이가 어떻게 그의 비서 노릇을 참아내고 있는지 궁금하다니까요."

아르버스넛 대령과 매퀸이 통로를 따라 다가왔다.

매퀸이 아르버스넛에게 말했다.

"내 방으로 가시죠. 내 방엔 아직 침구 준비가 되지 않았을 겁니다. 내가 궁금한 것은 당신이 인도에서 취한 정책이······."

두 남자는 그들을 지나쳐서 매퀸의 침실까지 걸어갔다. 허바드 부인이 푸아로에게 잘 자라고 밤 인사를 했다.

"들어가서 책이나 읽어야겠어요. 안녕히 주무세요."

"안녕히 주무세요, 부인."

푸아로도 라쳇의 옆방인 자신의 방으로 들어갔다. 그는 옷을 갈아입고 침대로 들어가서 30분 정도 책을 읽은 후 불을 껐다.

몇 시간 후 푸아로는 깜짝 놀라 잠에서 깼다. 그는 곧 무엇에 놀라 잠에서 깬 건지 알아차렸다. 비명에 가까운 커다란 신음 소리, 그것도 아주 가까운 곳에서 난 소리였다. 바로 그 순간 벨 소리가 날카롭게 울렸다.

푸아로는 일어나 앉아 불을 켰다. 기차가 꼼짝도 하지 않고 있었다. 역에 도착한 것 같았다. 그를 놀라게 한 비명 소리에 대해 생각해 보니 옆방에 든 라쳇이 떠올랐다. 푸아로는 침대에서 빠져나와 방문을 열어 보았다. 마침 그때 차장이 서둘러 복도를 걸어오더니 라쳇의 방문을 두드렸다. 푸아로는 살짝 문을 열고 그 광경을 지켜보았다.

차장이 다시 한 번 방문을 두드렸다. 벨 소리가 다시 울렸고, 이번엔 저쪽 방의 불이 켜졌다. 차장이 어깨 너머로 돌아보았다. 동시에 옆방에서 말소리가 들렸다.

"스 네 리엥. 즈 느 스위 트롱페.(아무것도 아니오. 실수로 눌렀소.)"

"비엥(알겠습니다), 무슈."

차장이 서둘러 그 방문 앞에서 물러나와 불빛이 새어나오는 방문
을 두드렸다.

푸아로는 안심하고 침대로 돌아와서 불을 껐다. 시계를 보니 12시
37분이었다.

범죄

다시 잠들기란 쉽지 않았다. 그중 한 가지 이유는 기차의 움직임이 더 이상 느껴지지 않는다는 점이었다. 설사 역에 정차해 있는 상태라고 할지라도 바깥이 지나치게 조용했다. 반대로 기차 안의 소음은 매우 크게 들렸다. 옆방에서 라쳇이 움직이는 소리가 들릴 정도였다. 세면대 수도꼭지를 트는 소리, 물이 튀는 소리가 들리고, 다시 수도꼭지를 잠그는 소리가 들렸다. 침실 슬리퍼를 신은 누군가가 발을 질질 끌면서 바깥 복도를 걸어갔다.

에르큘 푸아로는 천장을 응시하며 누워 있었다. 어째서 역 바깥이 이렇게 조용할까? 그는 갈증이 났다. 늘 하던 대로 생수 한 병을 주문하는 걸 잊어버렸던 것이다. 다시 시계를 보니 겨우 1시 15분이었다. 에르큘 푸아로는 차장에게 물을 부탁할 생각으로 벨을 누르려고 했다. 하지만 손을 뻗었을 때 어디선가 벨 소리가 들려와 푸아로는 망설였다. 차장이 동시에 모든 벨 소리에 응답할 수는 없을 터였다.

따링……, 따링……, 따링…….

벨소리가 계속해서 울렸다. 도대체 차장은 어디 있는 걸까? 누군가 초조해진 모양이었다.

따링…….

그 누군가는 계속해서 벨을 눌러 댔다.

갑자기 통로에서 다급한 발소리를 울리며 한 남자가 걸어왔다. 그는 푸아로의 방에서 멀지 않은 방문을 두드렸다.

그런 다음 정중하게 사과하는 차장의 목소리와 우겨 대는 수다스러운 여인의 목소리가 들렸다.

허바드 부인이었다.

푸아로는 슬며시 미소 지었다.

그것도 말다툼이라고 할 수 있다면, 허바드 부인의 따지는 말이 대부분, 차장의 달래는 듯한 말이 아주 조금인 그 말다툼은 얼마 동안 계속되었다. 그리고 마침내 문제가 일단락된 듯싶었다.

"안녕히 주무십시오, 부인."

차장의 말이 똑똑히 들렸다. 그리고 문이 닫혔다.

푸아로가 벨을 눌렀다.

차장이 곧 나타났다. 걱정과 답답함으로 얼굴이 벌게져 있었다.

"생수를 좀 부탁합니다."

"알겠습니다."

아마 푸아로의 반짝이는 눈빛이 차장의 말문을 트이게 했으리라.

"저 미국 부인이 말입니다…….."

"부인이 어쨌기에요?"

차장이 이마를 훔쳤다.

"제가 방금 어떤 일을 당했는지 상상도 못하실 겁니다! 그 부인이 주장하시길, 방 안에 어떤 남자가 들어왔답니다! 생각해 보세요, 이렇게 좁은 공간에 말입니다!"

차장은 손을 크게 휘저었다.

"'몸을 숨길 데가 어디 있다고 그러십니까?'라고 그분에게 말씀드렸습니다. 그런 일은 불가능하다고 했죠. 하지만 그분은 계속 우기셨어요. 잠에서 깨어 보니 남자가 있더라고요. 그래서 전 '그렇다면 그 남자가 어떻게 문을 잠가 둔 채로 방에서 빠져나갈 수 있냐?'고 물었습니다. 하지만 그분은 전혀 귀를 기울이시지 않았어요. 그렇지 않아도 걱정거리가 태산 같은데. 이 눈이…….."

"눈이라고요?"

"예. 아직 모르고 계셨습니까? 기차가 멈춰섰답니다. 눈사태에 갇힌 거지요. 얼마나 갇혀 있어야 할지 알 수 없습니다. 한번은 이레 동안 갇혔던 적도 있었지요."

"여기가 어디쯤입니까?"

"빈코브치와 브로드* 중간 지점입니다."

----

* 유고슬라비아의 도시들로, 현재는 크로아티아이다.

"라 라(저런저런)."

당혹해하며 푸아로가 말했다. 차장이 물러갔다가 물을 가지고 돌아왔다.

"안녕히 주무십시오."

푸아로는 물을 한 잔 마시고 잠 속으로 빠져들었다. 막 잠에 빠져들려는 순간 뭔가 무거운 것이 방문에 쿵 하고 부딪친 듯한 소리가 그를 깨웠다.

푸아로는 벌떡 일어나 문을 열고 밖을 내다보았지만 아무것도 없었다. 단지 오른쪽 복도 저쪽으로 주홍색 잠옷을 입은 여자가 멀어져 가고 있었다. 복도 다른 쪽 끝에서는 차장이 조그만 의자에 앉아서 신문을 읽고 있었다. 사방은 쥐 죽은 듯 고요했다.

"신경과민이군."

푸아로는 다시 침대에 누웠다. 이번에는 아침까지 푹 잤다.

잠에서 깨어났을 때에도 기차는 여전히 꼼짝 않고 있었다. 푸아로는 블라인드를 올리고 창 밖을 내다보았다. 잔뜩 쌓인 눈이 기차를 둘러싸고 있었다.

시계를 보니 9시가 지난 시각이었다.

10시 45분에 푸아로는 언제나처럼 깔끔하고 세련되게 차려입고 식당차로 갔다. 식당차에서는 걱정스런 이야기가 오가고 있었다.

승객들 사이에 서먹서먹함은 이제 거의 사라지고 없었다. 공통된 불행이 모든 승객을 하나로 묶어 놓고 있었다. 그중에서도 허바드 부인이 가장 큰 소리로 툴툴거렸다.

"내 딸이 이게 세상에서 가장 편안한 여행 방법이라고 했답니다. 파루스까지 그냥 기차에 앉아 있기만 하면 된다나요. 그런데 지금 같아서는 며칠을 이러고 있어야 할지도 알 수 없잖아요. 내가 타기로 한 배의 출항 예정일이 내일 모레예요. 하지만 어떻게 그 배를 탈 수 있겠어요? 아니, 예약을 취소하는 전보조차 칠 수 없단 말이에요. 이런 말을 하고 있자니 화가 나서 미칠 것 같군요."

이탈리아 인이 자기 역시 밀라노에 급한 사업상의 약속이 있다고 말했다. 덩치 큰 미국인은 "그것 참 안됐군요, 부인. 기차가 제 시간에 닿을 수 있기를 바랍니다."라고 위로했다.

스웨덴 여자가 훌쩍거리며 말했다.

"내 동생, 그 애의 아이들이 날 기다립니다. 그 애들에게 아무 소식도 전하지 못합니다. 그 애들이 무슨 생각 하겠습니까? 아마 내가 나쁜 일을 당했다고 생각할 겁니다."

"얼마나 오랫동안 이곳에 있게 될까요? 누구 알고 있는 분 계세요?"

그렇게 묻는 메리 더벤햄의 목소리가 초조하게 들렸다. 하지만 푸아로는 그 목소리에서 일전에 타우루스 특급이 연착했을 때 보였던 안절부절못하는 불안의 낌새는 찾지 못했다.

허바드 부인이 다시 입을 열었다.

"이 기차에는 그걸 아는 사람이라곤 한 명도 없어요. 무엇이든 시도해 보려는 사람조차 없고요. 그저 쓸모없는 방관자만 한 무더기

라니까요. 여기가 내 고향이었다면 최소한 뭔가 해 보려는 사람이
있었을 거예요."

아르버스닛 대령이 푸아로에게로 몸을 돌려 조심스럽게 영국식
불어로 말을 꺼냈다.

"부 에트 외 디렉퇴르 드 라 리뉴, 쥬 크루아르, 무슈. 부 푸브아르
누 디르……(당신은 이 철도 회사의 중역이지 않습니까? 뭔가 설명해
주실 수……)"

미소를 지은 푸아로가 영어로 그의 오해를 바로 잡아주었다.

"아니, 아니에요. 그렇지 않습니다. 저와 제 친구인 부크 씨를 혼
동하고 계신 겁니다."

"오, 저런. 미안합니다."

"천만에요. 자연스런 일이죠. 전 지금 부크 씨가 썼던 객실에 묵
고 있으니까요."

부크는 식당차에 있지 않았다. 푸아로는 또 누가 빠졌는지 알아
보기 위해 주변을 둘러보았다.

드래고미로프 공작 부인과 헝가리 인 부부가 없었다. 라쳇, 그의
비서, 독일인 하녀도 없었다.

스웨덴 여자가 눈물을 닦았다.

"난 바보입니다. 울다니 아이입니다. 무슨 일이 일어나든 모두 신
의 뜻입니다."

하지만 다른 사람들은 이러한 기독교 정신을 나눠 갖고 싶어 하
지 않았다.

"아무래도 좋습니다. 하지만 우린 이곳에 며칠이고 붙잡혀 있어야 할 겁니다."

매퀸이 초조해하며 말했다.

"그런데, 여긴 어느 나라죠?"

허바드 부인이 울음 섞인 목소리로 물었다. 유고슬라비아라는 대답이 나오자 허바드 부인이 말했다.

"오! 발칸 반도에 있는 나라! 그렇다면 아무것도 기대할 수 없겠군요."

"침착한 건 당신뿐이군요, 아가씨."

푸아로가 메리 더벤햄에게 말했다. 메리 더벤햄은 가볍게 어깨를 으쓱했다.

"달리 뭘 어쩌겠어요?"

"철학자이시로군요."

"초연한 태도를 말하시는 건가요? 전 제 태도가 초연하다기보다 이기적인 쪽이라고 생각해요. 쓸모없는 감정 소모는 하지 않도록 배웠거든요."

메리 더벤햄은 푸아로를 보고 있지 않았다. 그녀의 시선은 푸아로를 지나쳐서 눈이 잔뜩 쌓여 있는 유리창 밖을 향하고 있었다.

푸아로가 부드럽게 말했다.

"강하시군요. 제 생각엔, 당신이 우리들 중에서 가장 강인한 성격을 갖고 있는 것 같습니다."

"오, 아니에요. 전혀 그렇지 않아요. 저보다 훨씬 더 강인한 사람을 알고 있답니다."

"그게 누구일까요?"

그녀는 불현듯 자신이 지금 잘 모르는 사람에게 말을 하고 있다는 걸 깨달은 모양이었다. 그것도 오늘 아침까지 고작 여섯 마디 정도 나눈 사람에게.

그녀는 예의 바르긴 하지만 거리감을 느끼게 하는 웃음을 터뜨렸다.

"글쎄요, 저 나이 든 숙녀 분을 예로 들 수 있겠지요. 아마 보신 적이 있을 거예요. 아주 못생긴 숙녀 분 말이에요. 하지만 매력 있는 분이죠. 저분이 새끼손가락을 들어올리고 정중한 목소리로 명령하면, 아마 기차 전체가 움직일 거예요."

"기차는 내 친구인 부크 씨를 위해서도 달린답니다. 하지만 그건 그가 이 기차 회사의 중역이기 때문이지 강인한 성격을 갖고 있어서는 아니죠."

메리 더벤햄은 미소를 지었다.

아침 시간은 그렇게 흘러갔다. 푸아로를 포함한 몇 사람은 식당차에 남아 있었다.

모여 있으니 시간이 더 잘 지나갔다. 푸아로는 허바드 부인의 딸에 대해 더 많이 듣게 되었고, 시리얼로 아침 식사를 하는 것에서부터 밤에 허바드 부인이 직접 떠 준 침대용 양말을 신고 잠드는 것 같은 고 허바드 씨의 버릇까지 알게 되었다.

스웨덴 여자의 선교 목표에 대해 듣고 있을 때 차장 중 한 명이 들어와서 푸아로의 옆에 섰다.

"실례합니다, 선생님."

"무슨?"

"부크 씨의 전갈입니다. 잠깐 와 주셨으면 하십니다."

푸아로는 일어서서 스웨덴 여자에게 양해를 구하고는 차장을 따라 식당차를 나섰다.

동행한 차장은 푸아로의 침대차 차장이 아니라 다른 차를 맡고 있는 백인 남자였다.

푸아로는 안내인을 따라 자신의 침실을 지나 다음 객차까지 걸어 갔다. 차장은 문을 두드린 다음 푸아로가 안으로 들어가도록 옆으로 비켜섰다.

그 방은 부크의 침실이 아니었다. 2등칸이었지만, 아마도 약간 더 넓기 때문에 선택된 듯했다. 방은 사람으로 꽉 차서 넘칠 것 같았다.

부크는 구석의 조그만 의자에 앉아 있었다. 부크의 맞은편인 유리창 옆 의자에는 작고 가무잡잡한 남자가 창 밖의 눈을 보며 앉아 있었다. 그리고 푸른 제복을 입은 덩치 큰 열차장과 푸아로의 침대차 차장이 푸아로가 안으로 들어서는 걸 가로막듯 서 있었다.

"오, 친구. 어서 들어와요. 우린 당신이 필요하답니다."

부크가 소리쳤다.

창문 옆에 앉아 있던 조그만 남자가 옆으로 비켜앉았다. 푸아로는 다른 두 남자 사이를 비집고 들어와 친구를 마주보며 앉았다.

부크의 얼굴에 나타난 표정을 보자 이상한 느낌이 들었다. 심상치 않은 일이 벌어진 게 분명했다.

"무슨 일이 생겼습니까?"

푸아로가 물었다.

"그렇게 묻는 것도 당연하죠. 먼저, 이 폭설입니다. 폭설 때문에 열차가 서 버렸습니다. 그리고……."

부크는 잠시 머뭇거렸다. 목이라도 조여진 듯 가쁜 숨소리가 차장에게서 새어 나왔다.

"그리고, 뭡니까?"

"그리고 승객 한 명이 칼에 찔려 죽은 채 자기 침대에서 발견되었습니다."

부크가 가라앉은 목소리로 말했다.

"승객이라고요? 누구죠?"

"미국인입니다. 이름이……, 이름이…….."

부크가 앞에 놓인 쪽지를 보고는 말했다.

"라쳇이로군요. 라쳇 씨가 맞나?"

"예, 맞습니다."

푸아로는 하얗게 질려 헐떡이며 대답하는 차장을 보았다.

"저 사람을 앉히는 게 좋겠습니다. 안 그러면 쓰러질 것 같군요."

열차장이 옆으로 조금 비켜 주자 차장은 주저앉아 두 손에 얼굴을 묻었다.

"휴! 심각한 일이로군요!"

푸아로가 말했다.

"확실히 심각한 일입니다. 첫째로, 살인이라니 그것만으로도 재 난이죠. 그런데 그뿐만이 아닙니다. 지금 우리는 멈춰 서 있어요. 몇 시간 아니 며칠을 이렇게 있어야 할지 알 수 없는 상황이지요. 또 하나, 우린 대개 어떤 나라를 지나갈 때 그 나라의 경찰을 기차에 태우죠. 하지만 유고슬라비아에서는 그렇게 하지 않았습니다. 이해 되십니까?"

"대단히 어려운 상황이로군요."

푸아로가 말했다.

"더 나쁜 소식이 있어요. 의사 선생은, 아 참! 소개하는 걸 깜빡 잊었군요. 이쪽이 콘스탄틴 의사 선생, 이쪽은 푸아로 씨입니다."

작고 가무잡잡한 남자가 고개를 숙였고, 푸아로도 그에 답례했다.

"의사 선생의 의견으로는 살인이 새벽 1시쯤에 일어났다고 합 니다."

"이런 문제는 정확한 시간을 말하는 게 어렵습니다. 자정에서 새 벽 2시 사이에 사건이 일어난 것 같습니다."

의사가 말했다.

"살아 있는 라쳇 씨가 마지막으로 목격된 건 언제지요?"

푸아로가 물었다.

"대략 12시 40분쯤에는 살아 있었던 것 같습니다. 차장에게 말을 했으니까요."

부크가 대답했다.

"꽤 정확하군요. 나도 그 대화를 들었지요. 그게 마지막입니까?"

"그래요."

푸아로는 의사에게로 시선을 돌렸다.

"라쳇 씨 방의 창문은 활짝 열린 채였습니다. 살인자가 그 길로 도망갔다고 생각하게 만들 만했지요. 하지만 그 열어 놓은 창문은 눈속임이라는 게 내 의견입니다. 그 길로 누군가 나갔다면 흔적이 남아 있겠죠. 하지만 아무것도 없었습니다."

"범행이 발견된 것은 언제입니까?"

"미쉘!"

차장이 일어섰다. 겁에 질린 그의 얼굴은 창백했다.

"무슨 일이 있었는지 이 신사 분께 정확히 말씀드리게."

부크가 명령했다. 차장이 떨리는 목소리로 말했다.

"라쳇 씨의 비서가 오늘 아침 몇 차례 방문을 두드렸습니다. 하지만 응답이 없었습니다. 그러고 나서 지금으로부터 30분 전쯤에 식당차 급사가 찾아왔습니다. 그분이 점심 식사를 하실지 알고 싶어 했습니다. 그때가 11시였습니다.

전 제 열쇠로 방문을 열었습니다. 하지만 쇠사슬이 걸려 있어서 완전히 열 수 없었습니다. 대답은 없었고 안쪽은 아주 조용했습니다. 그리고 추웠어요. 창문이 열린 채로 눈발이 날아들고 있었던 겁니다. 전 그 신사 분이 심장 발작이라도 일으켰나 보다고 생각했고, 열차장님을 불러왔습니다. 우린 쇠사슬을 부수고 안으로 들어갔습니다. 그분은……, 아! 끔찍한 일이었습니다!"

차장은 다시 두 손에 얼굴을 묻었다.

푸아로는 생각에 잠긴 채 말했다.

"문은 잠겨 있었고 안쪽에서 체인까지 걸려 있었다는 겁니까? 그렇다면 혹시 자살이 아닐까요?"

그리스 인 의사가 비죽거리는 듯한 웃음을 지었다.

"자살하는 남자가 자기 몸을 열네댓 군데나 찌릅니까?"

푸아로의 눈이 휘둥그레졌다.

"그거 대단히 잔인하군요."

열차장이 처음으로 입을 열었다.

"여자예요. 그걸 보면 여자가 한 짓이 분명합니다. 여자가 아니면 그런 짓을 할 수 없습니다."

의사가 생각에 잠긴 채 얼굴을 찡그렸다.

"분명히 아주 힘이 센 여자겠군요. 전문 분야의 일을 상세하게 설명하진 않겠습니다. 그래 봤자 혼란스럽기만 할 테니까요. 어쨌든 확실한 것은 한두 번의 공격은 뼈와 근육까지 뚫고 들어갈 정도로 세게 찌른 것이었다는 겁니다."

푸아로가 말했다.

"치밀하게 계획된 범죄는 아니었군요."

의사가 말했다.

"대단히 엉성했죠. 아무렇게나 마구 칼을 휘둘러 댄 것처럼 보입니다. 거의 아무 상처도 입히지 않고 스쳐 지나간 것도 있으니까요. 마치 광란 상태에 빠져서 눈을 감은 채 몇 번이고 찔러 댄 것처럼 보입니다."

"여자예요. 바로 여자들이 그렇지요. 일단 화를 내면 엄청난 힘을 발휘합니다."

다시 열차장이 말했다. 그가 너무나 진지하게 고개를 끄덕였기에 모두들 그게 자신의 경험에서 우러나온 말일 거라고 추측했다.

"여러분의 추리에 보탬이 될 만한 걸 말해 드리지요. 라쳇 씨가 어제 나에게 말을 걸어왔습니다. 내가 이해한 바에 따르면, 그는 자신이 생명을 위협받고 있다고 하더군요."

푸아로가 말했다.

"'살해당하다(bumped off)', 미국식 표현으로 말하자면 살해됐다 이거군요, 맞죠? 그렇다면 여자가 아니군요. 갱이거나 살인 청부업자일 가능성이 크군요."

부크가 말했다.

열차장은 자기 의견이 물거품이 되자 쓰라린 표정을 지었다.

"그렇다면, 꽤 어설프게 일을 처리한 모양입니다."

푸아로의 어투는 범죄 전문가로서의 반대 의견을 보여 주고 있었다.

부크가 자신의 생각을 밀고 나갔다.

"이 기차에 덩치가 큰 미국인 남자 한 명이 타고 있습니다. 요란한 옷을 입고 있는 흔해 빠진 남자입니다. 껌을 씹고 있던데 그건 교양 있는 사람이 할 만한 행동이 아니지요. 자네는 내가 누굴 말하는지 알겠나?"

부크가 차장을 보고 묻자 차장이 고개를 끄덕였다.

"알고 있습니다. 16호실 손님입니다. 하지만 그분이 범인일 리 없습니다. 그랬다면 제가 그분이 그 객실에 들어가거나 나오는 걸 보았을 겁니다."

"못 봤을 수도 있지. 어쨌든 조사를 하면 곧 알게 될 거야. 문제는 어떻게 조사하느냐겠지."

부크가 푸아로를 쳐다보았다. 푸아로도 부크를 마주 쳐다보았다.

"푸아로 씨. 내가 당신에게 뭘 부탁하려는지 알겠죠? 난 당신의 능력을 알고 있습니다. 이 사건을 맡아 주세요! 안 됩니다, 안 돼요. 거절하지 마세요. 이건 우리에게 심각한 문제입니다. 난 우리 회사를 대표해서 말하고 있는 겁니다. 유고슬라비아 경찰이 도착했을 때 그들에게 답변을 내놓을 수 있다면 얼마나 일이 간단해지겠습니까! 그렇지 못하면 기차가 지연되고 수만 가지의 귀찮고 불편한 일이 생기겠죠. 누가 알겠어요, 무고한 사람을 괴롭히게 될지! 그러니까 당신이 이 미스터리를 푸는 겁니다! 그리고 우린 이렇게 말하는 겁니다. '살인 사건이 벌어졌습니다. 범인은 이 사람입니다.'라고."

"내가 문제를 해결하지 못하면요?"

"오! 친구."

부크는 드러내놓고 부추기기 시작했다.

"오, 몽 쉐르(친구여). 난 당신의 명성을 알고 있어요. 당신의 수완에 대해서도 어느 정도 알고 있고요. 이건 당신에게 딱 맞는 사건입니다. 사람들의 신원을 조사하고, 그들의 보우너 파이디즈(진실을 드러내는)를 얻어내는 건 시간을 잡아먹고, 한없이 귀찮은 일이지요. 하지만 당신은 사건을 해결하기 위해서는 의자에 편히 기대 생각하기만 하면 된다고 자주 말하지 않았던가요? 그렇게 하세요. 기차에 탄 승객들을 심문하고 시체를 살펴보고 단서를 조사해 봐요. 난 당신을 믿습니다! 당신 말이 허풍이 아니란 걸 믿어요. 앉아서 생각해요. 당신이 자주 말했던 대로 회색 뇌세포를 사용하라고요. 그러면 범인을 찾아낼 겁니다!"

부크는 앞으로 몸을 내밀고 다정하게 친구를 바라보았다.

푸아로가 감격해서 말했다.

"당신의 신뢰가 날 감동시키는군요. 당신이 말했던 대로 어려운 사건이 아닐 겁니다. 나 자신이 어젯밤……, 아니 이건 지금은 말하지 말기로 합시다. 솔직히, 난 이 사건에 흥미가 있습니다. 30분 전만 해도 우리가 이곳에 틀어박혀 있는 동안 지루한 시간을 보내게 될 거라고 생각했는데, 지금은 사건이 기다리고 있군요."

"그럼 승낙하는 겁니까?"

부크가 간절하게 물었다.

"세 앙탕뒤(좋습니다). 당신이 내게 사건을 맡긴 겁니다."

"좋아요. 우리 모두 당신을 돕겠습니다."

"그럼 먼저 이스탄불-칼레행 열차의 도면과 각 객실에 묵고 있는 손님들의 명단을 알고 싶습니다. 그리고 승객들의 여권과 표도 봐야겠군요."

"미셸이 가져다줄 겁니다."

차장이 방을 나갔다.

"이 기차에는 다른 승객들이 또 있나요?"

푸아로가 물었다.

"이 객차의 승객은 의사 선생과 나뿐입니다. 부쿠레슈티에서 온 객차에는 다리를 저는 늙은 신사 분이 한 분 있는데 차장이 그분을 잘 알고 있지요. 그 너머가 일반 객차인데, 문제 될 게 없습니다. 지난밤 저녁 식사가 제공된 후로는 문을 잠가 두었으니까요. 이스탄불-칼레행 열차 앞쪽으로는 식당차뿐입니다."

"그렇다면 이스탄불-칼레행 열차에서 살인자를 찾아야 할 것 같군요."

푸아로가 의사를 돌아보았다.

"당신이 내게 말하고 싶었던 게 바로 그겁니까?"

의사는 고개를 끄덕였다.

"자정으로부터 30분이 지난 뒤에 우린 눈사태 속에 갇혔지요. 그 후엔 아무도 기차를 떠날 수 없었습니다."

부크가 엄숙하게 말했다.

"살인자는 우리와 함께 있어요. 지금 이 기차 안에……."

여자?

"먼저 매퀸 씨와 한두 마디 나눠 보고 싶군요. 그가 중요한 정보를 줄지도 모릅니다."

푸아로가 말했다.

"물론입니다."

부크가 대답했다. 그러고는 열차장 쪽으로 몸을 돌려 명령했다.

"매퀸 씨를 이리로 데려오게."

열차장이 객실을 떠났다.

차장이 한 묶음의 여권과 표를 가지고 돌아오자, 부크가 받아들었다.

"고맙네, 미셸. 자네는 자기 위치로 가 있게. 지금으로선 그게 가장 좋을 것 같네. 자네의 증언은 나중에 정식으로 듣도록 하지."

"알겠습니다."

미셸이 객실을 떠났다.

"먼저 매퀸 씨를 만나 보고, 그 다음에 죽은 사람의 방으로 가 보지요. 의사 선생님께서 같이 가 주시겠죠?"

"물론입니다."

"거기서 일을 마친 다음⋯⋯."

바로 그 순간 열차장이 헥터 매퀸을 데리고 돌아왔다. 부크가 일어서며 유쾌하게 말했다.

"우리 모두 모여 있기엔 이곳이 다소 비좁을 겁니다. 매퀸 씨, 내 자리에 앉으세요. 푸아로 씨가 몇 가지 물어보실 겁니다."

부크는 열차장에게로 돌아섰다.

"푸아로 씨를 위해서 식당차를 비워 두게나. 그곳에서 사람들과 만나는 게 어떻겠습니까?"

"아주 좋은 장소입니다."

푸아로가 동의했다.

매퀸은 빠른 프랑스 어를 알아듣지 못한 채 이 사람 저 사람을 멀뚱멀뚱 바라보았다.

"케세킬리야? 푸쿠아(무슨 일입니까? 무슨 일로 저를?)"

매퀸이 간신히 프랑스 어로 말했다. 푸아로가 그런 매퀸에게 활발한 몸짓으로 구석의 의자에 앉으라고 손짓했다.

"푸쿠아?(무슨 일로?)"

매퀸은 다시 자신의 모국어로 말하기 시작했다.

"기차가 어떻게 된 겁니까? 무슨 일이 벌어졌습니까?"

매퀸이 한 사람 한 사람을 둘러보았다. 푸아로가 고개를 끄덕였다.

"그렇습니다. 사건이 생겼습니다. 놀라지 않도록 마음의 준비를 하시기 바랍니다. 당신의 고용주인 라쳇 씨가 죽었습니다!"

매퀸의 입이 휘파람이라도 불려는 것처럼 오므라들었다. 눈빛이 반짝했던 것을 빼면 충격을 받거나 애통해하는 기색은 없었다.

"결국은 그들이 해치우고 말았군요."

"그게 무슨 뜻입니까, 매퀸 씨?"

매퀸은 머뭇거렸다.

"라쳇 씨가 살해당했다고 생각하시는군요?"

푸아로가 물었다.

"그럼 살해당한 게 아닌가요?"

이번엔 매퀸이 놀란 표정을 드러냈다. 그는 천천히 말했다.

"맞아요. 바로 그렇게 생각했습니다. 그럼, 그분이 그냥 자다가 죽었다는 말인가요? 그분은 건강하기 이를 데 없는 것이 마치……."

매퀸은 적당한 비유를 찾지 못해 말을 멈췄다.

"아니요, 아닙니다. 당신 추측이 맞습니다. 라쳇 씨는 살해당했습니다. 칼에 찔려서요. 하지만 당신은 어째서 살인이라고 생각하는 겁니까?"

매퀸이 머뭇거렸다.

"먼저 분명히 해 두고 싶은 점이 있습니다. 당신은 누구죠? 여기서 무얼 하고 있는 겁니까?"

"전 지금 '국제 침대차 회사'의 대리인입니다."

푸아로가 잠시 멈췄다가 덧붙였다.

"전 탐정이고, 이름은 에르퀼 푸아로입니다."

만약 푸아로가 어떠한 효과를 기대하고 있었다면, 결과는 실망스러웠으리라. 매퀸은 단지 이렇게 말했을 뿐이다.

"아, 그래요?"

그러고는 푸아로가 계속하기를 기다렸다.

"아마 제 이름을 들어보았을 거라고 생각하는데요."

"몇 번 들어본 이름인 것도 같군요. 양장점 재봉사 이름 같기도 하고요."

에르퀼 푸아로는 혐오스런 시선으로 그를 바라보았다.

"믿을 수가 없군!"

"뭐가 믿을 수 없다는 겁니까?"

"아무것도 아닙니다. 얘기를 좀 더 진행시켜 봅시다. 매퀸 씨, 죽은 사람에 대해 알고 있는 걸 모두 말해 주길 바랍니다. 죽은 사람과는 친척이었습니까?"

"아니요, 전 그분의 비서입니다. 아니, 비서였죠."

"얼마나 오랫동안 해 왔습니까?"

"1년 조금 넘었습니다."

"알고 있는 건 모두 말해 주십시오."

"1년 전 라쳇 씨를 만났을 때 전 페르시아에 있었습니다."

푸아로가 끼어들었다.

"그곳에서 무엇을 하고 있었습니까?"

"석유 채굴권을 알아보기 위해 뉴욕에서 건너갔습니다. 그 일에 대해서는 자세히 말하지 않아도 될 거라고 생각합니다. 동료들과 전 일이 잘 풀리지 않아 궁색했습니다. 그때 라쳇 씨가 같은 호텔에 묵고 있었죠. 비서와 싸워서 내보낸 직후였습니다. 그분은 제게 비서 일을 제안했고 전 받아들였습니다. 돈이 떨어져 가는 참이었는데 보수가 좋은 일거리를 얻게 되어 기뻤습니다."

"그 다음에는요?"

"우린 여러 곳을 돌아다녔습니다. 그분은 여행을 하고 싶어했지만 다른 나라 말을 전혀 몰랐죠. 전 비서라기보다는 여행 안내인 역할을 해 왔습니다. 즐거운 생활이었지요."

"이제 당신의 고용주에 대해 상세히 말해 보십시오."

젊은이는 어깨를 으쓱했다. 난처해하는 표정이 얼굴을 스치고 지나갔다.

"그리 쉬운 일이 아니로군요."

"그의 이름은 무엇이죠?"

"새뮤얼 에드워드 라쳇입니다."

"미국 시민이었습니까?"

"그렇습니다."

"미국 어디 출신입니까?"

"모릅니다."

"그럼 알고 있는 걸 말해 보십시오."

"솔직히 말하자면, 푸아로 씨, 전 아무것도 모른답니다. 라쳇 씨는 자기 자신이나 과거에 대해 한 번도 입을 연 적이 없었습니다."

"왜 그랬다고 생각합니까?"

"몰라요. 어쩌면 숨기고 싶은 과거를 갖고 있는 게 아닐까 하고 생각한 적은 있습니다. 그런 사람들이 있지 않습니까?"

"그렇게 생각할 만한 근거가 있습니까?"

"물론 없습니다."

"그에게 친척들이 있습니까?"

"한 번도 말한 적이 없습니다."

푸아로가 정곡을 찔렀다.

"매퀸 씨, 당신은 분명히 나름대로 몇 가지 추측을 했을 겁니다."

"글쎄요……, 그렇긴 합니다. 한 가지 예를 들면, 전 라쳇이 그분의 진짜 이름이라고는 생각하지 않습니다. 그리고 분명히 누군가 또는 무언가를 피해 미국을 떠난 거라고 생각합니다. 그분은 그게 성공했다고 생각했어요. 몇 주 전까지만 해도 말입니다."

"그래서요?"

"편지가 오기 시작했습니다. 협박 편지가요."

"그런 편지를 본 적이 있습니까?"

"본 적 있습니다. 답장 쓰는 걸 돕는 게 제 일이니까요. 첫 번째 편지는 2주 전에 왔습니다."

"그 편지들은 없애 버렸나요?"

"아니요. 제 서류함 속에 두 통이 보관되어 있습니다. 한 통은 라쳇 씨가 화를 내며 찢어 버렸지만. 편지를 갖다 드릴까요?"

"그렇게 해 주신다면 좋죠."

매퀸이 객실을 떠났다. 그는 몇 분 후 돌아와서 푸아로 앞에 지저분한 쪽지 두 장을 내놓았다.

첫 번째 편지에는 다음과 같이 씌어져 있었다.

넌 우리를 배신하고 무사히 도망쳤다고 생각하겠지? 그렇게는 안 되지. 우린 널 해치우러 나섰다, 라쳇. 꼭 해치우고 말겠어!

발신인 서명은 없었다.

푸아로는 눈썹을 치켜올리며 한마디 말도 없이 두 번째 편지를 집어들었다.

우린 널 찾아낼 거야, 라쳇. 곧 널 해치울 거라고, 알겠어?

푸아로는 편지를 내려놓았다.

"단조로운 문체로군! 필체에 비하면 너무나 단조로워."

매퀸이 푸아로를 빤히 쳐다보았다.

푸아로가 생글거리며 말했다.

"당신은 알아차리지 못했을 겁니다. 그러려면 많이 훈련받아야 하지요. 이 편지는 한 사람이 쓴 것이 아닙니다, 매퀸 씨. 두 사람이나 그 이상의 사람이 돌아가면서 한 글자씩 쓴 거요. 게다가 복사까지 했습니다. 그렇게 하면 글씨체를 알아보기가 훨씬 더 힘들죠."

푸아로는 잠시 말을 쉬었다.

"라쳇 씨가 제게 도움을 요청했던 걸 알고 있습니까?"

"당신에게요?"

젊은이의 놀란 말투에서 푸아로는 그가 모르고 있었다는 걸 알수 있었다. 그래서 고개를 끄덕였다.

"그렇습니다. 경계심을 품었던 거지요. 첫 번째 편지를 받았을 때 라쳇 씨는 어떻게 반응했습니까?"

매퀸이 망설였다.

"말하기 어렵군요. 그분은 특유의 너털웃음을 터뜨리고는 평소처럼 행동했습니다. 하지만······."

매퀸은 아주 조금 몸을 떨었다.

"전 그 차분함 밑에 많은 사연이 있는 걸 느꼈습니다."

푸아로는 고개를 끄덕인 다음 예상치 못한 질문을 던졌다.

"매퀸 씨, 당신의 고용주에 대해 어떻게 생각했는지 솔직하게 말해 주겠습니까? 그를 좋아했습니까?"

헥터 매퀸이 잠깐 망설이더니 대답했다.

"아니요. 좋아하지 않았습니다."

"왜지요?"

"정확히 꼬집어 말하기는 힘듭니다. 그분의 태도는 항상 유쾌했습니다."

매퀸은 잠시 머뭇거린 다음 말했다.

"하지만 솔직히 전 그분을 싫어했고 신뢰하지도 않았습니다. 난 그분이 잔인하고 위험한 사람이었다고 믿고 있습니다. 물론 내 의견을 증명할 만한 근거가 전혀 없다는 건 인정합니다."

"감사합니다, 매퀸 씨. 한 가지 더 물어보겠습니다. 라쳇 씨가 살아 있는 걸 마지막으로 본 게 언제였습니까?"

"어젯밤, 대략……."

매퀸은 1분 정도 생각했다.

"10시쯤이었습니다. 그분이 불러주는 편지를 받아 적기 위해 객실로 들어갔을 때였습니다."

"편지는 어떤 내용이었습니까?"

"페르시아에서 산 타일과 도자기에 대한 것이었습니다. 배달된 것이 주문한 것과 달랐거든요. 그 문제에 대해 지루하고도 딱딱한 편지를 썼습니다."

"그게 라쳇 씨가 살아 있는 걸 본 마지막이로군요?"

"예, 그렇습니다."

"라쳇 씨가 마지막으로 협박 편지를 받은 게 언제였는지 알고 있습니까?"

"콘스탄티노플을 떠나던 날 아침이었습니다."

"중요한 질문 하나만 더 하지요. 매퀸 씨, 당신은 고용주와 사이가 좋았습니까?"

순간, 젊은이의 눈이 반짝거렸다.

"온몸에 소름이 끼치는 질문이로군요. 하지만 라쳇 씨와 전 완벽할 정도로 사이가 좋았습니다."

"매퀸 씨, 당신 이름과 미국 주소를 말해 주겠습니까?"

매퀸은 '헥터 윌라드 매퀸'이란 이름과 주소를 말했다.

푸아로는 쿠션에 등을 기대었다.

"현재로선 이게 전부입니다, 매퀸 씨. 라쳇 씨의 죽음을 잠시 동안 혼자만 알고 있으면 감사하겠습니다."

"그분의 하인인 매스터맨은 알게 될 텐데요."

"이미 알고 있을 수도 있겠죠. 만일 그렇다면 그 사람의 입도 막아 주시기 바랍니다."

푸아로가 잘라말했다.

"어렵지 않겠군요. 그는 영국인이고 입이 무거운 사람이죠. 미국인들을 아주 우습게 보고, 그 외의 다른 나라 사람들에 대해서는 신경조차 쓰지 않으니까요."

"감사합니다, 매퀸 씨."

미국인은 객실을 떠났다.

"이 젊은이가 진실을 말한 걸까요?"

부크가 물었다.

"정직하고 솔직해 보이는 사람이군요. 고용주를 좋아하는 척하지도 않았고요. 만약 이 사건과 연관되어 있다면 그랬을 텐데 말입니다. 라쳇 씨가 나를 고용하려다가 실패한 이야기를 저 사람에게 하지 않은 게 분명합니다. 하지만 그건 그다지 이상한 일이라고 생각하지 않아요. 라쳇 씨는 만약의 경우를 대비해 모든 비밀을 혼자 간직하는 사람 같았으니까요."

"그러니까 당신은 지금 최소한 한 사람은 결백하다는 발언을 한 거로군요."

부크가 즐거워하며 말했다.

"난 마지막 순간까지 모든 사람을 의심합니다. 하지만 이 침착하고 영리한 매퀸 씨가 홧김에 피해자를 열 번도 넘게 찔렀다고는 생각할 수 없군요. 그런 건 그의 성격과는 전혀 맞지 않습니다."

푸아로의 말에 부크가 생각에 잠겨 답했다.

"그래요. 그런 건 증오로 머리가 돌아버린 사람의 행동이죠. 라틴계의 격한 기질을 타고난 사람이라는 뜻이죠. 그렇지 않으면, 우리 열차장 친구가 주장했듯이 여자가 한 짓이거나."

시체

푸아로는 콘스탄틴 의사를 따라서 옆 차량의 시체가 있는 방으로
걸어갔다.

차장이 와서 열쇠로 문을 열어 주었다.

두 남자는 방 안으로 들어갔다. 푸아로는 의심쩍어하며 동행자를
바라보았다.

"이 방 안의 물건들에 얼마나 손을 대셨습니까?"

"아무것도 건드리지 않았습니다. 검사를 할 때도 시체를 움직이
지 않으려고 조심했습니다."

푸아로는 고개를 끄덕였다. 그리고 주위를 둘러보았다.

첫 느낌은 몹시 춥다는 것이었다. 창문은 활짝 열려 있었고, 블라
인드도 위로 올려진 채였다.

푸아로는 부르르 몸을 떨었다. 동행자가 미소 지었다.

"닫지 않는 게 좋을 것 같아서요."

푸아로는 창문을 꼼꼼히 검사했다.

"당신 말이 옳아요. 이곳으로 빠져나간 사람은 없습니다. 이곳으로 빠져나간 것처럼 보이려고 했겠지만, 눈 때문에 실패했군요."

푸아로는 창틀을 자세히 조사했다. 주머니에서 작은 상자를 꺼내서 그 안에 든 가루를 창틀 위에 조금 뿌렸다.

"지문도 전혀 없군요. 닦아 낸 거겠죠. 설사 지문이 남아 있었어도 아무것도 알아내지 못했을 겁니다. 라쳇 씨나 비서, 또는 차장의 지문이었을 테니까요. 요즘 범죄자들은 그런 실수는 하지 않는답니다. 그러니 창문을 닫아도 괜찮을 겁니다. 이곳은 냉장고 속처럼 추우니까요!"

푸아로는 창문을 닫고 나서, 비로소 침대에 누워 있는 시체로 관심을 돌렸다.

라쳇은 등을 대고 누워 있었다. 잠옷 윗도리가 바랜 핏자국으로 얼룩덜룩했고 단추는 풀려 있었다.

"상처를 살펴봐야 했습니다."

의사의 설명을 들은 푸아로가 고개를 끄덕였다. 푸아로는 시체 위로 몸을 숙였다가 잠시 후 약간 얼굴을 찡그리며 허리를 폈다.

"보기 좋은 모습은 아니군요. 누군가 저기 서서 여러 번 찔러 댄 모양입니다. 정확하게 몇 군데나 찔렸습니까?"

"열두 군데입니다. 한두 개는 그저 긁힌 정도지만 최소한 세 개는 치명적인 상처였습니다."

의사의 말투가 푸아로의 주의를 끌었다. 푸아로는 의사를 날카로운 시선으로 쳐다보았다. 조그만 그리스 인은 당혹스러움으로 얼굴을 찡그린 채 시체를 빤히 쳐다보며 서 있었다.

푸아로가 부드러운 목소리로 물었다.

"뭔가 이상한 걸 알아차리셨군요? 말씀해 보십시오. 뭔가 이상한 것이 있지요?"

"맞습니다."

상대방이 시인했다.

"그게 뭡니까?"

"여기와 저기에 난 두 상처를 보십시오. 상처들이 상당히 깊어서, 어느 쪽이든 분명히 혈관까지 찔렀을 겁니다. 하지만 상처 가장자리가 그다지 벌어지지 않았어요. 예상외로 피도 적게 흘렀고요."

"그게 의미하는 바는?"

"저 사람은 이미 죽어 있었다는 겁니다. 죽고 잠깐이라도 시간이 흐른 후 찔린 상처라 이거죠. 하지만 그건 좀 황당해 보입니다."

"그렇게 보일 수도 있겠군요."

푸아로가 곰곰이 생각하며 말했다.

"그렇게 보이는군요. 우리의 살인자가 제대로 일을 끝내지 못했다는 생각에 확실히 하러 되돌아오지 않았다면 말입니다. 하지만 그것 역시 말이 되지 않는군요! 그 밖에 또 있습니까?"

"글쎄요, 한 가지 더 있습니다."

"그게 뭡니까?"

"여기 어깨 근처 오른쪽 팔 아래에 난 상처를 보세요. 내 연필을 잡아 보세요. 당신이라면 이런 상처를 낼 수 있겠습니까?"

푸아로가 팔을 들어올렸다.

"프레시제망(그렇군요). 알겠습니다. 확실히 오른손으로는 상당히 어렵습니다. 거의 불가능하다고 할 수 있죠. 범인은 왼쪽으로 기울여서 찌를 수밖에 없었겠지요. 하지만 왼손으로 찌른 거라면……."

"그렇습니다, 푸아로 씨. 저 상처는 왼손으로 쳐내듯이 찔러야만 하니까요."

"그렇다면 살인자는 왼손잡이란 뜻일까요? 아니, 그보다는 훨씬 어려운 문제군요, 그렇지 않나요?"

"말씀대로입니다, 푸아로 씨. 어떤 상처는 분명히 오른손으로 찌른 것이니까요."

"두 사람이라……, 우린 다시 두 사람이라는 의견으로 돌아갔군." 탐정이 중얼거렸다. 그러다가 갑자기 물었다.

"불은 켜져 있었습니까?"

"대답하기 어려운 질문이군요. 아시다시피, 차장이 매일 아침 10시쯤이면 불을 끕니다."

"스위치를 보면 알 수 있겠군요."

푸아로는 천장 스위치와 침대 머리맡의 전등을 살펴보았다. 앞의 것은 꺼져 있었고 뒤의 것은 잠겨 있었다.

"알겠습니다. 위대한 셰익스피어가 만들어 낼 법한 첫 번째 살인자와 두 번째 살인자라는 가설을 세워 봅시다. 첫 번째 살인자는 피해자를 찌르고 객실을 떠나면서 불을 껐습니다. 두 번째 살인자는 어두운 방 안으로 들어와서 앞 사람이 해 놓은 것을 보지 못한 채 시체를 두 번 이상 찔렀던 겁니다. 어떻게 생각하십니까?"

"굉장합니다."

작은 의사가 감탄하여 말했다.

푸아로의 눈이 반짝거렸다.

"그렇게 생각하십니까? 기쁘군요. 내겐 좀 얼토당토않게 생각되었거든요."

"달리 설명할 길이 있다는 겁니까?"

"내가 자문하고 있던 게 바로 그겁니다. 우연의 일치일까요? 두 사람이 개입했다는 걸 보여 주는 다른 점이 또 있습니까?"

"있습니다. 어떤 상처는 아까 말했던 것처럼 경미합니다. 힘이 부족했거나 독한 마음이 없었던 거지요. 사람을 찌르기엔 약했던 겁니다. 하지만 여기 있는 이것하고, 이것을 보십시오."

다시 한 번 의사가 손가락으로 가리켰다.

"이런 상처를 내려면 굉장한 힘이 필요합니다. 근육까지 관통했으니까요."

"당신이 보기엔 남자가 찌른 겁니까?"

"확실합니다."

"여자가 했다고 볼 수는 없을까요?"

"젊고 팔팔한 여자 운동 선수라면 그렇게 찌를 수도 있습니다. 강렬한 살의를 가지고 있다면 더욱 그렇겠지요. 하지만 내 생각에는 상당히 가능성이 희박합니다."

푸아로가 잠시 침묵을 지켰다.

의사가 걱정스러워하며 물었다.

"내가 말하고자 하는 바를 아시겠습니까?"

"잘 알고 있습니다. 상황이 놀라울 정도로 선명하게 드러나기 시작했습니다! 살인자는 굉장히 힘센 남자입니다. 또한 반대로 힘이 약한 여자이기도 합니다. 오른손잡이면서 왼손잡이이기도 하고요. 아! 세 리골로, 투 사!(정말 묘하군요!)"

푸아로가 갑자기 화를 내며 말했다.

"그러면 피해자는 그동안 무얼 한 겁니까? 소리를 질렀습니까? 몸부림을 쳤습니까? 방어를 했습니까?"

푸아로는 베개 밑에 손을 넣어 전날 라쳇이 보여 주었던 자동 권총을 끄집어냈다.

"보시다시피, 실탄이 가득 차 있습니다."

그들은 주변을 둘러보았다. 라쳇의 평상복이 벽걸이에 걸려 있었다. 세면대 뚜껑으로 만든 조그만 탁자 위에는 잡다한 물건이 놓여 있었다. 물 잔에 들어 있는 의치, 빈 잔, 생수 한 병, 커다란 플라스크 한 개, 담배꽁초 한 개와 타다 만 종잇조각이 들어 있는 재떨이, 쓰고 버린 성냥개비 두 개가 있었다.

의사가 빈 잔을 집어 냄새를 맡았다.

"피해자가 꼼짝 않고 있던 이유가 여기 있었군요."

"약을 먹은 겁니까?"

"그렇습니다."

푸아로가 고개를 끄덕였다. 그는 성냥개비 두 개를 집어들고 꼼꼼히 살펴보았다.

"단서를 얻었습니까?"

의사가 눈을 반짝이며 물었다.

"이 두 개의 성냥은 서로 다르게 생겼습니다. 한 개가 다른 것에 비해 납작합니다."

"기차에서 제공하는 성냥이로군요. 겉이 종이로 된 성냥 말입니다."

의사가 말했다.

푸아로는 라쳇의 호주머니를 더듬었다. 곧 그는 성냥갑을 꺼내 그것들을 신중하게 비교해 보았다.

"둥근 성냥은 라쳇 씨가 쓰던 성냥이로군요. 납작한 성냥 역시 라쳇 씨가 갖고 있던 것인지 알아봐야겠습니다."

더 뒤져 보았지만, 더 이상의 성냥은 나타나지 않았다.

푸아로의 시선이 객실 여기저기에 꽂혔다. 매처럼 날카로운 시선이어서 그 무엇도 그 시계에서 벗어날 수 없다고 느껴질 정도였다.

푸아로가 몸을 구부리고 바닥에서 무언가를 집어들었다. 매우 화려한 흰 모시 손수건이었다.

"열차장이 옳았군요. 여기엔 여자가 관련되어 있습니다."

"게다가 아주 고맙게도 손수건을 남겨 주기까지 했습니다! 소설이나 영화에 나오는 것처럼 말입니다. 게다가 우리 일을 더 쉽게 해주려고 이름의 첫글자까지 표시되어 있고요."

푸아로가 말했다.

"잘된 일이군요!"

의사가 외쳤다.

"그런가요?"

푸아로가 말했다.

의사는 푸아로의 말투에 놀랐다. 하지만 자세히 물어보기도 전에, 푸아로가 다시 바닥으로 몸을 숙였다.

이번에 주운 것은 손바닥을 확 펴서 보여 주었다. 파이프 소제기였다.

"아마 라쳇 씨의 것이겠죠?"

의사가 물었다.

"피해자의 주머니에는 파이프가 없습니다. 담배나 담배쌈지도 없고요."

"그렇다면 단서로군요."

"예! 확실히 그렇군요. 또다시 고맙기 그지없는 증거물이 떨어져 있어요. 이번에는 남자를 가리키는 증거이고요! 이번 사건의 경우에 단서가 없다고 불평할 수는 없겠군요. 그런데 흉기는 어떻게 하셨나요?"

"흔적도 없었습니다. 틀림없이 살인자가 가져갔을 겁니다."

"이유를 모르겠군요."

푸아로가 중얼거렸다.

"아, 맞다!"

의사가 조심스럽게 죽은 사람의 잠옷 주머니를 뒤졌다.

"이걸 잊고 있었군요. 윗도리를 벗길 때 떨어졌습니다."

의사는 가슴께의 호주머니에서 금시계를 꺼냈다. 케이스가 심하게 안쪽으로 찌그러져 있었고, 시계 바늘은 1시 15분을 가리키고 있었다.

콘스탄틴 의사가 흥분해서 말했다.

"보이시죠? 이 시계는 범행 시간을 알려 주고 있습니다. 내 추정과도 일치합니다. 자정에서 새벽 2시 사이가 내가 말한 시각이었죠. 아마 1시쯤일 겁니다. 비록 이런 문제는 정확히 언제라고 말하기 어렵지만요. 이 시계는 그 시간을 뒷받침해 줍니다. 1시 15분, 그 시각이 바로 범행 시각입니다."

"그럴듯해요. 확실히 그럴 가능성이 있습니다."

의사가 의아한 시선으로 푸아로를 쳐다보았다.

"미안합니다만, 푸아로 씨. 무슨 말인지 이해하지 못하겠습니다."

"나 또한 이해가 안 됩니다. 전혀 모르겠습니다. 당신도 짐작했겠지만, 그래서 걱정입니다."

푸아로는 한숨을 쉬고 나서, 조그만 탁자 위에 몸을 구부리고 타다 만 종이 조각을 조사했다.

"지금 내게 필요한 건 구식의 여성용 모자 상자야."

푸아로가 혼자서 중얼거렸다.

콘스탄틴 의사는 이 괴상한 말을 어떻게 이해해야 할지 전혀 감을 잡을 수 없었다. 이번 경우에도 푸아로는 질문할 시간을 주지 않왔다. 복도로 향한 문을 열어젖히고 차장을 불렀다.

차장은 곧 달려왔다.

"이 객차에는 여성이 몇 분이나 있습니까?"

차장이 손가락을 꼽았다.

"하나, 둘, 셋······, 여섯 분입니다, 선생님. 나이 든 미국 부인, 스웨덴 여자 분, 젊은 영국 아가씨, 안드레니 백작 부인, 드래고미로프 공작 부인, 그리고 공작 부인의 하녀가 있습니다."

푸아로는 잠시 생각에 잠겼다.

"모두 모자 상자를 갖고 있겠죠?"

"그렇습니다."

"그렇다면, 내게 스웨덴 여자 분과 공작 부인의 하녀가 갖고 있는 모자 상자를 가져다주십시오. 그 두 사람만이 가능성이 있어요. 그 사람들에겐 세관의 규칙이라든지, 아니면 뭐든지 생각나는 대로 둘러대고요."

"괜찮을 겁니다. 지금은 어느 분도 객실에 계시지 않으니까요."

"그럼 서둘러요."

차장이 떠났다가 상자 두 개를 들고 돌아왔다. 푸아로는 하녀의 모자 상자를 열어 보고는 옆으로 밀어 두었지만 스웨덴 여자의 모자 상자를 열어 보고 나서는 만족스러운 탄성을 냈다. 조심스럽게 모자를 들어내자, 철사로 된 둥근망이 드러났다.

"아, 우리에게 필요한 게 바로 이겁니다. 15년 전만 해도 모자 상자를 이런 식으로 만들었지요. 이 둥근 철사망에 핀으로 모자를 꽂

아두었어요."

말을 하면서 푸아로는 솜씨 있게 철사망을 두 개 빼내고는 모자를 다시 집어넣은 다음 차장에게 도로 갖다 놓으라고 말했다. 문이 닫히자 푸아로는 동행인에게로 돌아섰다.

"의사 선생, 보시다시피 난 전문적인 수단에 의지하는 사람이 아닙니다. 내가 잘하는 것은 사람의 심리 분석이지 지문이나 담뱃재 채취가 아니죠. 하지만 이번에는 기꺼이 약간의 과학적인 방법을 사용할 생각입니다. 이 객실은 단서로 가득 차 있지만 과연 이 단서들을 보이는 그대로 받아들여도 될까요?"

"무슨 말인지 잘 모르겠습니다, 푸아로 씨."

"글쎄요……. 예를 들면, 우린 여자 손수건을 찾아냈습니다. 여자가 떨어뜨린 걸까요? 아니면 범행을 저지른 남자가 '여자가 한 짓처럼 보이게 해야겠어. 필요 이상으로 찌르고, 그중에는 별 효과가 없도록 슬쩍 찌르기도 해야지. 그러고 나서 못 보고 지나칠 리 없는 장소에 이 손수건을 떨어뜨리자.'라고 생각했을 수도 있죠. 가능한 일입니다. 또 다른 가능성도 있습니다. 여자가 살인을 하고, 남자가 한 것처럼 보이도록 고의적으로 파이프 소제기를 떨어뜨리는 거죠. 또는 남자 한 명, 여자 한 명, 두 사람이 각자 사건에 관련되었고, 부주의하게도 각자 자신을 드러내는 단서를 흘렸을 가능성도 고려해 볼 수 있습니다. 좀 지나칠 정도로 우연의 일치가 많긴 하지만요."

"하지만 그게 다 모자 상자와는 무슨 상관입니까?"

여전히 의아해하며 의사가 물었다.

"아! 그걸 알아보려는 겁니다. 내가 말했던 대로 이 증거들은, 즉 1시 15분에 멈춰 서 있는 시계, 손수건, 파이프 소제기는 진짜 증거일 수도, 가짜 증거일 수도 있습니다. 그 점에 있어서는 아직 잘 모르겠습니다. 하지만 가짜 증거가 아니라고 내가 믿는 증거가 하나 있습니다. 물론, 내가 틀렸을 수도 있지요. 어쨌든 그 증거는 바로 이 납작한 성냥입니다. 난 이 성냥이 라쳇 씨가 아니라 살인자가 사용한 성냥이라고 믿습니다. 이 성냥은 범인을 옭아맬 수도 있는 종이 조각을 태우기 위해 사용되었습니다. 간단한 기록 같은 걸 태웠겠죠. 그렇다면, 종이에 씌어 있던 건 실수나 잘못, 또는 범인을 알려 주는 단서 같은 것이었을 겁니다. 이제 그게 뭐였는지 알아볼 작정입니다."

푸아로는 객실을 나갔다가 작은 스토브와 머리를 구부리는 데 쓰는 고데기를 가지고 돌아왔다.

"내가 수염을 다듬는 데 사용하는 겁니다."

푸아로가 고데기를 가리키며 말했다.

의사는 굉장히 흥미롭게 푸아로를 지켜보았다. 푸아로는 두 개의 철망을 평평하게 펴고는, 최대한 주의를 기울여서 한쪽 철망 위에 타다 남은 조각을 올려놓았다. 그리고 나머지 철망을 그 위에 덮고는 고데기로 집어 휴대용 스토브의 불꽃 위에 들어올렸다.

푸아로가 어깨 너머로 말했다.

"임시변통이죠, 이런 것은. 바라는 답이 나오는지 두고봅시다."

의사는 그 과정을 유심히 지켜보았다. 금속이 발갛게 달아오르기

시작하더니 갑자기 희미한 글자의 흔적이 나타났다. 천천히 불로
된 낱말이 만들어졌다.

대단히 조그만 조각이었으므로 겨우 세 마디와 나머지 한마디의
일부가 보였을 뿐이다.

　　어린 데이지 암스트롱을 기억

"아하!"

푸아로가 짤막하게 탄성을 질렀다.

"짚이는 게 있습니까?"

의사가 물었다.

푸아로의 눈빛이 빛났다. 그는 조심스럽게 들고 있던 걸 내려놓
았다.

"그렇습니다. 죽은 남자의 진짜 이름을 알아냈습니다. 미국을 떠
난 이유도요."

"이름이 무엇입니까?"

"'카세티'입니다."

콘스탄틴 의사가 눈썹을 찡그렸다.

"'카세티'라. 기억이 날 듯도 하군요. 몇 년 전 일이라서, 자세히
기억은 안 나지만……, 미국에서 일어났던 사건 같은데. 맞습니까?"

"맞습니다. 미국에서 벌어졌던 사건입니다."

푸아로는 그 이상은 설명하려 들지 않았다. 그는 계속 걸어다니

면서 주위를 조사했다.

"그 일에 대해선 곧 모든 것을 알게 될 겁니다. 먼저 여기서 찾을 수 있는 건 다 찾아보았는지 확인해 봅시다."

푸아로는 민첩하고 노련한 솜씨로 죽은 남자의 호주머니를 다시 한 번 뒤졌다. 하지만 흥미를 끌 만한 것은 발견되지 않았다. 옆 객실로 통하는 문을 열어 보려 했지만 반대쪽에서 자물쇠가 걸려 있었다.

"이해할 수 없는 게 한 가지 있습니다. 살인자가 창문을 통해서 달아난 게 아니고, 이 사잇문이 반대쪽에서 잠겨 있었다면, 그리고 복도로 나가는 문이 안에서 잠긴 데다 체인까지 걸려 있었다면, 도대체 살인자는 어떻게 방에서 빠져나갔을까요?"

콘스탄틴 의사의 말에 푸아로가 답했다.

"손과 발을 묶고 캐비닛 속에 들어간 남자가 사라졌을 때 관중들이 그렇게 말하곤 하죠."

"그 말씀은……?"

푸아로가 설명했다.

"내 말은 살인자의 의도가 문으로 달아났다고 믿게 만들려는 것이었다면, 다른 두 출구로 나가는 게 불가능해 보이도록 만드는 것 역시 당연하다는 겁니다. 캐비닛 속에서 사라진 사람처럼요. 그건 속임수예요. 어떻게 그런 속임수를 성공시켰는지 찾아내는 게 우리의 일이지요."

푸아로가 그들 쪽에서 사잇문을 잠그며 덧붙였다.

"딸에게 살인 사건에 대해 상세한 편지를 써 보내야겠다는 생각
이 허바드 부인의 머릿속에 떠오를 경우를 대비해서."

푸아로는 다시 한 번 방 안을 둘러보았다.

"더 이상은 이곳에서 할 일이 없군요. 부크 씨를 만나러 갑시다."

부크를 찾아갔을 때 그는 오믈렛을 거의 다 먹어 가던 참이었다.

"얼른 점심 식사를 하는 게 좋을 것 같더군요. 식사를 마치고 치운 후에 푸아로 씨가 이곳에서 승객들을 심문하시면 될 겁니다. 우리 세 사람에게 음식을 갖다 달라고 주문해 놓았답니다."

"멋진 생각입니다."

푸아로가 대답했다.

다른 두 사람은 별로 배가 고프지 않았지만 서둘러 식사를 마쳤다. 커피를 마실 무렵이 되자 부크가 그들 세 사람이 골몰하고 있는 사건에 대해서 말을 꺼냈다.

"에 비엥?(자, 그럼?)"

부크가 물었다.

"에 비엥, 피해자의 신원을 알아냈습니다. 미국을 떠날 수밖에 없였던 이유에 대해서도요."

"누구입니까?"

"암스트롱 가의 어린이 유괴 사건을 기억하십니까? 이 남자가 데이지 암스트롱을 살해한 바로 그 남자입니다. '카세티'라고 하죠."

"기억납니다. 충격적인 사건이었지요. 비록 세세한 것까진 기억하지 못하지만."

"암스트롱 대령은 영국인이었지만 절반은 미국인이었죠. 어머니가 월 스트리트의 백만장자인 W. K. 반데르 할트의 딸이었으니까요. 그는 한때 미국에서 인기 절정의 비극 배우였던 린다 아덴의 딸과 결혼했습니다. 그들 부부는 미국에서 살았고, 몹시 귀여워하는 딸아이가 한 명 있었지요. 그 딸이 세 살 때 납치당했습니다. 그리고 유괴범은 몸값으로 엄청난 금액을 요구했지요. 그 이후의 자질구레한 일들을 말씀드리진 않겠습니다. 중요한 건, 20만 달러라는 엄청난 돈을 지불한 뒤 아이의 시체가 발견되었는데, 최소한 죽은 지 2주일은 넘었다는 겁니다. 사람들의 분노가 극에 달했지요. 그리고 상황은 더욱 나빠졌습니다. 임신 중이었던 암스트롱 부인은 사건의 충격으로 아이를 사산했고 자신도 죽었습니다. 상심한 남편은 권총자살을 했지요."

"저런, 정말 불행한 일이었어요. 이제 기억이 났습니다. 내 기억이 맞다면 죽은 사람이 더 있었던 것 같은데요?"

부크가 말했다.

"그렇습니다. 프랑스 인인지 스위스 인인지 모르겠는데 불운한 하녀가 죽었죠. 경찰은 그녀가 범죄와 뭔가 관련이 있다고 생각했습니다. 그래서 하녀가 아무리 부정해도 믿어 주지 않았답니다. 마침내 절망의 구렁텅이에 빠진 가련한 소녀는 창문 밖으로 몸을 던져 자살했습니다. 그 후 그녀는 전혀 관계없는 무죄라는 것이 밝혀졌습니다."

"그것 참 안됐군요."

부크가 말했다.

"6개월 후, 이 남자 카세티가 아이를 유괴한 갱 집단의 우두머리로 체포되었습니다. 그들은 과거에도 같은 방법을 사용한 적이 있었지요. 경찰에게 덜미를 잡힐 것 같으면, 인질을 죽이고 시체를 숨긴 다음 범죄가 발각되기 전까지 가능한 한 많은 돈을 긁어냈습니다.

이 점을 분명하게 밝히고 싶군요. 카세티는 바로 그런 남자였습니다! 하지만 엄청난 돈을 모아 두었고 여러 사람의 약점을 쥐고 있었기 때문에 증거 불충분으로 석방되었습니다. 그러자 사람들이 그를 집단 구타하려 했고 그는 도망쳤습니다. 그 다음 일은 뻔하죠. 그는 이름을 바꾸고 미국을 떠났습니다. 그 후로는 이자를 받아 살면서 외국 여행을 즐기는 느긋한 신사 노릇을 했습니다."

"아! 켈 아니말!(짐승 같은 놈이로군요!)"

부크의 어조에서는 깊은 혐오감이 풍겨나왔다.

"죽어도 쌉니다. 정말이에요!"

"동감입니다."

"투 드 멤(그렇긴 하지만) 하필이면 오리엔트 특급이람. 다른 장소도 많았을 텐데."

푸아로가 슬쩍 미소를 지었다. 부크가 이 사건에 편견을 가지고 있다는 것을 알아차린 것이다.

"이제 우리가 가져야 할 의문은 바로 이겁니다. 이 살인이 카세티가 과거에 배신한 범죄 집단의 짓인지, 아니면 개인의 복수극인지 말입니다."

푸아로는 타다 남은 종이 조각에서 찾아낸 낱말에 대해 설명했다.

"내 가설이 맞다면, 편지를 태운 건 살인자였습니다. 왜일까요? 이 사건 해결의 실마리인 '암스트롱'이란 이름을 언급하고 있기 때문입니다."

"암스트롱 가의 사람 중 살아 있는 사람이 있습니까?"

"불행히도 난 잘 모르겠습니다. 암스트롱 부인에게 여동생이 있다는 건 어디선가 읽은 것 같지만."

계속해서 푸아로는 콘스탄틴 의사와 의견이 일치한 여러 가지에 대해 설명했다. 부크는 부서진 시계 이야기가 나오자 얼굴이 밝아졌다.

"살인이 일어난 시각을 정확하게 알려 주는 것 같군요."

"그렇습니다. 편리하기 그지없는 일이지요."

푸아로의 어조엔 딱히 표현하기 힘든 미묘한 무엇인가 있어서 두 사람은 어리둥절한 시선으로 그를 바라보았다.

"12시 40분에 라쳇이 차장에게 말하는 소리를 들었다고 말한 사람은 바로 당신 아닌가요?"

푸아로가 그 당시 일을 이야기하자, 부크가 말했다.

"글쎄요, 최소한 카세티, (아니 라쳇이군요. 앞으로는 이렇게 부르겠습니다.) 라쳇이 12시 40분까지는 확실히 살아 있었다는 건 증명되는거 아닙니까."

"정확하게 12시 37분입니다."

"그렇다면 12시 37분에, 라쳇 씨는 살아 있었습니다. 그것만은 분명한 사실입니다."

푸아로는 대답하지 않았다. 그는 생각에 잠겨 앞을 바라보며 앉아 있었다.

문을 두드리는 소리가 나고 식당차 사환이 들어왔다.

"식당차가 비었습니다."

"그리로 갑시다."

부크가 일어서며 말했다.

"나도 같이 갈까요?"

콘스탄틴 의사가 물었다.

"물론입니다, 의사 선생, 푸아로 씨가 괜찮으시다면."

"그럼요, 괜찮습니다."

푸아로가 말했다.

"아프레 부.(먼저 가시죠.), 메 농, 아프레 부.(아닙니다, 먼저 가십시오.)"와 같은 가벼운 인사치레가 오고 간 다음 그들은 객실을 떠났다.

제2부

증언

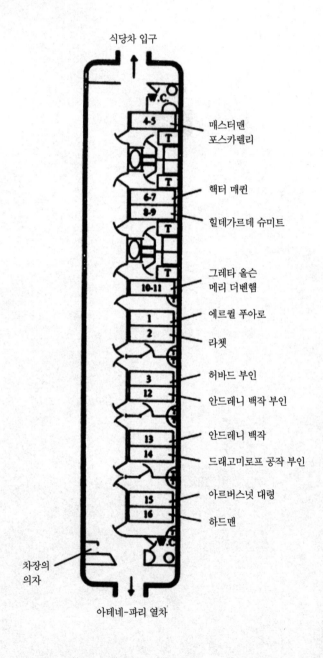

식당차 입구

W.C.

4-5

T

매스터맨
포스카렐리

T

핵터 매퀸

6-7
8-9

T

힐데가르데 슈미트

T

그레타 올슨
메리 더벤햄

10-11

에르퀼 푸아로

1
2

라쳇

3
12

허바드 부인
안드레니 백작 부인

13
14

안드레니 백작
드래고미로프 공작 부인

15
16

아르버스넛 대령
하드맨

W.C.

차장의
의자

아테네-파리 열차

식당차에는 모든 준비가 갖춰져 있었다.

푸아로와 부크는 나란히 한 식탁에 앉았고 의사는 통로 건너편 자리에 앉았다.

푸아로 앞의 식탁 위에는 승객 이름을 빨간 잉크로 표시한 이스탄불-칼레행 열차 도면이 놓여 있었다.

여권과 차표는 한쪽에 쌓여 있었다. 종이와 잉크와 펜과 연필도 있었다.

"좋습니다. 이제 순조롭게 심문을 시작할 수 있겠군요. 제일 먼저 차장의 증언을 들어야 할 것 같습니다. 그 사람에 대해 알고 계시죠? 어떤 사람입니까? 믿을 만한 사람입니까?"

"물론입니다. 피에르 미셸은 15년 동안 이 회사에서 일해 왔습니다. 프랑스 인이고 칼레 근처에서 살지요. 정직하고 성실합니다. 그리 똑똑하다고 할 순 없겠지만."

푸아로가 알겠다는 듯이 고개를 끄덕였다.

"좋습니다. 그럼 그를 만나봅시다."

피에르 미셸은 어느 정도 평정을 찾긴 했지만 여전히 신경이 곤두서 있었다.

"제가 게을렀다고 생각하지 않으셨으면 좋겠습니다."

푸아로에게서 부크에게로 시선을 옮기며, 피에르 미셸은 조심스럽게 말했다.

"끔찍한 일입니다. 이 일이 제 일에 영향을 끼치지는 않겠죠?"

그의 두려움을 없애 주려고 푸아로가 질문을 시작했다. 먼저 미셸의 성과 주소를 묻고, 근무 경력, 이 노선에서 일한 햇수를 물었다. 이미 푸아로가 알고 있는 사실들이었지만, 이 간단한 질문은 차장이 긴장을 푸는 데 도움이 되었다.

"자, 이제 지난밤의 사건 이야기를 해 봅시다. 라쳇 씨는 언제 잠자리에 들었습니까?"

"저녁 식사를 마친 직후였습니다, 선생님. 베오그라드를 떠나기 전이지요. 그 전날 밤도 그랬습니다. 저녁 식사를 하는 동안 잠자리 준비를 해 놓으라고 시키시더군요. 저는 시키시는 대로 했습니다."

"그 후 그 객실에 들어간 사람이 있었습니까?"

"하인과 비서인 젊은 미국 신사 분이 들어가셨습니다."

"좋습니다. 그 사람을 보거나 말을 나눈 건 그때가 마지막이었습니까?"

"아닙니다. 잊어버리셨군요, 선생님. 그분은 12시 40분 쯤에 벨을 누르셨습니다. 기차가 멈춘 직후였지요."

"정확히 무슨 일이 있었습니까?"

"제가 문을 두드렸더니, 그분은 실수였다고 외치셨습니다."

"영어였습니까, 프랑스 어였습니까?"

"프랑스 어였습니다."

"정확히 뭐라고 했지요?"

"'아무 일도 아니오. 실수로 눌렀소.'라고 하셨습니다."

"맞습니다. 나도 그렇게 들었습니다. 그런 다음 당신은 그 자리를 떠났습니까?"

"그렇습니다."

"당신 자리로 돌아갔습니까?"

"아닙니다. 그 직후 다른 벨이 울려서 거기로 갔습니다."

"자, 미셸, 이건 중요한 질문입니다. 당신은 1시 15분에 어디에 있었습니까?"

"저 말입니까? 통로 끝의 복도를 마주보는 제 의자에 앉아 있었습니다."

"확실합니까?"

"물론입니다, 하지만……."

"하지만 뭡니까?"

"그 전에 동료들과 이야기 좀 하려고 아테네에서 온 다음 칸 열차로 갔습니다. 우린 눈에 대해 이야기를 나누었습니다. 그게 1시를 조금 지난 때였습니다. 정확한 시간은 모르겠습니다."

"돌아온 건 언제였습니까?"

"또 벨이 울렸을 때입니다. 그건 저번에 말씀드린 것 같은데요. 미국 부인이 몇 번이고 벨을 울리셨습니다."

"기억이 나는군요. 그 다음에는요?"

"그 다음에요? 선생님의 벨 소리를 듣고, 생수를 갖다 드렸었지요. 그러고 나서 30분쯤 후에는 다른 객실의 잠자리를 준비해 드렸습니다. 라쳇 씨의 비서인 젊은 미국 신사 분이었습니다."

"잠자리를 준비하러 들어갔을 때 매퀸 씨는 방에 혼자 있었습니까?"

"15호실의 영국인 대령님과 함께 계셨습니다. 자리에 앉아서 이야기를 나누고 계셨죠."

"영국인 대령은 매퀸 씨 방을 나온 다음 무엇을 했습니까?"

"그분의 객실로 들어가셨습니다."

"15호실은 당신 자리에서 꽤 가깝지요. 그렇지 않나요?"

"맞습니다. 통로 끝에서 두 번째 방이니까요."

"대령의 잠자리는 준비가 끝난 상태였습니까?"

"그렇습니다. 그분이 식사를 하시는 동안 제가 준비를 해 두었습니다."

"그때가 언제쯤이었습니까?"

"정확히는 모르겠습니다. 하지만 2시가 넘지 않은 건 확실합니다."

"그 후에는 무얼 했습니까?"

"아침까지 제 자리에 앉아 있었습니다."

"다시 아테네발 열차로 가지는 않았습니까?"

"가지 않았습니다."

"혹시 잠이 들지는 않았습니까?"

"그렇다고 생각합니다. 기차가 정지한 상태였기 때문에 평상시처럼 잘 수는 없었습니다."

"복도를 지나간 승객이 있었습니까?"

차장은 기억을 되새겼다.

"숙녀 한 분이 통로 끝의 화장실에 가셨습니다."

"누구였죠?"

"모르겠습니다. 화장실은 통로 끝에 있었고, 그 숙녀 분은 제게 등을 돌리고 계셨으니까요. 용이 그려진 주홍색 잠옷을 입고 계셨습니다."

푸아로가 고개를 끄덕였다.

"그 다음에는?"

"아침까지 아무 일도 없었습니다."

"확실합니까?"

"아, 죄송합니다. 선생님께서 방문을 열고 잠깐 밖을 내다보셨습니다."

"좋습니다. 그 일을 기억하고 있는지 알고 싶었습니다. 그런데 난 무엇인가 무거운 것이 내 방문에 부딪치는 소리에 잠을 깨었습니다. 혹시 그게 뭐였는지 알고 있습니까?"

차장이 푸아로를 빤히 쳐다보았다.

"아무것도 없었습니다. 확실합니다."

"그렇다면 내가 꿈이라도 꾼 모양이로군요."

푸아로가 생각에 잠겨 말했다.

"그게 옆방에서 난 소리가 아니었다면 그렇겠죠."

부크가 말했다.

푸아로는 그 말에 담긴 암시를 알아차리지 못한 척했다. 차장 앞에서는 모른 척하고 싶은 듯했다.

"다른 문제로 넘어갑시다. 지난밤 암살자가 열차에 올라탔다고 가정하면, 범행을 저지른 후 열차를 빠져나갈 수 없다는 건 확실합니까?"

피에르 미셸이 고개를 끄덕였다.

"기차 안 어딘가에 몸을 숨길 수는 없을까요?"

"샅샅이 뒤져보았으니 그 생각은 포기하는 게 좋을 겁니다."

부크가 말했다.

"게다가 제 눈에 띄지 않고 침대 칸으로 들어갈 수는 없습니다."

미셸이 말했다.

"마지막으로 기차가 선 게 어디였습니까?"

"빈코브치에서였습니다."

"11시 58분에 그곳을 출발할 계획이었죠?"

"예정은 그랬지만 날씨 때문에 20분 늦게 출발했습니다."

"누군가가 객차에서 침대 칸으로 넘어올 수 있었을까요?"

"아닙니다. 저녁 식사 후엔 침대 칸과 보통 칸 사이의 문을 잠금니다."

"당신은 빈코브치에서 내렸었지요?"

"그렇습니다. 전 평상시대로 플랫폼에 내려서 기차 옆에 서 있었습니다. 다른 차장들도 마찬가지였고요."

"앞쪽 문은 어떻습니까? 식당차에 가까운 문 말입니다."

"항상 안쪽에서 잠급니다."

"지금은 잠겨 있지 않던데요."

차장이 놀란 표정을 지었지만 곧 얼굴이 밝아졌다.

"승객 중 한 분이 문을 열고 눈 구경을 했을 겁니다."

"그랬을 수도 있겠지요."

푸아로가 말했다. 그는 생각에 잠긴 채 일이 분 정도 식탁을 톡톡 두드렸다.

"저를 탓하는 건 아니시겠죠?"

차장이 겸연쩍어하며 물었다.

푸아로가 다정한 미소를 지었다.

"당신은 운이 나빴을 뿐입니다. 참! 물어봐야 할 게 한 가지 더 있습니다. 당신이 라쳇 씨의 방문을 두드리고 있을 때 다른 곳에서 벨이 울렸다고 말했죠? 사실은 나도 그 벨 소리를 들었습니다. 누구였습니까?"

"드래고미로프 공작 부인이셨습니다. 하녀를 불러 달라고 하셨습니다."

"그래서 그렇게 했습니까?"

"그렇습니다."

푸아로는 기차 도면을 꼼꼼히 살펴보았다. 그런 다음 머리를 숙였다.

"지금으로선 이게 전부입니다."

"감사합니다."

차장이 자리에서 일어나 부크를 바라보았다.

"걱정하지 말게, 자네가 게으름을 피웠다고는 아무도 생각하지 않으니까."

피에르 미셸은 기뻐하며 식당차를 나갔다.

비서의 증언

푸아로가 잠시 생각에 잠겨 멍하니 앉아 있다가 말했다.

"지금까지 알아낸 걸로 봐서는 매퀸 씨와 몇 마디 더 나누어 보는 게 좋을 것 같군요."

곧 젊은 미국인이 나타났다.

"어떻게 되어 가고 있습니까?"

"그리 나쁘지는 않습니다. 우리가 이야기를 나눈 후 몇 가지를 더 알아냈습니다. 이를테면, 라쳇 씨의 정체 같은 것 말입니다."

헥터 매퀸이 흥미를 느낀 듯 앞으로 몸을 숙였다.

"그래요?"

"라쳇이란 이름은 당신 생각대로 가명이었습니다. 사실 라쳇은 이름난 어린이 유괴범, '카세티'란 남자였습니다. 그 유명한 '데이지 암스트롱 사건'도 그의 짓이지요."

매퀸의 얼굴에는 깜짝 놀란 표정이 떠올랐다가 곧 어두워졌다.

"못된 놈 같으니!"

"그런 사실을 전혀 모르고 있었습니까, 매퀸 씨?"

"그렇습니다. 알았더라면, 그의 비서 노릇을 하느니 제 오른손을 잘라 냈을 겁니다."

젊은 미국인이 단호하게 대답했다.

"그 문제에 대해 상당히 나쁜 감정을 가졌나 보군요?"

"그럴 만한 이유가 있답니다. 그 사건을 다룬 지방 검사가 바로 내 부친이어서 암스트롱 부인을 몇 번 본 적이 있는데 정말 사랑스러운 여자였습니다. 그렇게나 여린 사람이었는데, 무척 상심을 하더군요."

매퀸의 얼굴이 더욱 어두워졌다.

"라쳇 같은 인간은 저지른 죄만큼 벌받아야 합니다. 그렇게 종말을 맞다니 기쁘군요. 그런 자가 살아 있다는 건 옳지 못합니다!"

"당신 자신이 기꺼이 그런 정의로운 일을 할 만큼요?"

"그럼요. 당연히……."

매퀸이 말을 끊더니 얼굴을 붉혔다.

"이런, 스스로 옭아매는 꼴이 되어 버렸군요."

"고용주의 죽음을 슬퍼하는 모습을 보였다면, 더욱 당신을 의심했을 겁니다, 매퀸 씨."

"설사 전기 의자를 면한다고 해도 그런 모습을 보일 수 있을 것 같지는 않군요."

매퀸이 단호하게 말했다. 그런 다음 곧 덧붙였다.

"주제넘게 캐묻는 게 아니라면, 어떻게 카세티의 정체를 밝혀냈는지 물어봐도 될까요?"

"방에서 편지 조각을 발견했습니다."

"하지만 확실히……, 그 노인네가 부주의했던 모양이로군요."

"보기 나름이겠죠."

푸아로가 말했다.

젊은이는 무슨 뜻인지 모르겠다는 표정으로 푸아로를 빤히 쳐다보았다.

"제가 할 일은 기차에 탄 모든 사람들의 행동을 확인하는 것입니다. 불쾌하게 여기실 필요는 없습니다. 이해하시겠죠? 정해진 절차일 뿐이니까요."

"물론 이해합니다. 계속하세요. 가능한 한 저 자신이 결백하다는 걸 밝히고 싶습니다."

푸아로가 미소를 지으며 말했다.

"방 번호를 물어볼 필요는 없겠군요. 당신과 하룻밤을 지냈으니 말입니다. 2등실 6호와 7호였지요. 제가 나온 후에는 혼자서 방을 사용하셨고요."

"맞습니다."

"자, 매퀸 씨, 어젯밤 식당차를 나간 후 무얼 하셨는지 말씀해 주시기 바랍니다."

"그러죠. 객실로 돌아가서 책을 조금 읽었고, 베오그라드에서는 플랫폼에 내려갔다가 너무 추워서 다시 올라왔습니다. 옆방의 젊은 영국인 아가씨와 잠시 이야기를 했고요. 그 다음에는 저 영국인, 아르버스넛 대령과 이야기를 나누었습니다.

그때 당신이 스쳐 지나갔던 것 같습니다. 그런 다음 이미 말씀드렸던 대로 라쳇 씨의 방에 가서 편지를 몇 장 받아 썼습니다. 그에게 인사를 하고 나오는데, 아르버스넛 대령이 여전히 통로에 서 있었습니다. 그의 방은 이미 잘 준비가 되어 있었기 때문에 전 제 방에 가자고 제안했습니다. 그리고 마실 것을 두 잔 주문해서 마셨습니다.

우리는 세계 정세라든가, 인도 정부와 우리 나라의 경제 문제, 월 스트리트의 위기 상황에 대해 토론했습니다. 전 완고한 영국인들을 좋아하지 않습니다만 그 사람은 마음에 듭니다."

"그 사람이 당신 방을 떠난 게 언제입니까?"

"꽤 늦은 시간이었죠. 아마 2시 정도였을 겁니다."

"기차가 정지한 걸 알아차렸습니까?"

"예. 좀 이상하단 생각이 들었습니다. 그래서 밖을 내다보니 꽤 많은 눈이 쌓였더군요. 하지만 심각하게 생각하지 않았습니다."

"아르버스넛 대령과 헤어진 다음엔 어떻게 했습니까?"

"그 사람은 자기 객실로 돌아갔고, 전 차장을 불러 잠자리 준비를 부탁했습니다."

"차장이 침대를 정리하는 동안 당신은 어디 있었습니까?"

"문 밖에서 담배를 피웠습니다."

"그 다음에는요?"

"그 다음에는 아침까지 잤습니다."

"저녁 시간 동안 기차에서 내린 적은 없었습니까?"

"아르버스넛 대령과 전, 거기가 어디였더라, 빈코브치에서 산책이나 할 겸 내려 보았지만 너무 추웠습니다. 눈보라가 몰아쳤으니까요. 그래서 우린 곧 돌아왔습니다."

"어떤 문으로 기차에서 내렸습니까?"

"방에서 가장 가까이 있는 문이었습니다."

"식당차 옆의 문 말입니까?"

"맞습니다."

"문이 잠겨 있었습니까?"

매퀸이 잠시 생각했다.

"예, 그랬던 것 같습니다. 최소한 막대기 같은 것이 손잡이를 가로질러 놓여 있었습니다. 그걸 말씀하시는 겁니까?"

"맞습니다. 기차로 돌아왔을 때 막대기를 다시 걸어 놓았습니까?"

"아니요, 그랬던 것 같지는 않습니다. 제가 나중에 탔는데, 그런 일을 했던 것 같지는 않습니다."

그렇게 대답한 매퀸은 갑자기 덧붙였다.

"그게 중요합니까?"

"그럴 수도 있겠지요. 자, 당신과 아르버스넛 대령이 이야기를 나누며 앉아 있는 동안 당신 방의 문은 열려 있었습니까?"

헥터 매퀸이 고개를 끄덕였다.

"가능하다면, 기차가 빈코브치를 출발한 후부터 아르버스넛 대령이 방에서 떠날 때까지 누군가 통로를 지나간 사람이 있는지 말씀해 주시면 좋겠군요."

매퀸이 양미간을 찌푸렸다.

"차장이 한 번 지나간 것 같습니다. 식당차 쪽에서 왔지요. 그리고 어떤 여자가 반대쪽으로부터 지나갔습니다."

"누구였습니까?"

"잘 모르겠습니다. 자세히 보지 못했습니다. 아르버스넛 대령과 한창 논쟁 중이었으니까요. 주홍색 실크 잠옷 차림의 여자가 문을 지나가는 걸 언뜻 보았을 뿐입니다. 제대로 보지도 않았지요. 어쨌거나 얼굴은 보지 못했습니다. 아시다시피 제 방은 기차 끝에 있는 식당차를 마주보고 있어서, 그쪽 방향으로 통로를 지나가면 지나가는 사람의 등만 보이니까요."

푸아로가 고개를 끄덕였다.

"화장실에 가는 길이었을까요?"

"그랬겠죠."

"돌아오는 것도 보았습니까?"

"아니요. 물어보시니 생각나는데, 돌아오는 모습은 보지 못했습니다. 하지만 당연히 돌아왔겠죠."

"한 가지 더 물어보겠습니다. 파이프 담배를 피웁니까?"

"아닙니다."

푸아로는 잠시 입을 다물고 있었다.

"우선은 이걸로 끝입니다. 이젠 라쳇 씨의 하인을 만나 보고 싶군요. 그런데 그 사람과 당신은 항상 2등실로 여행을 합니까?"

"하인은 그랬지요. 하지만 전 대개 1등실을 이용합니다. 가능하다면 라쳇 씨 옆방으로요. 그렇게 하면 라쳇 씨는 자기 짐을 제 침실에 넣어 두고 필요할 때마다 갖고 가거나 절 불러들일 수도 있으니까요. 하지만 이번 경우에는 라쳇 씨가 들어간 방을 빼고는 1등실이 모두 예약되어 있어서 어쩔 수 없었습니다."

"그렇겠군요. 감사합니다, 매퀸 씨."

푸아로가 전날 본 적이 있는 창백한 얼굴의 무표정한 영국인이 매퀸에 이어 들어왔다. 그는 서서 기다렸다가 푸아로가 의자를 권하자 앉았다.

"당신은 라쳇 씨의 하인이죠?"

"맞습니다."

"이름은?"

"에드워드 헨리 매스터맨입니다."

"나이는?"

"서른아홉입니다."

"주소는?"

"클러큰웰 구 프라이어가 21번지입니다."

"주인이 살해당했다는 소식을 들으셨죠?"

"예. 아주 놀라운 사건입니다."

"마지막으로 라쳇 씨를 본 게 언제였지요?"

하인은 잠시 생각했다.

"어젯밤 9시쯤이었습니다."

"어떤 일이 있었는지 정확하게 말해 주십시오."

"늘 하던 대로 라쳇 씨에게 가서 시중을 들었습니다."

"정확히 어떤 일을 했습니까?"

"옷을 개거나 걸어 두었습니다. 의치를 물 속에 담가 두고, 잠자리에 필요한 게 모두 갖추어졌는지 확인했습니다."

"주인의 태도는 어땠죠?"

"글쎄요. 화를 내셨던 것 같습니다."

"화를 냈다고요?"

"읽고 계시던 편지 때문이었습니다. 제가 그 편지를 침실에 갖다 놓았냐고 물으셨습니다. 물론 전 그런 일을 하지 않았다고 대답했고요. 하지만 그분은 제게 욕설을 퍼부으셨고 제가 한 일에 대해 사사건건 트집을 잡으셨습니다."

"그런 일이 자주 있습니까?"

"그렇습니다. 그분은 쉽게 화를 내는 성격이셨습니다. 물론 화내실 일이 있느냐 없느냐에 따라 달라지긴 하지만요."

"그가 수면제를 먹은 적이 있습니까?"

콘스탄틴 의사가 앞쪽으로 몸을 내밀며 귀를 기울였다.

"기차로 여행할 때는 항상 드십니다. 약을 먹지 않으면 잠이 오지 않는다고 말씀하셨죠."

"라쳇 씨가 늘 먹던 약이 무엇인지 알고 있습니까?"

"모르겠습니다. 약병에 이름이 붙어 있지 않았으니까요. 그냥 '수
면제: 취침시 복용'이라고만 적혀 있었습니다."

"라쳇 씨는 지난밤에도 약을 먹었습니까?"

"예. 제가 약을 물에 탄 잔을 탁자 위에 올려놓았습니다."

"먹는 걸 실제로 본 건 아니군요?"

"그렇습니다."

"그 다음엔 무슨 일이 있었습니까?"

"더 필요하신 게 있는지, 아침 몇 시에 깨워 드리면 좋을지 여쭤
보았습니다. 벨을 울릴 때까지는 방해하지 말라고 하시더군요."

"그건 흔히 있던 일입니까?"

"그렇습니다. 일어날 준비가 되시면 벨을 눌러 차장을 부르시고
절 불러오라고 시키곤 하셨습니다."

"라쳇 씨는 일찍 일어나는 편이었습니까, 늦게 일어나는 편이었
습니까?"

"기분에 따라 달라집니다. 때론 아침 식사 시간에 일어나기도 하
셨고, 때론 점심 때까지도 일어나지 않으셨습니다."

"그래서 아침에 부르러 오는 사람이 없어도 이상하게 생각하지
않았군요?"

"그렇습니다."

"당신 주인에게 적이 있다는 걸 알고 있었습니까?"

"예."

남자는 꽤 담담하게 말했다.

"어떻게 알게 되었습니까?"

"매퀸 씨와 편지에 대해 이야기하는 걸 들었습니다."

"당신은 주인을 좋아했습니까?"

매스터맨의 얼굴이 보통 때보다 더 무뚝뚝해졌다.

"그 일에 대해서는 별로 말씀드리고 싶지 않습니다. 그분은 관대하셨습니다."

"라쳇 씨를 좋아하지 않았군요?"

"미국인을 별로 좋아하지 않는다고만 해 두지요."

"미국에 가 본 적이 있습니까?"

"없습니다."

"신문에서 암스트롱 가의 유괴 사건을 읽은 적이 있습니까?"

남자의 뺨에 희미한 혈색이 돌아왔다.

"예. 어린 여자애였죠? 정말로 잔인한 일이었습니다."

"라쳇 씨가 그 사건의 주모자였던 걸 알고 있었습니까?"

"아니요. 믿어지지 않는군요."

하인의 말투에 처음으로 인간다운 감정이 묻어났다.

"그렇지만, 사실입니다. 자, 이제 당신이 어젯밤 뭘 했는지 들어봅시다. 아시겠지만, 그냥 형식적인 절차일 뿐입니다. 라쳇 씨의 방을 떠난 후 무얼 했습니까?"

"매퀸 씨에게 라쳇 씨가 찾는다는 말을 전하고 제 방으로 돌아와서 책을 읽었습니다."

"당신 방이라면?"

"맨 끝의 2등실입니다. 식당차 바로 옆이지요."

푸아로가 열차 도면을 살펴보았다.

"아, 알겠습니다. 어느 쪽 침대를 씁니까?"

"아래쪽 침대입니다."

"4호 침대인가요?"

"맞습니다."

"누구와 방을 함께 쓰고 있습니까?"

"예, 덩치 큰 이탈리아 인입니다."

"그 사람은 영어를 할 수 있습니까?"

"글쎄요, 그것도 영어라고 할 순 있겠죠. 그 사람은 미국의 시카고에 가 본 적이 있는 걸로 알고 있습니다."

하인이 경멸조로 말했다.

"그 사람과 자주 이야기를 나눕니까?"

"아니요. 전 책을 읽는 게 더 좋습니다."

푸아로가 미소를 지었다. 몸집 크고 말 많은 이탈리아 인과 고상하고 잘난 척하는 하인의 모습을 상상할 수 있었던 것이다.

"그럼, 요즘은 무얼 읽고 있는지 물어봐도 될까요?"

"현재는 아라벨라 리처드슨 여사의 『사랑의 포로』를 읽고 있습니다."

"좋은 책입니까?"

"상당히 재미있습니다."

"자, 계속합시다. 방으로 돌아와서 『사랑의 포로』를 읽었다고 했죠? 언제까지 읽었습니까?"

"대략 10시 30분까지 읽었습니다. 그 이탈리아 인이 자고 싶어 했고, 차장이 와서 잠자리를 준비했습니다."

"그 후에는 잠들었습니까?"

"잠자리에 들긴 했지만, 잠들지는 못했습니다."

"왜죠?"

"치통 때문이었습니다."

"아, 그렇군요. 치통은 꽤 고통스럽죠."

"대단히 고통스럽죠."

"어떤 조치를 취했습니까?"

"정향나무 기름을 발랐더니 통증이 좀 약해졌지만, 여전히 잠들수가 없었습니다. 그래서 머리맡의 전등을 켜고 계속해서 책을 읽었습니다. 정신을 딴 데로 돌려 볼까 하고요."

"그럼 거의 못 잤겠군요?"

"예. 새벽 4시쯤 되어서야 간신히 잠들었습니다."

"당신 동행인은요?"

"이탈리아 인 말씀이십니까? 아아, 그 사람은 코를 골며 잘만 자더군요."

"그 사람이 방 밖으로 나갔다 온 적은 없습니까?"

"없습니다."

"당신은요?"

"저도 없습니다."

"밤에 무슨 소리가 들리지는 않았습니까?"

"없었던 것 같습니다. 그러니까 별다른 게 없었다는 뜻입니다. 기차가 멈춰서 있어서 사방이 아주 조용했으니까요."

푸아로가 잠시 침묵을 지키다가 입을 열었다.

"이제 물어볼 것이 거의 없군요. 이 끔찍한 사건에 참고가 될 만한 것은 없습니까?"

"죄송하게도, 없습니다."

"혹시 매퀸 씨와 라쳇 씨가 말다툼 같은 것을 하는 걸 본 적이 있었습니까?"

"아니요. 전혀 없습니다. 매퀸 씨는 대단히 친절한 사람입니다."

"라쳇 씨 이전에는 누구를 모셨습니까?"

"그로스베너 스퀘어의 헨리 톰린슨 경을 모셨습니다."

"라쳇 씨와는 얼마나 오래 함께 있었지요?"

"아홉 달이 조금 넘었습니다."

"감사합니다, 매스터맨 씨. 그런데 파이프 담배를 피웁니까?"

"아니요, 전 그냥 담배만 피웁니다. 싸구려 담배로요."

"감사합니다. 이 정도면 됐습니다."

하인이 머뭇거렸다.

"죄송합니다만, 나이 지긋한 미국 부인께서 꽤 흥분하셨습니다. 살인범에 대해 다 알고 있다고 말씀하시더군요."

"그렇다면 그분을 만나 보는 게 좋겠군요."

푸아로가 미소를 지으며 말했다.

"제가 전해 드릴까요? 책임자를 만나고 싶다고 요구하신 지 꽤 되었습니다. 차장이 진정시키기 위해 애쓰고 있지요."

"우리에게 와 달라고 전해 주세요. 이야기를 들어 봐야겠습니다."

허바드 부인의 증언

허바드 부인이 말도 제대로 못할 정도로 흥분한 상태에서 식당차
로 들어섰다.

"말해 주세요. 여러분 중 누가 책임자예요? 난 아주 중요한 정보
를 알고 있답니다. 정말 아주아주 중요한 정보라서, 어서 빨리 책임
있는 누군가에게 말하고 싶어요. 만약 여러분들이……."

여자는 정신없이 세 사람을 번갈아 훑어보았다. 푸아로가 앞으로
몸을 내밀었다.

"제게 말씀하십시오, 부인."

푸아로가 말했다.

"우선 자리에 앉으시죠."

허바드 부인이 푸아로의 맞은편 의자에 털썩 주저앉았다.

"내가 하고 싶은 말은 바로 이거예요. 어젯밤 기차에서 살인이 일

어났고, 그 살인자가 '바로 내 침실 안에 들어왔었다'는 겁니다!"

그녀는 자기 말에 극적인 효과를 주기 위해 잠시 말을 끊었다.

"확실합니까, 부인?"

"물론 확실해요! 난 지금 말짱한 정신이라고요. 모든 걸 다 말해 드릴게요. 난 잠자리에 들었다가 갑자기 깼어요. 방 안은 아주 깜깜 했죠. 하지만 침실 안에 한 남자가 있다는 걸 알 수 있었어요. 너무 나 무서워서 비명조차 지를 수 없었답니다. 그래서 가만히 누워서 생각했죠. '맙소사, 난 죽을 거야.' 너무나 무서웠어요. 책에서 읽은 잔인한 열차 강도 이야기가 생각났죠. 그래도 난 생각했어요. '어쨌 거나 내 보석을 차지하진 못할 거야.' 난 보석을 양말에 넣어서 베 개 밑에 두거든요. 솔직히 그다지 편하지는 않아요. 그러니까 좀 울 퉁불퉁하잖아요, 내 말 무슨 뜻인지 이해하시죠? 어쨌든 그건 중요 한 게 아니라고. 내가 어디까지 얘기했더라?"

"침실 안에 어떤 남자가 있다는 걸 알아차리셨죠."

"맞아요. 난 눈을 감은 채 가만히 누워서 어떻게 해야 할지 생각 했어요. '딸애가 이 곤경을 몰라서 다행이야.'라는 생각도 했죠. 그 러다가 좋은 생각이 떠올라서 손으로 더듬어 벨을 눌렀어요. 하지 만 누르고 또 눌렀어도 아무 반응이 없었어요. 심장이 멎어 버리 는 것만 같았답니다. '맙소사, 기차에 탄 모든 사람들이 살해당했나 봐.'라고 생각했죠. 기차는 정지해 있었고 사방이 아주 조용했으니 까요. 다시 막 벨을 누르는데, 통로를 달려오는 발자국 소리가 들리 더군요. 그리고 문을 두드리는 소리가 났어요. '들어와요!'라고 외치

는 것과 동시에 불을 켰어요. 그런데, 믿으실 수 있겠어요? 방 안에
는 아무도 없었답니다."

허바드 부인에겐 이 부분이 실없는 결말이 아닌 극적인 절정으로
여겨지는 모양이었다.

"그 다음엔 어떻게 되었습니까, 부인?"

"난 차장에게 무슨 일이 있었는지 말했지만, 그는 믿으려 하지 않
았어요. 내가 꿈을 꾸었다고 생각하는 눈치더라고요. 침대 밑을 들
여다보라고 시켰더니 차장은 거기에는 남자 한 명이 들어갈 만한
공간이 없다고 하더군요. 그 남자는 도망친 게 분명해요. 하지만 남
자가 분명히 거기 있었는데, 차장이 내 말을 믿지 않고 무마시키려
고만 해서 정말 화가 났어요! 난 공상이나 하는 그런 여자가 아니에
요, 미스터……, 이름이 어떻게 되시죠?"

"푸아로입니다. 부인, 이분은 철도 회사의 중역이신 부크 씨, 그리
고 이쪽은 콘스탄틴 의사 선생님입니다."

"만나게 되어 반가워요."

허바드 부인은 세 사람에게 인사말을 건넸다. 그런 다음 다시 떠
들어 대기 시작했다.

"그때 내 머리가 평소처럼 빨리 돌아갔던 건 아니에요. 하지만 옆
방의 남자가 머릿속에 떠오르더군요. 살해당한 남자 말이에요. 차장
에게 사잇문을 봐 달라고 부탁했더니 아니나 다를까 잠겨 있지 않
았어요. 어쨌거나 난 문을 잠가 달라고 부탁했지요. 차장이 나간 후
에는 만일의 경우를 위해 여행 가방을 문 앞에 기대놓았답니다."

"그게 몇 시였습니까, 허바드 부인?"

"정확히는 모르겠어요. 시계를 본 적이 없거든요. 너무 당황해서 말이죠."

"그럼, 그 일에 대해 하실 말씀은?"

"불 보듯 뻔하잖아요. 내 방에 있던 남자가 바로 살인자예요. 달리 누가 있겠어요?"

"범인이 다시 옆방으로 돌아갔다고 생각하십니까?"

"그 사람이 어디로 갔는지 내가 어떻게 알겠어요? 난 눈을 꼭 감고 있었는데요."

"틀림없이 문을 통해 복도로 나갔을 겁니다."

"글쎄요. 난 모르겠어요. 눈을 감고 있었으니까."

허바드 부인이 한숨을 푹 내쉬었다.

"정말 무서웠어요! 딸아이가 이 일을 안다면……."

"부인, 살해당한 남자의 방인 옆방에서 난 소리를 들으신 게 아닐까요?"

"아니에요. 미스터……, 뭐라고 하셨죠? 아, 푸아로 씨, 그 남자는 바로 내 방에 있었어요. 증거도 있답니다."

허바드 부인은 의기양양하게 커다란 손가방을 사람들 앞에 내놓고 그 안을 뒤적거리기 시작했다. 그러고는 차례차례 그 속에 있는 것들을 꺼냈다. 크고 깨끗한 손수건 두 장과 뿔테 안경, 아스피린 병, 글로버 사의 소금 한 통, 연녹색의 박하 사탕 봉지, 열쇠 한 묶음, 가위, 여행자 수표, 지극히 평범하게 생긴 아이의 사진 한 장, 편지 몇 통, 다섯 줄로 된 가짜 진주 목걸이, 작은 금속 단추 등이었다.

"이 단추 보이시죠? 이건 내 단추가 아니에요. 내 옷에서 떨어진 것도 아니고요. 오늘 아침 일어났을 때 발견했어요."

그녀가 단추를 식탁 위에 내려놓자 부크는 앞으로 몸을 내밀며 탄성을 내질렀다.

"아, 이건 차장의 제복 단추군요."

"그렇다면 그에 대한 적절한 설명이 가능하겠군요."

푸아로가 부인을 바라보았다.

"부인, 이 단추는 차장의 제복에서 떨어졌을 것 같군요. 어젯밤 부인의 객실을 살펴볼 때 떨어졌거나, 아니면 침대 정리를 할 때 떨어졌을 겁니다."

"난 여러분이 왜 이러는지 모르겠어요. 꼭 내 말에 반대만 하려고 맘먹은 사람들 같군요. 보세요. 난 어젯밤 자기 전에 잡지를 읽고 있었어요. 그리고 불을 끄기 전에 창문 옆의 조그만 케이스 위에 잡지를 올려두었죠. 여러분도 그런 케이스가 있으시겠죠?"

그들은 그렇다고 대답했다.

"좋아요. 차장은 문가에서 침대 밑을 들여다보았고, 그런 다음 방 안으로 들어와서 사잇문을 잠갔어요. 하지만 창문 가까이 온 적은 없어요. 오늘 아침 그 단추는 잡지 위에 놓여 있었죠. 여러분이라면 그걸 어떻게 생각하시겠어요?"

"증거라고 생각하지요, 부인."

푸아로가 대답했다. 그 답변은 부인을 만족시킨 것 같았다.

"내 말을 믿어 주지 않으니 정말 불쾌하기 짝이 없군요."

"부인께서는 우리에게 아주 흥미롭고 중요한 증거를 제시하셨습니다."

푸아로가 달래듯 말했다.

"그럼 이제 몇 가지 질문을 해도 되겠습니까?"

"기꺼이 대답해 드리겠어요."

"부인께서는 이 라쳇이란 남자에게 신경이 쓰였다고 하셨는데, 그럼에도 사잇문을 잠그지 않으신 건 어떻게 된 겁니까?"

"잠갔어요."

허바드 부인이 얼른 대답했다.

"오, 그렇습니까?"

"사실은 스웨덴 여자에게 문이 잠겨 있는지 물어보았어요. 그랬더니 그녀가 잠겨 있다고 대답했죠."

"왜 직접 살펴보지 않으셨죠?"

"그때 난 침대에 있었고, 내 손가방이 문 손잡이에 걸려 있어서 그랬어요."

"부인이 그녀에게 그 일을 부탁한 게 몇 시쯤이었습니까?"

"어디 보자, 10시 30분이나 45분쯤이었어요. 그녀가 아스피린을 얻으러 왔죠. 어디 있는지 알려 주자 손가방에서 꺼내갔어요."

"부인은 그대로 침대에 누워 있었고요?"

"맞아요."

갑자기 허바드 부인이 웃음을 터뜨렸다.

"불쌍하기도 하지. 그녀는 몹시 당황했답니다. 실수로 옆방 문을 열었거든요."

"라쳇 씨의 방문을요?"

"예. 문이 모두 닫혀 있으면 제대로 찾는 게 얼마나 어려운지 아시잖아요. 그녀는 몹시 당황했어요. 그 사람이 웃음을 터뜨리더니 무례한 말을 내뱉었다고 하더군요. 가엾게도 그녀는 정말 완전히 당황하고 말았답니다. '이런, 난 실수를 합니다.'라고 그녀가 말했죠. '실수를 하다니 부끄럽습니다. 하지만 점잖은 사람 아니에요.' 하고 나중에 내게 이야기하더군요. 그 사람이 '당신은 너무 늙었어.' 라고 하더라는 거예요."

콘스탄틴 의사가 그만 킬킬거리며 웃고 말았다. 허바드 부인은 그를 차갑게 노려보았다.

"여자에게 그런 말을 하다니 그 사람은 좋은 남자가 아니에요. 그리고 그런 이야기를 듣고 웃는 것도 떳떳한 일은 아니지요."

콘스탄틴 의사가 서둘러 사과했다.

"그 후에 라쳇 씨 방에서 무슨 소리가 나지는 않았습니까?"

"글쎄요, 분명하지는 않은데……."

"분명하지 않다니 무슨 뜻이죠, 부인?"

"그 사람이 코를 골았어요."

"예? 코를 골았다고요?"

"끔찍하게 골아 대더군요. 그 전날 밤에도 그 소리 때문에 잠을 잘 수 없었어요."

"부인의 침실에 남자가 들어왔다가 나간 후에도 코 고는 소리가 들렸습니까?"

"푸아로 씨, 어떻게 내가 그 소리를 들을 수 있겠어요?"

"아, 그렇군요. 맞는 말입니다."

"암스트롱 유괴 사건에 대해 기억하십니까?"

"그럼요, 기억하고 있어요. 벌도 받지 않고 도망치다니 정말 어이 없는 일이었죠. 내 손으로 범인을 잡고 싶었답니다."

"도망치지 못했습니다. 죽었죠. 어젯밤에 죽었습니다."

"설마?"

허바드 부인이 몹시 흥분하여 의자에서 반쯤 일어났다.

"맞습니다. 라쳇이 바로 그 사람입니다."

"세상에! 세상에나! 딸애한테 편지를 써야겠어요. 어젯밤 내가 그 남자는 사악한 얼굴을 하고 있다고 말했죠? 보세요, 내가 맞았어요. 내 딸은 엄마의 예감이 맞는다는 쪽에 쌈짓돈을 걸어도 좋다고 말 하곤 하지요."

"암스트롱 가의 사람들과 친분이 있었습니까, 허바드 부인?"

"아니요. 그 사람들은 사람을 잘 사귀지 않았어요. 하지만 부인이 너무나 사랑스러워서 남편이 끔찍이도 위해 주었다는 이야기는 늘 들었지요."

"허바드 부인, 부인의 이야기는 정말 도움이 되었습니다. 그런데 부인의 성함을 제대로 가르쳐 주실 수 있겠습니까?

"물론이죠. 캐롤라인 마사 허바드예요."

"여기에 주소를 적어 주시겠습니까?"

허바드 부인은 주소를 쓰면서 잠시도 쉬지 않고 말했다.

"믿을 수가 없군요. 카세티가 이 기차에 타고 있었다니. 난 그에 대한 육감 같은 게 있었어요. 그렇죠, 푸아로 씨?"

"예, 그렇습니다, 부인. 그런데 혹시 주홍색 실크 잠옷을 갖고 있습니까?"

"맙소사, 정말 이상한 질문이로군요. 난 그런 잠옷이 없어요. 잠옷이 두 개인데, 하나는 배를 탈 때 따뜻하게 입을 수 있는 분홍색 플란넬 잠옷이고, 또 하나는 딸애가 선물한 것인데 보라색 비단으로 만든 좀 촌스러운 것이에요. 그런데 무엇 때문에 잠옷에 대해 알고 싶어하는 거죠?"

"부인, 어젯밤 주홍색 잠옷을 입은 여인이 부인의 침실이나 라쳇 씨의 침실에 들어갔습니다. 부인이 말씀하신 대로 문이 모두 닫혀 있을 때는 침실을 구별하기 힘드니까요."

"주홍색 잠옷을 입은 여자가 침실에 들어온 적은 없어요."

"그렇다면 라쳇 씨의 침실로 들어간 게 분명하군요."

허바드 부인은 입을 오므리며 쌀쌀하게 말했다.

"별로 놀랄 일도 아니에요."

푸아로가 몸을 앞으로 내밀며 말했다.

"그럼 옆방에서 여자 목소리를 들으셨습니까?"

"어떻게 아셨는지 궁금하군요, 푸아로 씨. 정말 신기하네요. 사실대로 말씀드리자면, 들었답니다."

"하지만 좀 전에 어젯밤 옆방에서 무슨 소리를 들었냐고 물었을 때, 부인은 라쳇 씨의 코고는 소리밖에 못 들었다고 하셨습니다."

"그 사람이 얼마간은 코를 곤 게 사실이니까요. 하지만 그때 외에 는⋯⋯."

허바드 부인은 얼굴을 붉혔다.

"말하기가 좀 민망하군요."

"부인이 여자 목소리를 들은 게 언제였습니까?"

"잘 모르겠어요. 잠깐 깨는 바람에 여자의 말소리를 들은 것뿐이 니까요. 여자가 어디 있는지는 분명했어요. 그래서 난 생각했죠. '저런 종류의 남자였군! 뭐, 놀랄 일도 아니지.' 그러고는 다시 잠들었어요. 물론, 그런 일은 이렇게 캐묻지 않으면 낯선 신사 분들에게 말씀드릴 일은 아니죠."

"부인의 방에 남자가 들어오기 전의 일이었습니까, 후의 일이었습니까?"

"어머, 그건 방금 물으셨던 것과 같죠! 죽은 그가 어떻게 여자에게 말을 할 수 있겠어요?"

"실례했습니다. 부인께서는 제가 아주 바보 같다고 생각하시겠군요."

"당신 같은 분이라도 가끔은 혼란을 일으키시겠죠. 그자가 짐승 같은 카세티였다니! 내 딸이 뭐라 할지⋯⋯."

푸아로는 그 선량한 부인이 꺼내 놓았던 물건들을 다시 손가방 속에 챙겨 넣는 걸 도와주고 문까지 배웅했다.

그녀가 나가려는 찰나 푸아로가 말했다.

"손수건을 떨어뜨리셨군요, 부인."

허바드 부인은 푸아로가 내민 조그만 모시 손수건을 바라보고 말했다.

"내 것이 아니에요. 내 건 여기 있답니다."

"죄송합니다. 여기에 'H.'라는 글자가 새겨져 있기에."

"글쎄요, 이상한 일이군요. 하지만 내 건 아니에요. 내 손수건에는 'C. M. H.'라고 표기되어 있고 이렇게 값비싼 파리의 사치품이 아니라 소박한 것이에요. 그런 손수건을 쓴다고 코 닦는 데 더 좋을 건 뭐죠?"

세 남자는 이 말에 아무 대답도 할 수 없었고, 허바드 부인은 의기양양하게 식당차를 빠져나갔다.

스웨덴 여자의 증언

부크는 허바드 부인이 남기고 간 단추를 만지작거렸다.

"이 단추, 난 정말 이해할 수 없군요. 결국 피에르 미셸이 관련되어 있다는 뜻일까요?"

푸아로에게선 대답이 없었다. 부크가 계속 말했다.

"어떻게 생각하십니까?"

"그 단추는 가능성을 던져 주긴 하죠. 지금까지 들은 증언을 검토하기 전에 스웨덴 여자를 만나 보기로 합시다."

푸아로는 앞에 놓인 여권 더미를 뒤적거렸다.

"어, 여기 있군. 그레타 올슨, 나이는 마흔아홉."

부크가 식당차 급사에게 명령을 내리자, 잠시 후 노란빛이 도는 회색 머리와, 순한 양같이 긴 얼굴을 한 스웨덴 여자가 안내되어 왔다. 그녀는 근시인 듯 안경 너머로 푸아로를 쳐다보았으나 꽤 침착했다. 여자가 프랑스 어를 알고 있어서 그 후의 대화는 프랑스 어로 이루어졌다. 푸아로는 이미 알고 있는 사실, 즉 여자의 이름, 나이, 주소 등을 물어보고 그 다음엔 직업을 물어보았다. 그녀는 자신이 이스탄불 근처에 있는 신학교의 간호부장이라고 했다. 그녀는 정식 교육을 받은 간호사였다.

"어젯밤 벌어진 사건에 대해서는 알고 계시겠죠?"

"그럼요. 아주 끔찍한 일이에요. 미국 부인이 내게 그 살인범이 자신의 침실로 들어왔었다고 얘기해 주었어요."

"내가 듣기로는 당신이 살아 있는 피해자를 본 마지막 사람인 것 같습니다만?"

"잘 모르겠지만, 그럴 수도 있겠죠. 실수로 그 사람의 방문을 열었거든요. 너무 부끄러웠어요. 정말 바보 같은 실수였죠."

"실제로 그를 보았습니까?"

"예, 그 사람은 책을 읽고 있었어요. 난 얼른 사과하고 밖으로 나왔습니다."

"그가 당신에게 무슨 말을 했습니까?"

여자가 살짝 볼을 붉혔다.

"그 사람은 웃으면서 몇 마디 하더군요. 하지만 난, 난 잘 알아듣지 못했어요."

"그 다음엔 무슨 일을 했죠?"

푸아로가 재빨리 화제를 바꾸었다.

"허바드 부인에게 아스피린을 좀 얻었어요."

"허바드 부인이 라쳇 씨 침실과 그녀 침실 사이의 사잇문에 빗장이 채워져 있는지 봐 달라고 하던가요?"

"예."

"빗장이 잠겨 있었나요?"

"예."

"그 다음에는요?"

"그 다음에는 내 침실로 돌아와서 아스피린을 먹고 자리에 누웠어요."

"그게 언제였습니까?"

"침대에 들어갔을 때가 10시 55분이었어요. 태엽을 감기 전에 시계를 보았기 때문에 알고 있어요."

"곧 잠들었습니까?"

"그렇게 금방은 아니었어요. 두통이 좀 나아졌지만, 얼마간은 잠이 오지 않아 그냥 누워 있었어요."

"잠들기 전에 기차가 정차했습니까?"

"그렇지 않아요. 막 잠들려고 할 때 역에 섰던 것 같아요."

"아마 빈코브치였을 겁니다. 당신 방이 여깁니까?"

푸아로가 도면 위를 손가락으로 가리키며 물었다.

"맞아요."

"위쪽 침대를 쓰십니까, 아래쪽 침대를 쓰십니까?"

"아래쪽 10번 침대예요."

"누구와 함께 객실을 쓰십니까?"

"예, 젊은 영국 아가씨예요. 아주 예의 바르고 상냥해요. 바그다드에서 왔다고 하더군요."

"기차가 빈코브치를 떠난 후로, 그 아가씨가 객실을 떠난 적이 있습니까?"

"아니요, 떠나지 않았어요."

"잠이 들었다면서 어떻게 그걸 알고 있지요?"

"난 잠을 깊이 자지 못해요. 조그만 소리에도 금방 잠에서 깨고는 하지요. 만약 그녀가 침대에서 내려왔다면 난 분명히 잠에서 깼을 거예요."

"당신은 침실을 나간 적이 있습니까?"

"오늘 아침까지는 없어요."

"주홍색 실크 잠옷을 갖고 있습니까?"

"아니요. 난 모직으로 된 아주 편한 잠옷을 갖고 있어요. 동양에서 살 수 있는 옅은 자주색 잠옷이에요."

푸아로가 고개를 끄덕였다. 그런 다음 다정한 목소리로 물었다.

"무슨 일로 이 여행을 하시죠? 휴가인가요?"

"예, 휴가를 받아서 집으로 돌아가는 길이에요. 하지만 먼저 로잔에서 1주일 정도 언니와 머물 생각이에요."

"언니의 주소와 이름을 적어 주실 수 있겠습니까?"

"그러지요."

"미국에 가 본 적이 있습니까, 부인?"

"갈 뻔했던 적은 있지만 간 적은 없어요. 몸이 불편한 부인과 함께 그곳에 갈 계획이었는데 마지막에 취소되었어요. 너무도 아쉬웠죠. 미국 사람들은 참 좋은 사람들이에요. 학교와 병원을 세우는 데 많은 돈을 내거든요. 게다가 매우 실리적이기도 하고요."

"암스트롱 유괴 사건을 들으신 적이 있습니까?"

"아니요. 그게 뭔데요?"

푸아로가 설명해 주었다. 그레타 올슨은 몹시 분노했다. 노란 머리카락이 감정에 겨워 떨리기까지 했다.

"그런 사악한 인간이 이 세상에 있다니! 신앙심이 흔들릴 정도로군요. 애 엄마가 가엽기도 하지! 그분을 생각하니 마음이 아프군요."

스웨덴 여자는 얼굴을 붉히고 눈물을 글썽이며 식당차에서 나갔다. 푸아로는 종이에 뭔가를 부지런히 적었다.

"뭘 쓰고 있습니까?"

부크가 물었다.

"나는 깨끗하게 정리해 두는 습관이 있어서요. 사건을 시간 순서대로 적어 보았습니다."

푸아로는 다 쓰고 나자 부크에게 종이를 넘겨주었다.

9시 15분 기차가 베오그라드를 출발.

9시 40분경 하인이 라쳇 씨의 옆에 수면제를 놓고 침실을 나옴.

10시경 매퀸이 라쳇 씨 침실에서 나옴.

10시 40분경 그레타 올슨이 라쳇을 목격(살아 있는 마지막 모습).

추가: 그는 독서 중이었다.

12시 10분 기차가 빈코브치 출발(예정보다 늦게).

12시 30분 기차가 폭설을 만남.

12시 37분 라쳇 씨의 벨이 울림. 차장이 찾아옴. 라쳇은 '아무 일도 아니오. 실수로 눌렀소.'라고 프랑스 어로 말함.

1시 17분경 허바드 부인이 침실 안에 어떤 남자가 있다고 생각하여 벨을 눌러 차장을 부름.

부크가 알겠다는 듯 고개를 끄덕였다.

"아주 정확하군요."

"이상하다고 생각되는 건 없습니까?"

"없어요. 모든 게 분명히 사실입니다. 범죄가 1시 15분에 일어난 게 틀림없군요. 증거물인 시계가 가리키는 시간이 그렇고 허바드 부인의 증언과도 잘 맞아요.

내가 한번 살인자를 추측해 보죠. 범인은 덩치 큰 이탈리아 인입니다. 그는 미국에서 왔죠. 그리고 이탈리아 인은 단검을 잘 사용한다는 걸 잊어선 안 되죠. 게다가 그들은 한 번 찌르는 게 아니라 몇 번이고 찔러 댑니다."

"그건 그렇지요."

"바로 그게 사건의 열쇠입니다. 카세티는 이탈리아식 이름이잖습니까. 분명히 라쳇과 그가 함께 유괴 사건을 벌였을 겁니다. 그런데 라쳇이 그를 배신한 겁니다. 이탈리아 인은 그를 뒤쫓아왔고, 처음에는 협박 편지를 보내다가 마침내 잔인한 방법으로 복수를 해치웠어요. 너무도 명백합니다."

푸아로가 의심스럽다는 듯 고개를 저었다.

"그렇게 간단한 일이 아닐 겁니다."

"내 말이 맞아요."

부크가 자기 추리에 점점 더 확신을 가지며 말했다.

"그 이탈리아 인이 절대로 침실에서 나가지 않았다고 맹세한 하인의 말은 어떻게 되는 건가요?"

"그게 문제로군요."

푸아로의 두 눈이 반짝였다.

"그래요, 그게 문제입니다. 라쳇 씨의 하인이 치통을 앓았다는 게 당신의 추리에는 안된 일이지만, 이탈리아 친구에겐 더할 나위 없는 행운이죠."

"곧 설명이 될 겁니다."

부크가 대단한 자신감을 내비치며 말했다. 푸아로는 다시 고개를 저었다.

"아니요. 그렇게 간단치 않을 겁니다."

"피에르 미셸이 이 단추에 대해 뭐라 하는지 들어봅시다."

차장이 호출되어 왔다. 그는 의아한 눈초리로 그들을 바라보았다.

부크가 목청을 가다듬었다.

"미셸, 여기 자네 제복에서 떨어진 단추가 있네. 미국 부인의 침실에서 발견된 거야. 이것에 대해 어떻게 설명하겠나?"

차장의 손이 무심코 제복을 더듬었다.

"전 단추를 분실한 적이 없습니다. 뭔가 잘못된 것이겠죠."

"이상한 노릇이군."

"저도 어떻게 된 건지 모르겠습니다."

차장은 놀란 듯했으나, 죄의식을 느끼거나 당황하는 모습은 아니었다.

부크가 의미심장하게 말했다.

"단추가 발견된 상황으로 보면, 이 단추는 어젯밤 허바드 부인이 벨을 울렸을 때 부인의 방 안에 있던 남자에게서 떨어진 게 확실하다네."

"하지만 거기엔 아무도 없었습니다. 부인이 그저 상상해 낸 것일 뿐입니다."

"상상해 낸 게 아니라네. 라챗 씨의 살해범이 그 길로 지나가면서 저 단추를 떨어뜨렸다고 하더군."

부크의 말뜻을 알아차린 피에르 미셸은 대단히 흥분했다.

"아닙니다, 그건 사실이 아니에요! 선생님은 제가 범인이라고 생각하시는군요. 전 결백합니다. 절대로 결백해요! 제가 왜 한 번도 본 적이 없는 사람을 죽였겠습니까!"

"허바드 부인이 벨을 눌렀을 때 자넨 어디 있었나?"

"아까 말씀드린 대로 옆 열차로 가서 동료와 이야기하고 있었습니다."

"그를 불러오겠네."

"그렇게 하십시오. 제발 그렇게 해 주십시오."

옆 열차의 차장이 불려왔다. 그는 즉시 피에르 미셸의 진술을 확인해 주었다. 게다가 부쿠레슈티에서 온 열차의 차장도 함께 있었단 말도 덧붙였다. 그들 세 사람은 눈 때문에 생긴 사태에 대해 이야기를 나누다가 미셸이 벨 소리를 들었다. 미셸이 열차와 열차를 연결하는 문을 열어젖히자, 세 사람 모두 분명하게 벨 소리를 들을 수 있었다.

벨이 계속해서 울렸고, 미셸은 벨 소리에 응답을 하기 위해 서둘러 달려갔다고 했다.

"보십시오. 전 죄가 없습니다."

미셸이 억울하다는 듯이 소리쳤다.

"그럼, 차장의 제복에서 떨어진 이 단추를 어떻게 설명하겠나?"

"모르겠어요. 정말 모르겠습니다. 제 단추는 모두 그대로 매달려 있습니다."

나머지 두 차장도 단추를 잃어버린 적이 없고 허바드 부인의 객실 안에 들어간 적도 없다고 대답했다.

"진정하게, 미셸. 허바드 부인의 벨 소리를 듣고 달려갔던 때의 기억을 되살려보게."

"자네, 통로에서 아무도 보지 못했나?"

"못 봤습니다."

"통로 저쪽으로 도망치는 사람을 보지 못했나?"

"다시 말씀드리지만, 못 봤습니다."

"이상하군."

푸아로가 끼어들었다.

"그다지 이상할 것도 없습니다. 시간상의 문제일 뿐입니다. 허바드 부인은 잠에서 깨어 누군가가 방 안에 있다는 걸 알게 되었죠. 잠시 동안 부인은 겁에 질려 눈을 꼭 감고 누워 있었어요. 아마 그 새 범인은 복도로 빠져나갔을 겁니다. 그런 다음 부인이 벨을 누르기 시작한 거지요. 하지만 차장은 곧 오지 않았습니다. 벨 소리를 들은 게 서너 번 울린 다음이었으니까요. 범인이 도망칠 시간은 충분합니다."

"그러면 어디로 도망갔을까요? 기차 주위엔 눈이 두껍게 쌓여 있었습니다."

"범인이 도망칠 수 있는 길은 두 가지가 있습니다. 화장실에 숨거나 다른 방으로 사라지는 것이죠."

"하지만 모두 손님들이 들어 있었는데요."

"맞습니다."

"자기 방으로 돌아갈 수도 있었다는 뜻입니까?"

푸아로가 고개를 끄덕였다.

"딱 맞는군. 딱 맞아요. 차장이 자리를 비운 10분 사이에, 살인자는 자기 방에서 나와 라쳇 씨의 방으로 가서 그를 죽이고, 안쪽에서 문을 잠그고 체인을 건 뒤, 허바드 부인의 방을 통해 밖으로 나와 차장이 도착했을 때는 여유 있게 자기 방에 돌아와 있었다 이거죠."

푸아로가 중얼거렸다.

"그렇게 간단하지는 않습니다. 여기 계시는 의사 선생도 그렇게 생각하실 겁니다."

부크가 차장 세 명에게 가도 좋다는 손짓을 했다.

"아직 만나 봐야 할 승객이 여덟 명 더 있습니다. 1등실 손님인 드래고미로프 공작 부인, 안드레니 백작과 백작 부인, 아르버스넛 대령과 하드맨 씨 이렇게 다섯 명. 2등실 손님인 더벤헴 양, 안토니오 포스카렐리 씨, 그리고 공작 부인의 하녀인 슈미트 양 이렇게 세 사람입니다."

"제일 먼저 누구를 만날까요? 이탈리아 인?"

"자꾸 이탈리아 인을 들먹이시는군요! 난 이름을 꺼낸 순서대로 할 겁니다. 공작 부인도 몇 분 정도라면 우리에게 시간을 내주실 수 있을 겁니다. 그분에게 내 말을 좀 전해 줘요, 미셸."

"알았습니다."

막 식당차를 나서려던 차장이 대답했다.

"여기까지 오시는 것이 수고스럽다면, 우리가 공작 부인의 객실로 갈 수도 있다고 전하게."

부크가 소리쳤다.

하지만 드래고미로프 공작 부인은 이쪽으로 오는 것을 선택했다. 식당차에 들어와서 살짝 고개를 숙여 인사한 다음 푸아로의 맞은편에 앉았다. 두꺼비같이 생긴 조그만 얼굴은 전날보다 훨씬 더 노랬고 확실히 추했다. 그러나 보석처럼 검고 위엄 있는 눈동자에서 지적인 기백과 숨겨진 활력을 한눈에 엿볼 수 있었다.

깊이 있고 분명한 목소리에는 짜증이 약간 섞여 있었다.

공작 부인은 부크가 화려한 미사여구를 써서 사과하는 걸 가로막았다.

"사과하실 필요 없어요. 살인이 일어났다는 건 알고 있으니까요. 당연히 승객 모두를 만나 봐야겠지요. 힘 닿는 데까지 도와드릴 수 있다면 기쁘겠습니다."

"친절하시군요, 부인."

푸아로가 말했다.

"천만에요. 그런 건 의무지요. 무얼 알고 싶으세요?"

"정식 세례명과 주소입니다. 직접 써 주시겠습니까?"

푸아로가 종이와 연필을 내밀었지만 그녀는 거절했다.

"당신도 쓸 수 있을 거예요. 어려울 게 없으니까요. 나탈리아 드래고미로프, 파리 클레베가 17번지입니다."

"콘스탄티노플에서 댁으로 돌아가시는 중입니까, 부인?"

"그래요. 난 오스트리아 대사관에서 머물고 있었습니다. 하녀와 함께 있지요."

"어젯밤 저녁 식사 후 부인께서 무얼 하셨는지 간단히 말씀해 주시겠습니까?"

"식사를 하는 동안 잠자리를 준비해 놓으라고 차장에게 일러두었죠. 식사가 끝난 후 곧 잠자리에 들었어요. 11시까지 책을 읽다가 불을 껐습니다. 관절염 때문에 쉽게 잠을 이룰 수 없었죠. 12시 45분에 벨을 눌러 하녀를 불렀습니다. 하녀는 마사지를 해 준 다음, 내가 졸릴 때까지 큰 소리로 책을 읽어 주었습니다. 언제 내 방을 나갔는지는 모르겠어요. 30분쯤 되었거나 좀 더 지난 시간이었을 겁니다."

"그때 기차가 정지해 있었습니까?"

"정지해 있었어요."

"이상한 소리가 들리지는 않았습니까?"

"이상한 소리는 듣지 못했어요."

"하녀의 이름은 무엇입니까?"

"힐데가르데 슈미트입니다."

"오랫동안 함께 있었습니까?"

"15년 되었지요."

"믿을 만한 사람입니까?"

"물론이죠. 죽은 남편의 독일 영지에서 온 사람이에요."

"미국에 가신 적이 있으십니까, 부인?"

갑작스럽게 화제가 바뀌자 노부인이 눈썹을 치켜올렸다.

"여러 번 가 보았죠."

"'암스트롱'이란 집안과 교제가 있었습니까? 비극적인 사건이 일어났던 바로 그 가족 말입니다."

감정이 묻어나는 목소리로 노부인이 말했다.

"내 친구들을 말씀하시군요."

"그렇다면 암스트롱 대령을 알고 계셨습니까?"

"그 사람에 대해서는 잘 알지 못해요. 하지만 아내인 소니아 암스트롱은 내 대녀였어요. 난 그녀의 엄마였던 여배우 린다 아덴과 절친한 사이였죠. 린다 아덴은 재능이 뛰어났어요. 세계에서 제일 위대한 비극 여배우 중 한 명이었지요. 맥베스 부인이나 마그다 역에 있어서는 그녀를 따를 사람이 없었답니다. 예술가로서도 그녀를 흠모했지만 개인적으로도 친했어요."

"그분은 돌아가셨습니까?"

"살아 있어요. 하지만 완전히 은둔해 버렸지요. 건강이 좋지 않아서 대부분의 시간을 누워서 지낸다고 하더군요."

"둘째 딸이 있지 않았습니까?"

"있었어요. 암스트롱 부인보다 훨씬 더 어렸지요."

"그녀는 살아 있습니까?"

"물론이죠."

"어디에 살고 있습니까?"

부인이 날카로운 시선으로 푸아로를 바라보았다.

"왜 그런 질문을 하는지 알고 싶군요. 그게 지금 이 기차에서 일어난 살인 사건과 무슨 상관이 있지요?"

"관련이 있습니다, 부인. 살해된 남자가 암스트롱 부인의 아이를 유괴해서 살해한 남자니까요."

"아!"

드래고미로프 부인은 눈썹을 찌푸렸다. 그러나 곧 자세를 고쳐앉았다.

"내 생각에 이 살인은 아주 잘된 일이로군요! 내 편협한 소견을 용서해 주시리라 믿습니다."

"물론입니다. 부인이 대답하지 않으신 문제로 되돌아가겠습니다. 암스트롱 부인의 여동생인 둘째 딸은 어디에 살고 있습니까?"

"솔직히 말하자면 모릅니다. 젊은 애들과는 연락하지 않고 살았으니까요. 몇 년 전 영국인과 결혼해서 영국으로 갔을 겁니다. 이름도 기억 나지 않는군요."

잠시 머뭇거린 공작 부인이 말을 이었다.

"내게 더 묻고 싶은 게 있나요, 신사 분들?"

"한 가지만 더 묻겠습니다, 부인. 약간 실례되는 질문이 되겠지만 부인의 잠옷 색깔을 알고 싶습니다."

공작 부인이 살짝 눈썹을 치켜올렸다.

"그런 질문을 하는 데는 까닭이 있겠지요. 내 잠옷은 파란색 공단입니다."

"더 이상은 없습니다, 부인. 질문에 답해 주셔서 감사합니다."

공작 부인이 묵직한 반지를 낀 손을 살짝 저었다. 그런 다음 자리에서 일어나자 다른 사람들도 따라서 일어났다. 공작 부인이 멈춰 섰다.

"실례지만, 이름을 물어봐도 될까요? 얼굴이 좀 눈에 익은 것 같군요."

"에르퀼 푸아로라고 합니다, 부인."

공작 부인은 잠시 조용히 서 있다가 말했다.

"에르퀼 푸아로, 예, 기억이 납니다. 이건 운명이로군요."

공작 부인은 몸을 꼿꼿이 세우고 약간 딱딱한 동작으로 걸어나 갔다.

"부알라 앙 그랑 담(대단한 부인이에요). 그렇지 않습니까?"

하지만 에르퀼 푸아로는 그저 고개만 저었다.

'운명이라니, 그게 무슨 뜻일까?'

안드레니 백작 부부의 증언

다음 차례는 안드레니 백작과 백작 부인이었다. 하지만 백작 혼자 식당차로 들어왔다.

직접 만나 본 백작은 준수한 용모를 지니고 있었다. 180센티미터가 넘는 키에, 엉덩이가 날씬하고 어깨가 넓었다. 잘 재단한 영국제 트위드 양복을 입고 있었는데 긴 콧수염이나 광대뼈의 선만 아니었다면 영국인으로 여길 만했다.

"무슨 일입니까?"

"사건이 일어났기 때문에 저로선 모든 승객들에게 몇 가지 질문을 할 수밖에 없습니다."

"그러시군요, 충분히 이해합니다. 그러나 아내나 내가 큰 도움이 될 것 같지는 않군요. 자느라고 아무 소리도 듣지 못했으니까요."

"죽은 사람이 누군지 알고 계십니까?"

"인상이 좋지 않은 덩치 큰 미국인이라고 알고 있습니다. 식사 시간에 저 탁자에 앉아 있었지요."

백작이 고갯짓으로 라쳇과 매퀸이 앉았던 식탁을 가리키며 말했다.

"그 말씀은 맞지만, 내 말은 살해된 남자의 이름을 알고 계시냐는 뜻이었습니다."

백작은 푸아로의 질문에 완전히 어이없는 표정이 되었다.

"아니요. 그 사람 이름을 알고 싶은 것이라면, 여권을 보면 되지 않을까요?"

"여권에는 라쳇이라고 되어 있습니다. 하지만 진짜 이름은 그게 아니죠. 그는 '카세티'라는 남자로, 미국에서 있었던 유명한 어린이 유괴 사건을 저지른 사람입니다."

푸아로는 말을 하면서 백작의 얼굴을 유심히 관찰했지만 백작은 별다른 반응을 보이지 않았다. 단지 눈을 약간 크게 떴을 뿐이다.

"아! 그거라면 사건의 실마리를 던져 줄 수 있겠군요. 미국은 참 별난 나라죠."

"가 보신 적이 있으십니까?"

"1년 정도 워싱턴에 가 있었습니다."

"그럼 암스트롱 집안을 알고 계시겠군요?"

"암스트롱……, 암스트롱이라……, 기억하기 어렵군요. 워낙 많은 사람을 만났으니까요. 어쨌든 이 사건에서 내가 도와드릴 일이라도?"

백작이 미소를 지으며 어깨를 으쓱했다.

"언제 주무시러 가셨습니까?"

에르퀼 푸아로의 눈이 도면을 슬쩍 훔쳐보았다. 안드레니 백작과 백작 부인은 인접한 12호실과 13호실을 쓰고 있었다.

"식사를 하는 동안 차장에게 한쪽 방에 잠자리를 준비해 놓으라고 일러두었습니다. 식당에서 돌아온 후에는 다른 쪽 방에 잠시 앉아 있었지요."

"그게 몇 호실이었습니까?"

"13호실입니다. 우린 카드 게임을 했습니다. 차장이 내 방에 잠자리를 준비해 준 다음 11시쯤 아내가 자러 갔고, 나도 곧 잠자리에 들었습니다. 그리고 아침까지 푹 잤습니다."

"기차가 정지한 걸 알아차렸습니까?"

"오늘 아침까지는 몰랐습니다."

"부인은요?"

백작이 미소를 지었다.

"아내는 기차 여행할 때면 항상 수면제를 먹습니다. 어제도 언제나처럼 트리오날을 먹었습니다."

안드레니 백작이 잠시 말을 멈췄다.

"도움이 되어 드리지 못해 미안합니다."

푸아로가 종이 한 장과 연필을 건넸다.

"감사합니다, 안드레니 백작. 형식적인 일이지만, 이름과 주소를 적어 주시겠습니까?"

백작이 천천히 이름과 주소를 썼다.

"내가 직접 쓰는 게 나을 겁니다. 우리 영지의 철자법은 익숙하지 못한 사람에게는 조금 어려우니까요."

백작은 푸아로에게 종이를 넘겨주고 일어섰다.

"아내를 불러올 필요는 없을 겁니다. 나 이상으로 할 말이 없을 테니까요."

푸아로의 눈이 조금 빛을 발했다.

"그래요, 그렇겠죠. 그래도 아내분과 한마디라도 해 봐야 될 것 같습니다."

"분명히 말하지만 그럴 필요 없습니다."

백작의 목소리가 위협하는 투로 울렸다. 푸아로는 점잖게 눈을 깜빡이며 말했다.

"형식적인 일이긴 하지만, 아시다시피 보고서 작성에 필요한 일이라서요."

"좋으실 대로 하십시오."

백작이 마지못해 말했다. 그는 외국식의 간단한 인사를 하고 식당차를 나갔다.

푸아로가 여권을 집어들었다. 백작의 이름과 작위가 씌어 있었다. 푸아로는 계속 읽어나갔다. '아내 동반. 세례명 엘레나 마리아. 결혼 전 이름 골든버그. 나이 20세.' 부주의한 공무원의 실수인지 기름 얼룩이 져 있었다.

"외교관 여권이군요. 실례하는 일이 없도록 조심해야겠습니다. 이런 사람들이 살인과 관련되어 있을 리 없을 테니까."

"요령 있게 할 테니 걱정 말아요. 그저 형식적인 일일 뿐입니다."

안드레니 백작 부인이 식당차 안으로 들어오자 푸아로는 말을 멈췄다. 수줍어하는 그녀의 모습은 꽤 매혹적이었다.

"절 만나고 싶어 하셨다고요?"

"형식적인 일일 뿐입니다, 백작 부인."

푸아로는 자리에서 일어나 정중히 맞은편 자리를 권했다.

"어젯밤에 이 사건에 도움이 될 만한 일을 보거나 들으셨는지 물어보고 싶었을 뿐입니다."

"전혀 없어요. 전 잠들어 있었거든요."

"예를 들어, 옆방에서 소란스러운 소리가 들리지는 않았습니까? 옆방을 쓰는 미국 부인이 신경성 발작을 일으켜서 차장을 부르기 위해 벨을 눌렀는데요."

"아무것도 듣지 못했어요. 아시다시피 전 수면제를 먹고 있어요."

"알겠습니다. 더 이상 부인을 붙들고 있을 필요가 없겠군요."

그러자 백작 부인이 얼른 자리에서 일어섰다.

"잠깐만 기다리세요. 여기 적혀 있는 결혼 전 이름, 나이 등이 정확한 겁니까?"

"정확해요."

"그럼 여기에 서명을 해 주시겠습니까?"

그녀는 우아한 필기체로 재빨리 서명했다.

'엘레나 안드레니.'

"남편분을 따라 미국에 가신 적이 있습니까, 부인?"

"아니요. 그때는 우리가 결혼하기 전이에요. 결혼한 지 겨우 1년

밖에 안 되었는걸요."

백작 부인은 살짝 얼굴을 붉히며 미소 지었다.

"그렇군요. 감사합니다. 그런데 혹시 남편분께서는 담배를 피우십니까?"

백작 부인이 돌아서려던 자세 그대로 푸아로를 바라보았다.

"예."

"파이프 담배입니까?"

"아니요, 그냥 담배나 시가를 피워요."

"아! 감사합니다."

그녀는 호기심에 찬 눈으로 푸아로를 바라보면서 잠시 머뭇거렸다. 아몬드형의 검은 눈은 사랑스러웠고, 아주 길고 검은 속눈썹은 희고 섬세한 뺨을 쓸어내릴 듯했다. 외국의 유행을 따른 듯한 진한 붉은색 입술은 살짝 벌어져 있었다.

그것은 이국적인 아름다움이었다.

"왜 그런 걸 물으시죠?"

"부인, 탐정은 별 걸 다 물어본답니다. 예를 들면 부인의 잠옷 색깔 같은 것 말입니다."

그녀는 푸아로를 빤히 바라보다가 웃음을 터뜨렸다.

"노란색 시폰이에요. 그게 중요한 건가요?"

"아주 중요합니다, 부인."

백작 부인이 신기해하며 물었다.

"그럼 정말 탐정이신가요?"

"물론입니다."

"유고슬라비아를 지나갈 때는 기차에 탐정이 타지 않는다고 하던 데요. 이탈리아에 도착할 때까지는 말이에요."

"전 유고슬라비아 탐정이 아닙니다. 국제 탐정입니다."

"국제 연맹 소속이세요?"

"저는 세계에 속해 있답니다, 부인."

푸아로가 연극 배우처럼 대답했다.

"대개는 런던에서 일을 하지요. 영어를 하실 줄 아십니까?"

푸아로는 마지막 말을 영어로 물었다.

"조금 할 수 있는데요."

백작 부인이 매력적인 악센트로 대답했다. 푸아로가 다시 한 번 인사했다.

"더 이상은 붙잡지 않겠습니다. 귀찮지는 않으셨죠?"

백작 부인은 미소를 머금고 살짝 고개를 숙여 보인 다음 떠났다.

"엘 레 졸리 팜므(사랑스런 여자로군요)."

부크가 감탄하며 말했다. 그러고는 한숨을 내쉬었다.

"우리 일에는 전혀 도움이 되지 않았지만."

"그래요. 저 두 사람은 아무것도 보지도 듣지도 못했군요."

푸아로가 말했다.

"이제 이탈리아 인을 만나 볼까요?"

푸아로는 그 말에 대답하지 않고, 헝가리 외교관 여권에 묻어 있는 기름 얼룩을 꼼꼼히 살펴보았다.

푸아로는 흠칫하며 정신을 차렸다. 부크의 열렬한 시선과 마주쳤을 때 그의 두 눈은 반짝거렸다.

"아, 나도 흔히 말하는 속물이 다된 것 같습니다! 2등실 손님들을 만나 보기 전에 1등실 손님들을 봐야 한다고 생각하다니. 자, 이제는 잘생긴 아르버스넛 대령을 만나 봅시다."

대령의 프랑스 어 실력이 별 볼일 없다는 걸 알고 있는 푸아로는 영어로 물었다. 아르버스넛 대령의 이름, 나이, 주소, 그리고 군대에서의 정확한 직위를 확인한 푸아로는 질문을 계속했다.

"당신은 휴가, 이른바 앙 페르미송을 얻어 인도에서 돌아오는 길이십니까?"

대령은 영국인답게 간결하게 대답했다.

"그렇습니다."

"그런데 동인도 회사의 배를 타지 않으셨군요?"

"그렇습니다."

"왜죠?"

"개인적인 이유지요."

'그건 당신도 마찬가지잖아, 이 참견꾼아.'라고 말하는 듯한 태도였다.

"인도에서 곧바로 오는 길이십니까?"

대령이 무미건조하게 대답했다.

"칼디스의 우르*를 보려고 하룻밤, 옛친구인 병참 장교와 우연히 만나 바그다드에서 사흘 밤을 머물렀습니다."

"바그다드에서 사흘을 보내셨군요. 저 젊은 영국인 아가씨 더벤햄 양도 바그다드에서 출발했다고 하던데요. 거기서 그녀를 만나셨습니까?"

"아니요. 그렇지 않습니다. 키르쿠크**에서 니시빈***으로 가는 호송 열차를 탔을 때 처음 만났습니다."

푸아로가 앞으로 몸을 내밀었다. 그는 필요 이상으로 외국인인 척하며 설득조로 말했다.

"부탁드릴 일이 있습니다. 기차에 타고 있는 사람 중에서 영국인은 당신과 더벤햄 양뿐입니다. 두 사람이 서로를 어떻게 생각하는

---

* 이라크에 있는 고대 수메르 인의 도시.

** 이라크 북쪽 도시로 쿠르드 족의 중심지.

*** 터키의 도시.

지 듣고 싶군요."

"대단히 괴상망측한 부탁이로군요."

대령이 냉랭하게 대꾸했다.

"그렇지 않아요. 이 사건은 피해자의 상태로 보아 여자가 저지른 짓일 확률이 아주 높습니다. 피해자는 열두 번 이상 찔렸습니다. 심지어 열차장은 '범인은 여자입니다.'라고 말했답니다. 그렇다면 내가 제일 먼저 해야 할 일이 뭘까요? 이스탄불-칼레행 열차를 타고 여행중인 모든 여자를 살펴보는 일이죠. 하지만 영국 여자를 판단하는 건 쉬운 일이 아닙니다. 영국인들은 아주 조심스러우니까요. 그래서 당신에게 부탁하는 겁니다. 이 더벤햄 양은 어떤 사람입니까? 그녀에 대해 뭘 알고 계시죠?"

"더벤햄 양은 숙녀입니다."

대령이 부드럽게 말했다.

"더벤햄 양이 사건에 관련되어 있을 리 없다고 생각하시는군요?"

푸아로가 대단히 기뻐하는 표정으로 말했다.

"그거야 당연하지요. 더벤햄 양은 그 남자와 전혀 모르는 사이입니다. 이전에 만난 적도 없고."

"더벤햄 양이 그렇게 말씀하셨나요?"

"그렇습니다. 그 사람의 기분 나쁜 얼굴에 대해 이야기한 적도 있지요. 내 생각엔 단지 추측일 뿐 전혀 증거가 없지만 설사 당신이 생각하듯 여자가 관련되어 있다고 해도, 더벤햄 양이 관련되어 있을 가능성은 없다고 보증할 수 있습니다."

"그 문제에 대해선 꽤 열심이시군요."

푸아로가 미소 지으며 말했다. 아르버스넛 대령이 차갑게 쏘아보았다.

"무슨 의도로 그런 말을 하는 거죠?"

푸아로는 그 차가운 시선에 당황했다. 그는 눈을 내리깔고 앞에 놓인 종이를 만지작거렸다.

"좋습니다. 이제 사실만을 따져 보기로 합시다. 믿을 만한 근거에 따르면 범행은 어젯밤 1시 15분에 일어났습니다. 그러니 기차에 타고 있는 사람들에게 그 시간에 무얼 하고 있었는지 물어보는 건 꼭 필요한 일입니다."

"그렇겠군요. 1시 15분에 난 살해당한 사람의 비서인 젊은 미국인과 이야기를 하고 있었습니다."

"이야기를 나눈 곳이 그 사람 방입니까, 당신 방입니까?"

"그 사람 방이었습니다."

"매퀸이란 이름의 젊은이지요?"

"맞습니다."

"그와는 친구였거나, 또는 알고 있던 사람이었습니까?"

"아닙니다. 이번에 처음 만났습니다. 우연히 가벼운 이야기를 나누다가 서로 흥미를 갖게 되었습니다. 난 원래 미국인을 좋아하지 않습니다. 전혀 쓸모없는 사람들이니까요."

푸아로는 매퀸이 영국인에 대해 했던 말을 떠올리며 슬그머니 웃었다.

"하지만 이 젊은이는 마음에 들었습니다. 인도의 정세에 대해 잘 못된 생각을 갖고 있긴 했지만. 그것이 미국인들의 큰 단점이죠. 지나치게 감상적인 이상주의자들입니다. 어쨌거나, 그는 내 의견을 흥미롭게 들었습니다. 난 거의 30년 가까이 그 나라에 있었으니까요. 그리고 난 그 젊은이가 말하는 미국의 재정 문제에 관심이 있었습니다. 그러다 보니 우린 세계 정세에 대해서까지 이야기를 나누게 되었고 시계를 보았을 때는 꽤 놀라고 말았습니다. 1시 45분이었으니까요."

"대화가 끝난 게 그때였습니까?"

"예."

"그 다음에는 어떻게 하셨습니까?"

"내 방으로 돌아왔습니다."

"잠자리가 준비되어 있던가요?"

"예."

"당신 침실은, 어디 보자, 15호실이로군요. 식당차 맞은편의 끝에서 두 번째 방."

"맞습니다."

"침실로 돌아갈 때 차장은 어디 있었습니까?"

"조그만 탁자 끝에 앉아 있었습니다. 내가 방으로 들어오려고 할 때 매퀸이 차장을 부르더군요."

"왜 불렀을까요?"

"잠자리를 준비해 달라고 불렀겠죠. 그 방엔 아직 준비가 되어 있지 않았으니까요."

"자, 아르버스넛 대령. 신중하게 생각해 주시기 바랍니다. 당신과 매퀸 씨가 이야기를 나누는 도중에 누군가 문 밖의 통로를 지나간 사람은 없었습니까?"

"꽤 많이 있었겠죠. 하지만 신경 쓰지 않았습니다."

"그렇겠죠. 하지만 내 말은 이야기를 나누었던 마지막 한 시간 반 정도의 시간을 묻는 겁니다. 두 분은 빈코브치에서 기차 밖으로 나갔지요?"

"그렇습니다. 겨우 1분 정도였지요. 눈보라가 몰아쳤고 끔찍하게 추웠습니다. 얼른 차 안으로 돌아오니 안심이 되더군요. 평상시엔 이 기차가 지나치게 난방을 해 댄다고 생각했지만 말입니다."

부크가 한숨을 쉬었다.

"모든 사람을 만족시킨다는 건 쉽지 않은 일입니다. 영국인들은 모든 것을 열어젖히지요. 그러면 다른 사람들이 와서 그 모든 것을 닫아 버려요. 아주 어려운 일입니다."

푸아로도 아르버스넛 대령도 부크의 말에 관심을 보이지 않았다.

"자, 기억을 되살려 보십시오."

푸아로가 용기를 북돋워 주듯 말했다.

"밖은 아주 추웠습니다. 두 분은 기차로 돌아왔어요. 그러고는 다시 자리에 앉아 담배를 피웠습니다. 시가일 수도 있고, 파이프 담배였을 수도 있고……."

푸아로가 잠시 말을 머뭇거렸다.

"나는 파이프를 피웠고 매퀸은 담배를 피웠습니다."

"기차가 다시 움직이기 시작합니다. 당신은 파이프 담배를 피웁니다. 당신들은 유럽 정세와 세계 정세에 대해 토론을 벌이지요. 이제 시간이 늦어서 대부분의 사람들은 잠자리에 들었습니다. 그때 누군가 문 앞을 지나가지 않았습니까? 생각해 보십시오."

아르버스넛이 기억을 되살리느라고 얼굴을 찡그렸다.

"뭐라 말하기 어렵군요. 신경 쓰지 않아서요."

"하지만 당신은 사소한 것까지 관찰하는 군인의 주의력을 갖고 있습니다. 무의식중에 알아차린 것이 있을 겁니다."

"모르겠습니다. 내 기억으로는 차장을 제외하곤 지나간 사람이 없습니다. 잠깐만, 여자가 한 명 있었던 것 같습니다."

"여자를 보셨습니까? 젊은 여자였나요, 나이 든 여자였나요?"

"자세히 본 건 아닙니다. 그쪽을 보고 있던 게 아니었으니까요. 그저 옷자락 스치는 소리와 냄새가 났습니다."

"냄새라고요? 좋은 냄새였습니까?"

"과일 냄새 비슷한 것이었습니다. 내 말은, 100미터나 떨어져 있어도 맡을 수 있는 냄새라는 뜻입니다. 하지만 어쩌면 그건 초저녁의 일이었는지도 모르겠습니다. 아시다시피 무의식중에 알아차리는 일이 원래 그러니까요. 그날 저는 저녁 어느 때인가 '여자 향기로군, 꽤 진한 향기인걸.'이라고 혼자 중얼거렸습니다. 하지만 그게 언제였는지는 확실히 기억 나지 않습니다. 빈코브치를 떠난 이후라는 건 확실합니다만."

"그건 어째서지요?"

"스탈린의 5개년 계획이 궁극적으로는 실패였다는 말을 하고 있던 때였으니까요. 그 향기 때문에 러시아에서 여성이 갖는 지위에 대한 생각이 떠올랐습니다. 그리고 러시아에 대한 이야기는 우리의 대화가 거의 끝나 갈 무렵에 나왔습니다."

"좀 더 정확하게 말씀해 주실 수는 없을까요?"

"아마도 마지막 30분 사이였을 겁니다."

"기차가 멈춘 이후입니까?"

상대방이 고개를 끄덕였다.

"그랬던 것 같습니다."

"그 이야긴 이제 그만 넘어가기로 하지요. 미국에 가 보신 적이 있습니까?"

"아니요. 가고 싶지도 않습니다."

"암스트롱 대령을 아십니까?"

"암스트롱……, 암스트롱이라……. 그런 이름을 가진 사람을 두세 명 정도 알고 있습니다. 나이가 육십대인 토미 암스트롱이란 사람이 있지만, 그 사람을 말하는 건 아니겠지요? 그리고 셸비 암스트롱은 솜므에서 전사했습니다."

"미국인 여자와 결혼했고, 하나뿐인 아이가 유괴당해 살해된 암스트롱을 말하는 겁니다."

"아, 맞습니다. 그런 이야길 읽은 기억이 납니다. 충격적인 사건이었습니다. 그 남자와 직접 만난 적은 없지만 알고는 있습니다. 토비 암스트롱입니다. 좋은 사람이었죠. 모든 사람이 그를 좋아했습니다. 빅토리아 십자 훈장을 받을 정도로 대단한 공훈도 세웠지요."

"어젯밤 살해당한 남자가 암스트롱 대령의 아이를 살해한 바로 그 사람입니다."

아르버스넛의 얼굴 표정이 돌변했다.

"그렇다면 저 악당은 당연히 치러야 할 대가를 치른 겁니다. 비록 교수형을 당하거나 전기 의자에 앉은 모습을 보는 쪽이 더 좋았을 거란 생각이 들긴 하지만 말입니다."

"아르버스넛 대령, 당신은 개인적인 복수보다는 법과 질서에 의한 처벌이 낫다고 생각하시는군요?"

"코르시카 인이나 마피아처럼 피의 투쟁을 벌이고 상대방을 찔러 죽이는 것이 옳다고 할 수는 없지요. 역시 배심원에 의한 재판이 정당한 제도라고 생각합니다."

푸아로가 일이 분 정도 생각에 잠겨 대령을 바라보았다.

"그렇군요. 당신의 관점을 알겠습니다. 자, 아르버스넛 대령, 더 이상은 물어볼 게 없는 것 같군요. 어젯밤 좀 이상하다는 생각하셨던 일은 없습니까? 또는 지금 다시 생각해 보니 이상하다는 느낌이 드시는 일은 없습니까? 생각나는 게 있으면 뭐든지 말씀해 주시기 바랍니다."

아르버스넛 대령이 잠시 생각에 잠겼다.

"아니, 없습니다. 단지……."

대령이 머뭇거렸다.

"괜찮습니다. 계속하세요."

"대수롭지 않은 일입니다."

"말씀해 보세요."

"정말 별일 아닙니다. 내 방으로 돌아가는데 옆방 문이 눈에 들어왔습니다. 열차 끝의 그 방 말입니다."

"16호실이지요."

"문이 닫혀 있지 않더군요. 안에서 어떤 사람이 훔쳐보듯 밖을 내다보고 있었습니다. 그러다가 재빨리 문을 닫아 버리더군요. 물론, 별일 아니란 건 알고 있지만, 그냥 이상하다는 생각이 들었습니다. 보고 싶은 게 있을 때 문을 열고 내다보는 건 흔한 일이지요. 하지만 그 남자의 훔쳐보는 듯한 태도가 내 주의를 끌었습니다."

"그렇군요."

푸아로가 미심쩍어하며 말했다.

"내가 별일 아니라고 말했죠."

아르버스넛이 변명하듯 말했다.

"하지만 한밤중이었고 아주 조용했기 때문에 그런 걸로도 불길한 느낌이 들더군요. 탐정 소설에서 나오는 것처럼 말입니다."

아르버스넛 대령이 일어섰다.

"더 이상 질문하실 게 없다면 난 그만……."

"감사합니다, 아르버스넛 대령. 더 이상은 없습니다."

대령은 잠시 망설였다. 외국인에게 질문받는 걸 불쾌해하던 처음의 태도는 사라지고 없었다.

"더벤햄 양이 결백하다는 건 나를 통해서도 알 수 있습니다. 그녀는 '퍼커 사이브'니까요."

아르버스넛 대령이 겸연쩍어하며 말했다. 그러곤 약간 얼굴을 붉히고 물러갔다.

"퍼커 사이브*가 무슨 뜻입니까?"

콘스탄틴 의사가 궁금해하며 물었다.

"더벤햄 양의 아버지와 남자 형제들이 아르버스넛 대령과 같은 학교를 나왔다는 뜻입니다."

"그건 범죄와는 아무 관련이 없는 말인데요?"

실망스러워하며 콘스탄틴 의사가 말했다.

"맞습니다."

푸아로가 대답했다. 그는 탁자를 가볍게 두드리며 생각에 잠겼다. 그러고 나서 고개를 들었다.

"아르버스넛 대령은 파이프를 피웁니다. 라쳇 씨 방에서 파이프 소제기가 발견되었고요. 라쳇 씨는 시가만 피우는 데 말이죠."

"무슨 생각을 하시는 거죠?"

"지금까지 파이프 담배를 피운다고 인정한 사람은 아르버스넛 대령뿐입니다. 그리고 받아들이려 하지는 않겠지만 그는 암스트롱 대령을 알고 있었습니다. 암스트롱 대령과 친분이 있었을 수도 있겠지요."

---

* 식민지 시대에 인도인이 유럽인에게 쓴 존칭으로 백인 중에서도 '영국인', '신사'를 의미한다.

"그러니까 당신은⋯⋯."

푸아로가 세차게 고개를 저었다.

"그건 불가능합니다, 절대 불가능하다고요! 명예를 알고 약간 바보스럽지만 고결한 영국인이 원수를 열두 번이나 칼로 찔러 댄다! 그런 일은 절대로 가능하지 않습니다!"

"심리학에 따른 분석이로군요."

부크가 말했다.

"심리학은 존중받아야 할 학문입니다. 이 범죄에는 표식이 있습니다. 하지만 아르버스넛 대령의 표식이 아닌 건 분명합니다. 자, 다음 사람을 만나 봅시다."

이번에는 부크도 이탈리아 인을 거론하지 않았다. 하지만 생각은 했다.

하드맨 씨의 증언

1등실 손님 중 마지막 차례인 하드맨은 이탈리아 인과 영국인 하인과 함께 식탁에 앉아 있던 화려한 옷차림의 덩치 큰 미국인이었다. 그는 요란스런 체크 무늬 양복에 분홍색 셔츠와 번쩍거리는 넥타이 핀을 하고 무언가를 입안에서 굴리며 식당차로 들어섰다. 천박하게 생긴 크고 통통한 얼굴에는 유쾌한 표정이 떠올랐다.

"안녕하십니까, 여러분? 무슨 일입니까?"

"살인 사건 이야기는 들으셨겠죠, 하드맨 씨?"

"물론이죠."

그는 입속에서 껌을 굴리며 대답했다.

"그래서 우린 열차 안의 승객들을 모두 만나 보는 중입니다."

"좋습니다. 사건을 해결하려면 그 길밖에 없겠군요."

푸아로가 앞에 놓인 여권을 내려다보았다.

"사이러스 베드맨 하드맨, 미국인, 41세, 타이프라이터용 리본을 팔러 여행중인 세일즈맨. 맞습니까?"

"맞습니다. 바로 그대로입니다."

"이스탄불에서 파리로 가십니까?"

"그렇습니다."

"이유는?"

"사업 때문이죠."

"항상 1등실로 여행하십니까, 하드맨 씨?"

"그렇습니다. 회사에서 비용을 부담하니까요."

그는 윙크를 했다.

"자, 하드맨 씨, 어젯밤 사건 이야기를 해 봅시다."

하드맨은 고개를 끄덕였다.

"그 일에 대해 하실 말씀이 있습니까?"

"없습니다."

"그것 참 유감스럽군요. 어젯밤 저녁 식사 후에 무얼 했는지 정확히 말씀해 주시겠습니까?"

처음으로 미국인이 단번에 대답하지 않았다. 잠시 후에 그가 물었다.

"미안합니다만, 당신들은 누구십니까? 좀 알려 주시겠습니까?"

"이분은 이 철도 회사의 중역이신 부크 씨, 이분은 시체를 검사한 의사 선생입니다."

"그럼 당신은?"

"난 에르퀼 푸아로입니다. 이 사건의 조사를 맡았습니다."

"당신에 대해 들어 본 적이 있습니다."

하드맨이 말했다. 그는 일이 분 정도 생각에 잠겼다.

"솔직하게 밝히는 게 좋을 것 같군요."

"알고 계시는 걸 모두 말하시는 게 좋을 겁니다."

푸아로가 말했다.

"당신은 내가 뭔가 알고 있다고 생각하는 모양이지만, 그렇지 않습니다. 난 아무것도 모릅니다. 하지만 알아내야 합니다. 그게 날 괴롭힙니다. 알아내야 한다는 것 말입니다."

"무슨 말인지 설명해 주시겠습니까, 하드맨 씨?"

하드맨이 한숨을 쉬고는 씹던 껌을 뱉어 주머니에 넣었다. 그와 동시에 완전히 사람이 달라졌다. 훨씬 진지한 인간으로 변한 것이다. 코맹맹이 소리도 사라졌다.

"그 여권은 위조한 겁니다. 사실 난 이런 사람입니다."

푸아로는 앞에 놓여진 명함을 꼼꼼히 살펴보았다. 부크도 어깨너머로 훔쳐보았다.

사이러스 B. 하드맨 맥닐 탐정 사무소, 뉴욕

푸아로는 그 이름을 알고 있었다. 뉴욕에서 가장 유명하고 가장 평판이 좋은 사립 탐정 사무소였다.

"자, 하드맨 씨, 이게 어떻게 된 일인지 좀 들어봅시다."

"이렇게 된 겁니다. 난 사기꾼 두 명을 쫓아 유럽에 왔습니다. 그건 이 일과 아무 관련이 없는 일이었습니다. 추적은 이스탄불에서 끝났지요. 난 상사에게 전보를 쳤고 돌아오라는 지시를 받았습니다. 뉴욕으로 돌아가려는 준비를 하고 있던 참에 이게 왔습니다."

하드맨은 편지를 내밀었다. 편지지 윗부분에는 토카틀리안 호텔의 표식이 있었다.

당신은 맥닐 탐정 사무소 직원이라고 하더군요. 오늘 오후 4시에 내 방으로 찾아와 주시기 바랍니다.

끝에는 'S. E. 라쳇.'이라고 서명되어 있었다.

"그래서요?"

"지정된 시간에 찾아갔더니 라쳇 씨가 사정을 설명해 주더군요. 그리고 편지 두 장을 보여 주었습니다."

"두려워하던가요?"

"아닌 척했지만 겁을 먹고 있었습니다. 내게 제안을 하나 하더군요. 파루스까지 열차를 함께 타고 가면서 자신을 경호해 줄 수 없겠느냐고. 그래서 내가 같은 기차로 여행을 했는데도, 누군가 그를 해치웠습니다. 그러니 내 마음이 편치 않죠. 나에겐 전혀 좋은 게 없는 상황입니다."

"당신이 지켜야 할 지침 같은 것은 없었습니까?"

"물론 있었죠. 그가 모든 걸 상세하게 지시했습니다. 내가 자기 옆방에 묵어야 한다고 했지만 이뤄지지 않았죠. 내가 얻을 수 있었던 방은 16호실뿐이었습니다. 그나마 꽤 애쓴 덕에 얻었습니다. 차장 말로는 만일의 경우를 대비해 남겨 두는 방이라고 하더군요. 상황을 헤아려 보니 16호실은 꽤 괜찮은 위치였습니다. 이스탄불 침대차 앞엔 식당차뿐입니다. 앞쪽에 있는 문에는 밤마다 빗장이 걸리고요. 암살자가 들어올 수 있는 길은 뒤쪽 문으로 들어오거나, 뒤쪽 열차에서 들어오는 길뿐입니다. 어느 경우든 내 방 앞을 지나가야 하지요."

"범인이 어떤 사람인지에 대해서는 전혀 모르셨나 보군요."

"글쎄요. 어떤 모습인지는 알고 있었습니다. 라쳇 씨가 설명해 주었으니까요."

"뭐라고요?"

세 남자는 모두 흥분해서 앞으로 몸을 내밀었다. 하드맨은 계속 말했다.

"작은 키, 검은 머리카락, 그리고 여자 같은 목소리를 가졌다고 하더군요. 첫날 밤엔 오지 않을 테고, 둘째 날 밤이나 셋째 날 밤에 올 확률이 높단 말도 했습니다."

"그는 뭔가 알고 있었군요."

부크가 말했다.

"비서에게 말한 것보다는 더 많이 알고 있었던 게 분명합니다."

푸아로가 신중하게 말했다.

"그 적에 대해 말한 것은 없습니까? 예를 들어, 그의 목숨을 노리는 이유 같은 것 말입니다."

"아니요. 그 부분에 있어서는 입을 다물었습니다. 단지 자신의 목숨을 끈질기게 노리고 있다는 말만 했습니다."

"작은 키에 검은 머리카락, 그리고 여자 같은 목소리……."

푸아로가 곰곰이 생각하며 중얼거렸다. 그런 다음 하드맨에게 날카로운 시선을 보냈다.

"물론 당신은 그가 누군지 알고 있었겠군요?"

"무슨 말씀인지?"

"라쳇 씨 말입니다. 당신은 그가 누군지 알고 있었죠?"

"무슨 말인지 모르겠습니다."

"라쳇 씨는 암스트롱 가의 여자 아이를 살해한 카세티였습니다."

하드맨은 길게 휘파람을 불었다.

"그것 참 놀랍군요! 난 라쳇 씨가 누군지 몰랐습니다. 그 사건이 벌어졌을 때 난 미국에서 멀리 떨어진 곳에 있었습니다. 신문에서 그 사람 사진을 보았을 수는 있겠죠. 하지만 신문에 난 사진이란 건 자기 어머니라 할지라도 알아볼 수 없을 정도죠. 카세티의 경우에도 마찬가지였을 겁니다."

"암스트롱 사건과 관련된 사람 중에 작은 키에 검은 머리카락, 그리고 여자 같은 목소리라는 묘사에 맞아떨어지는 사람을 알고 있습니까?"

하드맨은 일이 분 동안 열심히 기억을 더듬었다.

"뭐라 말하기 어렵군요. 그 사건에 관련된 대부분의 사람은 죽었으니까요."

"창문에서 몸을 던진 처녀가 있었지요, 기억 납니까?"

"물론이죠. 좋은 지적입니다. 그녀는 외국인이었어요. 아마 이탈리아계였을 겁니다. 하지만 암스트롱 사건 외에도 유괴 사건이 있었다는 걸 잊지 마십시오. 카세티는 한동안 유괴 사업을 벌였으니까요. 그 사건에만 한정해선 안 됩니다."

"하지만 이 살인이 암스트롱 사건과 연관이 있다고 믿을 만한 근거가 있습니다."

하드맨이 호기심에 찬 눈으로 쳐다보았지만, 푸아로는 반응을 보이지 않았다. 미국인이 고개를 저었다.

"암스트롱 사건 관련자 중 그런 생김새를 가진 사람은 기억 나지 않습니다. 물론 난 그 당시 미국에 없어서 그 사건에 대해 잘 모릅니다만."

"자, 하던 말을 계속하세요, 하드맨 씨."

"이제는 말할 게 별로 없습니다. 난 낮에는 자고 밤에는 보초를 섰습니다. 첫날 밤에는 의심스러운 일이 전혀 없었습니다. 내가 아는 한 어젯밤도 마찬가지였죠. 문을 살짝 열어 놓고 밖을 감시했는데 낯선 사람은 지나가지 않았습니다."

"확실합니까, 하드맨 씨?"

"확실합니다. 밖에서 기차 안으로 들어온 사람도 없고, 뒤차에서 건너온 사람도 없었습니다. 맹세해도 좋습니다."

"당신이 있던 위치에서 차장을 볼 수 있었습니까?"

"물론입니다. 차장은 내 방 맞은편의 조그만 의자에 앉아 있었습니다."

"기차가 빈코브치에 섰던 이후로 차장이 자리를 비운 적이 있습니까?"

"마지막 정거장 말입니까? 네, 비운 적이 있습니다. 벨 소리에 자리를 뜬 일이 두 번 정도 있었습니다. 열차가 선 직후엔 내 방 앞을 지나 뒤차로 갔습니다. 그곳에서 15분 정도 있었지요. 벨이 미친 듯이 울리자 차장이 뛰어서 돌아왔습니다. 난 통로로 걸어나와 어떻게 된 일인지 살펴보았습니다. 좀 신경이 쓰여서요. 미국 부인이 뭔가에 미친 듯이 화를 내고 있었습니다. 슬며시 웃음이 나오더군요. 차장은 다른 방으로 갔다가 돌아왔고, 누군가에게 줄 생수 병을 갖고 갔습니다. 그 다음에 차장은 잠시 자리에 앉았다가 저쪽 끝 방에 있는 누군가의 잠자리를 준비하기 위해 자리를 비웠습니다. 그 후로는 오늘 아침 5시까지 꼼짝도 하지 않은 걸로 알고 있습니다."

"차장이 졸던가요?"

"모르겠습니다. 그랬을 수도 있겠죠."

푸아로가 고개를 끄덕였다. 푸아로의 손이 자동적으로 식탁 위의 서류로 향했다. 푸아로가 다시 한 번 여권을 집어들었다.

"여기에 이름을 써 주십시오."

상대방은 시키는 대로 했다.

"당신의 신분을 확인해 줄 사람이 없는 것 같군요."

"이 기차에 말입니까? 그렇지 않습니다. 매퀸 씨가 해 줄 수 있을 겁니다. 난 그를 알고 있습니다. 뉴욕에 있는 그 사람 아버지의 사무실에서 그를 본 적이 있거든요. 물론 그렇다고 해서 매퀸 씨가 그 숱한 사람 중에서 날 기억해 줄지는 모르겠지만. 아, 그래요, 푸아로 씨, 눈이 그치길 기다려 뉴욕에 전보를 치면 될 겁니다. 내 말이 거짓말은 아니니까요. 그럼, 안녕히 계십시오, 여러분. 만나서 기뻤습니다, 푸아로 씨."

푸아로가 담뱃갑을 내밀었다.

"당신은 파이프 담배를 더 좋아하겠죠?"

"아니, 그렇지 않습니다."

그는 담배를 피우며 활기 차게 걸어나갔다.

세 사람은 서로의 얼굴을 바라보았다.

"저 사람 말이 진실이라고 생각하십니까?"

콘스탄틴 의사가 물었다.

"네, 그래요. 난 저런 유형을 압니다. 게다가 아주 간단히 거짓을 증명할 수 있는 이야기였습니다."

"저 사람은 아주 흥미로운 증거를 내놓았습니다."

부크가 말했다.

"그렇습니다."

"키가 작고 머리카락이 검고 날카로운 목소리라고 했죠."

부크가 조심스럽게 말했다.

"기차에 타고 있는 사람 중에는 그런 사람이 없군요."

푸아로가 잘라 말했다.

이탈리아 인의 증언

"자, 이제 부크 씨의 마음을 기쁘게 해 줄 이탈리아 인을 만나봅시다."

눈을 반짝이며 푸아로가 말했다.

안토니오 포스카렐리가 고양이같이 민첩한 동작으로 식당차에 들어섰다. 그의 얼굴은 밝았다. 전형적인 이탈리아 인다운 거무스름한 얼굴이었다. 그는 사투리가 약간 섞인 프랑스 어를 유창하게 구사했다.

"이름이 안토니오 포스카렐리죠?"

"그렇습니다."

"귀화한 미국인이라고 알고 있는 데요?"

"맞습니다. 그게 더 사업에 유리하거든요."

"포드 자동차 회사의 중개상입니까?"

"예. 아시다시피……."

구구절절한 설명이 이어졌다. 그 결과, 세 사람은 포스카렐리의 사업 방식, 여행 경험, 수입, 미국에 대한 견해, 그리고 대부분의 유럽 국가는 무시해도 좋다는 의견 등, 시시콜콜한 것까지 알게 되었다. 정보를 끌어내기 위해 애쓸 필요가 없는 사람이었다. 그냥 마구 쏟아져 나왔으니까.

그가 잠시 말을 멈추고 손수건으로 이마를 닦아 낼 때, 사람 좋아 보이는 아이 같은 얼굴이 만족감으로 빛났다.

"보시다시피 난 사업을 확장하고 있습니다. 시대를 앞서가는 거죠. 세일즈맨 정신이란 바로 그런 겁니다!"

"10년 넘게 미국에서 살고 계시겠군요?"

"그럼요. 아! 처음으로 배를 탔던 때를 잘 기억하고 있답니다. 미국에 가기 위해서였죠. 그렇게나 멀리 갔으니까요! 어머니와 여동생은……."

푸아로가 홍수처럼 쏟아져 나오는 말을 잘랐다.

"미국에 머문 동안 살해된 라쳇 씨를 우연히라도 만난 적이 있습니까?"

"전혀 없습니다. 하지만 그런 사람들은 잘 알고 있지요."

이탈리아 인이 의미심장하게 손가락을 튕겼다.

"고상해 보이고 세련되게 옷을 입지만 속은 영 글렀지요. 내가 겪어 봐서 잘 압니다. 아마 그 사람, 악당이었을 겁니다. 내 눈은 상당히 믿을 만하거든요."

"잘 보셨습니다. 라쳇은 유괴범인 카세티였습니다."

푸아로가 담담하게 말했다.

"내가 뭐라고 했습니까? 난 사람의 얼굴을 정확하게 읽어 내는 법을 알고 있답니다. 꼭 필요한 일이지요. 오직 미국에서만 제대로 장사하는 법을 배울 수 있습니다."

"암스트롱 사건을 기억하십니까?"

"잘 생각나지 않는군요. 이름을 들어 본 적은 있지만요. 어린 여자애였죠?"

"맞습니다. 아주 비극적인 일이었습니다."

이탈리아 인은 이 관점에 반대하는 첫 번째 사람이 되려고 했다.

"글쎄요, 미국처럼 거대한 문명에서는 그런 일들이 종종 일어나곤 하지요."

이탈리아 인은 철학자처럼 말했다.

푸아로가 말을 잘랐다.

"암스트롱 집안의 누군가와 만난 적이 있으십니까?"

"아니요. 그렇지는 않을 겁니다. 뭐라고 말하기 어렵군요. 예를 들자면, 지난해 난 혼자서……."

"요점만 말씀해 주십시오."

이탈리아 인은 손을 휘저어 사과의 뜻을 표시했다.

"정말 죄송합니다."

"지난밤 저녁 식사 후에 무얼 하셨는지 정확하게 말씀해 주시겠습니까?"

"난 될 수 있는 한 늦게까지 이곳에 남아 있었습니다. 그게 더 재미있었으니까요. 함께 식탁에 앉았던 미국 신사와 이야기를 하고는 객실로 돌아갔습니다. 방은 비어 있더군요. 나와 한 방을 쓰는 가련한 영국인은 주인을 시중들러 가고 없었습니다. 한참 후에 그 사람이 돌아왔습니다. 언제나처럼 우울한 얼굴을 하고요. 그는 예, 아니요 같은 간단한 의사 표시 외엔 전혀 말을 하지 않습니다. 영국인이란 참으로 불쌍한 종족입니다. 인정이 눈곱만큼도 없어요. 그는 뻣뻣하게 구석에 앉아서 책을 읽더군요. 그런 다음 차장이 와서 잠자리를 준비해 주었습니다."

"4번 침대와 5번 침대지요?"

푸아로가 물었다.

"맞습니다. 맨 끝 방이죠. 위쪽 침대가 내 침대입니다. 난 침대에 올라가서 담배를 피며 책을 읽었습니다. 영국인은 치통을 앓던지 냄새가 아주 독한 약병을 꺼내더군요. 난 곧 잠이 들었습니다만 그 사람의 끙끙 앓는 소리 때문에 새벽에 잠에서 깼습니다."

"당신이 잠든 사이에 그 사람이 방을 나가지는 않았을까요?"

"나가지 않았을 겁니다. 그랬다면 소리가 났을 테니까요. 나는 통로에서 불빛이 비쳐 들어오면 국경에서 검문을 하나 보다 싶어서 잠이 깨곤 합니다."

"그 사람이 자기 주인에 대해 말한 적이 있습니까? 혹시 미워하는 감정이라도 드러낸 적은?"

"그는 말하지 않습니다. 눈곱만큼도 인정이 없다니까요."

"담배를 피운다고 하셨죠? 파이프 담배입니까, 시가입니까, 궐련입니까?"

"궐련만 피웁니다."

푸아로가 담배를 내밀자 이탈리아 인이 받아들었다.

"시카고에 가 본 적이 있습니까?"

부크가 물었다.

"아, 있습니다. 좋은 도시지요. 하지만 난 뉴욕, 워싱턴, 디트로이트를 더 잘 알고 있습니다. 미국에 가 본 적이 있으십니까? 못 가 보셨다고요? 꼭 가 보십시오, 미국은……."

푸아로가 종이 한 장을 내밀었다.

"여기에 서명을 하시고, 주소를 적어 주세요."

이탈리아 인은 화려한 글씨체로 적어 주었다. 그런 다음 언제나처럼 싱글벙글하며 일어섰다.

"다 끝났습니까? 이젠 가도 되겠죠? 좋은 하루 보내십시오, 여러분. 기차가 얼른 폭설에서 벗어났으면 좋겠습니다. 밀라노에서 약속이 있거든요."

그가 근심스런 표정으로 고개를 저었다.

"약속을 지키지 못하면 거래를 망칠 겁니다."

이탈리아 인이 떠났다. 푸아로가 친구를 바라보았다.

"저 사람은 오랫동안 미국에 있었고 이탈리아 인입니다. 이탈리아 인은 칼을 잘 쓰죠! 엄청난 거짓말쟁이기도 하고요! 난 이탈리아 인이 마음에 들지 않습니다."

"곧 알게 되겠지요. 당신이 옳을 수도 있겠지만, 이건 말해 두고
싶군요. 그에겐 의심스러운 점이 전혀 없습니다."

"심리학적인 측면에서는 어떻습니까? 이탈리아 인들은 칼로 찌
르지 않습니까?"

"물론 그렇지요. 말싸움이 심해지면 특히 더하고요. 하지만 이건
성격이 다른 범죄입니다. 나도 전혀 모르겠습니다. 이건 아주 신중
하게 계획하고 준비한 범죄입니다. 오랫동안 시간을 들여 머리를
짜낸 범죄입니다. 뭐라고 하면 될까요? 라틴계의 사람들이 저지르
는 범죄가 아닙니다. 냉정하고 철두철미하며 뛰어난 두뇌, 앵글로
색슨계의 범죄 같습니다."

푸아로가 마지막 두 개의 여권을 집어들었다.

"자, 이제 메리 더벤햄 양을 만나봅시다."

더벤햄의 증언

식당차 안으로 들어선 메리 더벤햄의 모습은 푸아로가 이전에 그 녀에게서 받은 인상을 더 굳게 해 주었다.

프랑스제 회색 셔츠와 몸에 딱 붙는 검은색 정장을 깔끔하게 차 려입었고, 부드럽게 굴곡진 검은 머리카락도 흐트러짐 없이 단정했 다. 더벤햄의 태도 역시 머리카락만큼이나 정갈하고 조용했다.

그녀는 푸아로와 부크의 맞은편에 앉아 의아한 시선으로 두 사람 을 쳐다보았다.

"이름은 메리 허미언 더벤햄, 나이는 스물여섯. 맞습니까?"

"예."

"영국인이시죠?"

"예."

"이 종이 쪽지에 주소를 좀 적어 주시겠습니까?"

더벤햄이 주소를 적었다. 필체가 깨끗해서 읽기 편했다.

"그럼, 어젯밤 일에 대해 이야기하실 것이 있습니까?"

"죄송하지만 말씀드릴 게 없습니다. 그냥 잠만 잤거든요."

"이 기차에서 범행이 일어나서 상당히 귀찮으시겠군요?"

예상치 못한 질문이었던 것이 분명했다. 여자의 회색 눈이 커졌다.

"무슨 말씀인지 모르겠군요."

"아주 간단한 질문입니다. 다시 한 번 말씀드리지요. 이 기차에서 범행이 일어나서 상당히 귀찮으시겠군요?"

"그런 식으로 생각해 본 적은 없었어요. 그러니 귀찮다고 말할 수가 없군요."

"그럼, 마드무아젤께 있어 범행은 늘 일어나는 흔한 일입니까?"

"당연히 불쾌한 일이죠."

메리 더벤햄이 조용한 목소리로 말했다.

"앵글로 색슨답게 감정을 표현하지 않으시는군요."

더벤햄은 약간 미소를 지었다.

"제게도 감정이 있다는 걸 드러내려고 히스테리 부릴 필요는 없잖아요. 사람이 죽는 일은 매일 일어나는 일이니까요."

"맞습니다. 사람들은 매일 죽죠. 하지만 살인은 드문 일입니다."

"물론 그렇지요."

"죽은 사람과 친분이 있지는 않았습니까?"

"어제 점심시간에 여기서 본 게 처음이었어요."

"그 사람에게 어떤 인상을 받으셨습니까?"

"거의 신경 쓰지 않았습니다."

"악인이란 인상을 받지는 않으셨나요?"

그녀가 살짝 어깨를 으쓱했다.

"그랬던 것 같아요."

푸아로가 날카로운 시선으로 그녀를 바라보았다.

"마드무아젤께서는 내가 질문하는 방식을 약간 경멸하고 계시군요. 영국인이라면 그렇게 하지 않을 거라고 생각하시는 거겠죠. 간단하고 확실하게, 그리고 사실에 입각해서 질서 정연하게 정리한다고 말입니다. 하지만 내게도 나름대로의 방법이 있답니다. 먼저 증인을 만나 보고, 그 사람의 성격을 탐색하고, 그에 따라 질문할 방식을 정합니다. 방금 전에 난 뭐든지 자기 의견만 말하고 싶어하는 신사 분을 만났습니다. 그 사람에게는 요점만 말하도록 했지요. 그렇다 아니다, 이거다 저거다라는 식으로만 대답하게 만들었어요. 그런 다음 마드무아젤께서 오셨습니다. 당신이 논리 정연한 사람이란 건 한눈에 알 수 있습니다. 당신은 자신이 잘 아는 것에 대해서만 의견을 말할 겁니다. 간결하고 명확하게 말하겠죠. 하지만 인간의 본성이란 괴팍한 것이기에, 난 당신에게 좀 다른 방식으로 질문했습니다. 무얼 느꼈는지, 어떻게 생각했는지 등의 질문을 말입니다. 이런 방법이 마음에 들지 않습니까?"

"실례의 말이 되겠지만, 그런 건 시간 낭비처럼 보여요. 제가 라쳇 씨의 얼굴을 좋아했느냐 아니냐는 살인범을 알아내는 데 별로 도움이 될 것 같지 않군요."

"라쳇이란 사람이 어떤 사람이었는지 알고 계십니까?"

그녀가 고개를 끄덕였다.

"허바드 부인이 모두에게 알려 주는 중이에요."

"암스트롱 사건에 대해서는 어떻게 생각하시지요?"

"혐오스러운 사건이에요."

여자가 간결하게 말했다. 푸아로가 생각에 잠겨 그녀를 쳐다보았다.

"바그다드에서 출발하셨죠, 더벤헴 양?"

"예."

"런던으로 가십니까?"

"예."

"바그다드에선 무얼 하셨습니까?"

"두 아이의 가정 교사를 했습니다."

"휴가 후에는 그 자리로 돌아갈 예정이십니까?"

"잘 모르겠어요."

"왜 그렇죠?"

"바그다드는 불편해요. 적당한 일자리를 구할 수 있다면 런던에 있고 싶어요."

"그렇군요. 난 당신이 결혼을 하시려는 줄 알았습니다."

더벤헴은 대답하지 않고 시선을 들어 푸아로를 똑바로 쳐다보았다. 그 시선은 '무례하군요.'라고 분명하게 말하고 있었다.

"방을 함께 쓰는 올슨 양에 대해서는 어떻게 생각하십니까?"

"유쾌하고 단순한 사람 같더군요."

"올슨 양의 잠옷은 무슨 색입니까?"

그녀가 푸아로를 빤히 쳐다보았다.

"갈색이에요. 옷감은 천연모(毛)고요."

"아, 실례인 것 같습니다만, 알레포에서 이스탄불로 오는 길에 당신의 잠옷을 본 적이 있습니다. 아마 연한 자주색이었죠?"

"예, 맞습니다."

"다른 잠옷도 갖고 계십니까? 예를 들어 주홍색 잠옷 같은 것 말입니다."

"아니요. 그 잠옷은 제 것이 아니에요."

푸아로가 앞으로 몸을 내밀었다. 쥐에게 달려드는 고양이 같은 모습이었다.

"그럼, 누구 잠옷이지요?"

여자가 깜짝 놀라며 조금 뒤로 움츠러들었다.

"몰라요. 그게 무슨 뜻이죠?"

"마드무아젤께선 '그런 잠옷은 없어요.'라고 말하지 않고, '그 잠옷은 제 것이 아니에요.'라고 말하셨습니다. 즉 누군가가 그런 잠옷을 갖고 있다는 뜻이죠."

여자가 고개를 끄덕였다.

"기차에 탄 사람입니까?"

"예."

"누구죠?"

"방금 말씀드렸잖아요. 전 몰라요. 오늘 아침 5시쯤 기차가 꽤 오랫동안 서 있다는 느낌을 받으면서 잠에서 깼어요. 역에 정차한 건가 싶어 문을 열고 통로를 내다보았죠. 그때 주홍색 잠옷을 입은 사람이 복도를 지나가고 있더군요."

"그렇지만 그 사람이 누군지는 모르시겠다는 말씀이군요? 금발이었습니까, 검은 머리였습니까, 아니면 회색 머리였습니까?"

"모르겠어요. 그 여자는 실내모를 쓰고 있었고 난 뒷모습만 보았을 뿐이니까요."

"체격은 어땠습니까?"

"키가 크고 날씬하다는 인상을 받았지만 정확하지는 않아요. 잠옷에는 용이 수놓아져 있었고요."

"맞아요, 용이 맞습니다."

푸아로는 잠시 동안 아무 말도 하지 않았다. 그리고 속으로 중얼거렸다.

'이해가 안 돼, 정말 이해가 안 돼. 어느 것 하나 말이 되는 것이 없군.'

그런 다음 고개를 들고 말했다.

"더 이상 마드무아젤을 잡아 둘 필요가 없겠군요."

"예?"

그녀는 약간 놀란 것 같았지만 곧 자리에서 일어났다. 하지만 문으로 걸어가다가 잠시 머뭇거리더니 되돌아왔다.

"올슨 양이라고 했던가요? 그 스웨덴 여자가 걱정돼요. 살아 있는 피해자를 마지막으로 본 사람이란 말을 들었다더군요. 그래서 당신이 자기를 의심한다고 생각하는 것 같아요. 잘못 생각하고 있는 거라고 말해 줘도 될까요?"

메리 더벤햄은 살짝 미소를 지으며 말했다.

"그녀가 허바드 부인에게 아스피린을 받으러 간 게 언제였죠?"

"10시 30분이 조금 지나서였어요."

"얼마나 오랫동안 나가 있었나요?"

"5분 정도였습니다."

"밤새 또 방을 나간 적이 있었습니까?"

"없어요."

푸아로가 의사에게로 시선을 돌렸다.

"라쳇 씨가 그렇게 이른 시간에 살해당했을 수도 있습니까?"

의사는 고개를 저었다.

"그렇다면 그녀를 안심시켜 줘도 될 것 같군요."

"감사합니다."

메리 더벤햄이 갑자기 동정심이 깃든 미소를 지었다.

"그녀는 양 같아요. 근심에 찬 표정으로 우는 소리를 하는 것까지 똑같더군요."

그러고는 돌아서서 나갔다.

독일인 하녀의 증언

부크가 호기심에 가득 찬 표정으로 친구를 바라보았다.

"당신의 의도를 잘 모르겠군요. 어쩌려는 생각입니까?"

"틈을 찾고 있는 겁니다."

"틈이라니요?"

"저 젊은 숙녀의 갑옷 같은 침착함에 난 틈 말입니다. 그 냉정함을 흔들어 놓고 싶었거든요. 성공했을까요? 난 잘 모르겠습니다. 하지만 이건 알고 있습니다. 그녀는 내가 이런 식으로 심문할 거라곤 짐작도 못했죠."

"그 여자를 의심하고 있군요. 왜죠? 내 보기엔 그냥 매력적인 젊은 숙녀일 뿐 이런 흉악한 범죄를 저지를 아가씨 같진 않았는데요."

부크가 말했다.

"동감입니다. 냉정한 여자예요. 감정이라곤 없어요. 남자를 칼로 찌르기보다는 법원에 소송 걸 여자예요."

콘스탄틴이 말했다. 푸아로가 한숨을 쉬었다.

"두 분 모두 이 사건이 즉흥적이고 우발적으로 저질러진 사건이란 선입견을 버리셔야 합니다. 내가 더벤햄 양을 의심하는 이유에는 두 가지가 있습니다. 첫 번째는 내가 우연히 엿들은 이야기 때문입니다."

푸아로는 알레포에서 우연히 엿들은 이상한 대화를 두 사람에게 자세히 설명해 주었다.

"그것 참 이상하군요."

이야기가 끝나자 부크가 말했다.

"확실히 이상한 이야기입니다. 당신 생각대로라면 저 여자와 뻣뻣한 대령 두 사람이 함께 관련되어 있겠군요."

푸아로가 고개를 끄덕였다.

"그런데 그 점이 증명되지 않는군요. 두 사람이 함께 관련되어 있다면, 서로 상대방의 알리바이를 증명해 줘야 하지요. 그래야 하지 않겠습니까? 그런데, 그렇지가 않습니다. 더벤햄 양의 알리바이는 생전 처음 만난 스웨덴 여자가 증명해 주고, 아르버스넛 대령의 알리바이는 죽은 사람의 비서인 매퀸 씨가 증명해 주고 있습니다. 그 수수께끼의 해답은 그렇게 간단하지 않답니다."

"그녀를 의심하는 데에는 또 다른 이유가 있다고 했죠?"

부크가 되새겨주었다. 푸아로가 미소를 지었다.

"아! 하지만 그건 심리학적인 것이지요. '더벤햄 양이 이 범죄를 계획했을 가능성이 있을까?'라는 질문을 나 자신에게 했죠. 난 이 사건의 배후에 냉정하고 지적이며 뛰어난 두뇌가 있다고 확신합니다. 더벤헴 양이 바로 그런 사람이에요."

부크는 고개를 저었다.

"난 당신이 틀렸다고 생각해요. 내겐 저 영국 아가씨가 범인으로 보이지 않는군요."

"글쎄요. 자, 이제 마지막 사람이로군요. 하녀인 힐데가르데 슈미트를 만나 보지요."

차장에게 불려온 힐데가르데 슈미트는 식당차 안으로 들어오자 공손히 서서 기다렸다.

푸아로가 앉으라고 손짓했다.

그녀는 시키는 대로 자리에 앉아 두 손을 모으고 푸아로가 질문할 때까지 조용히 기다렸다. 똑똑해 보이지는 않아도, 대단히 차분한 모습이었다.

푸아로는 메리 더벤헴을 다룬 방식과는 전혀 다른 방식으로 힐데가르데 슈미트를 다루었다.

우선 여자가 편안함을 느낄 수 있도록 아주 친절하고 온화한 태도를 보였다. 그런 다음 이름과 주소를 적게 하고 부드럽게 질문을 시작했다. 심문은 독일어로 진행되었다.

"우린 어젯밤 일어난 사건에 대해 가능한 한 많이 알고 싶습니다. 당신이 범행 자체에 대해 많이 알고 있을 거라고 생각하지는 않지만, 그래도 뭔가 보거나 들은 게 있을 겁니다. 당신에겐 별일 아니지만 우리에겐 아주 중요한 의미가 있는 일 말입니다. 무슨 말인지 이해하시겠죠?"

이해한 것처럼 보이지 않았다. 대답을 하는 동안에도 그녀의 넓적한 얼굴에는 바보스런 표정이 그대로 남아 있었다.

"전 아무것도 몰라요."

"예를 들어, 당신 주인이 어젯밤 당신을 부르러 사람을 보냈죠?"

"예."

"그게 몇 시였습니까?"

"모르겠어요. 차장이 부르러 왔을 때 전 자고 있었어요."

"그렇군요. 그런 식으로 당신을 부르는 일이 자주 있습니까?"

"드문 일은 아니에요. 마님께선 밤에 가끔씩 저를 부르십니다. 잠을 잘 이루지 못하셔서요."

"좋아요. 그러니까 당신은 밤에 사람이 부르러 와서 일어나셨군요. 잠옷을 입고 가셨습니까?"

"아니요. 옷을 걸쳤어요. 잠옷 차림으로 마님 앞에 나서고 싶지 않았어요."

"하지만 아주 예쁜 잠옷이었겠죠. 주홍색 잠옷이 맞습니까?"

그녀가 푸아로를 빤히 쳐다보았다.

"짙은 파란색 플란넬 잠옷인데요."

"그렇군요! 계속하세요. 사소한 농담이었을 뿐이니까. 그래서 당신은 마님께 가셨군요. 그런데 거기서 뭘 하셨습니까?"

"마사지를 해 드렸어요. 그런 다음에는 책을 읽어 드렸죠. 제가 책을 잘 읽어 드리진 못하지만, 마님께선 그게 더 낫다고 말씀하시곤 해요. 그 덕분에 더 쉽게 잠이 온다고 하셨어요. 마님께선 졸음이 오자 제게 가 보라고 하셨고, 그래서 전 책을 덮고 제 방으로 돌아왔어요."

"그게 언제였지요?"

"모르겠어요."

"얼마 동안 그 방에 계셨습니까?"

"30분쯤 될 거예요."

"좋아요, 계속하시죠."

"먼저 전 제 방에 있던 남는 담요를 마님께 갖다 드렸어요. 난방이 되는데도 방이 아주 추웠거든요. 담요로 덮어 드리고 나자, 마님께선 제게 잘 자라고 말씀하셨어요. 전 마님께 생수를 따라 드리고 나서 불을 끄고 방을 나왔어요."

"그런 다음에는요?"

"더 이상은 없어요. 제 방으로 돌아와서 잤어요."

"혹시 용이 수놓아진 주홍색 잠옷을 입은 여자를 못 보셨나요?"

그녀의 온화한 눈이 툭 튀어나올 정도로 커다래졌다.

"예, 차장 말고는 아무도 없었어요. 모두들 자고 있었어요."

"하지만 차장은 보셨겠죠?"

"예."

"차장은 무얼 하고 있었습니까?"

"어떤 객실에서 나왔어요."

부크가 몸을 앞으로 내밀며 말했다.

"뭐라고요? 어느 객실이었죠?"

"기차의 가운데쯤에 있는 방이었어요."

힐데가르데 슈미트의 표정이 다시 겁먹은 표정으로 돌아갔다. 푸아로가 친구에게 나무라는 시선을 던졌다.

"차장이 밤에 손님의 벨 소리에 응답하는 거야 자주 있는 일이지요. 그 방이 어떤 방이었는지 기억하십니까?"

"기차의 가운데쯤에 있는 방이에요. 마님의 방에서 두 번째인가 세 번째 방이었어요."

"그래요? 그럼, 그 일에 대해 자세히 말씀해 주시겠습니까?"

"하마터면 저하고 부딪칠 뻔했어요. 그때 전 제 방에서 담요를 가지고 마님의 방으로 돌아가는 중이었어요."

"그런데 차장이 어떤 객실에서 나오다가 당신과 거의 부딪칠 뻔했다, 이거죠? 차장은 어느 쪽으로 가고 있었습니까?"

"제 쪽으로요. 사과를 하고는 식당차 쪽으로 갔어요. 그때 벨이 울리기 시작했지만 모른 체하고 가더군요."

그녀는 잠시 말을 멈췄다.

"그런데 이해가 안 돼요. 왜 그랬는지……."

푸아로가 안심시키려는 듯이 말했다.

"시간이 없어서 그랬겠지요. 흔히 있는 일이에요. 불행하게도 차장이 바쁜 날이었던 모양입니다. 당신을 깨우랴, 벨 소리에 대답하랴 말입니다."

"절 깨운 차장과는 다른 사람이었는걸요."

"다른 사람이었다고요! 전에 보신 적이 있는 사람입니까?"

"아니요."

"아! 그 사람을 다시 보면 알아보실 수 있겠습니까?"

"알아볼 수 있을 거예요."

푸아로가 부크의 귀에 대고 뭐라고 속삭였다. 부크가 일어서더니 문가에 가서 지시를 내렸다.

푸아로는 편안하고 친근한 태도로 질문을 계속했다.

"미국에 가 본 적이 있으십니까, 슈미트 부인?"

"한 번도 없어요. 분명히 멋진 나라일 거예요."

"살해된 남자가 어떤 사람인지 들으셨을 겁니다. 그는 어린아이를 죽인 유괴범이었습니다."

"예. 들었어요. 끔찍하고 사악한 일이에요. 위대하신 하느님이 그런 걸 용납하실 리 없어요. 우리 독일에는 그런 사악한 일이 없어요."

여자의 눈에 눈물이 괴었다. 강한 동정심이 발동한 모양이었다.

"끔찍한 범죄였습니다."

푸아로가 침통하게 말했다. 그는 주머니에서 모시 손수건을 꺼내 그녀에게 넘겨주었다.

"당신의 손수건입니까, 슈미트 부인?"

"오, 아니에요. 제 것이 아닌데요."

"'H.'라는 머리글자가 보이시죠? 그래서 부인의 손수건이라고 생각했는데."

"아, 그런 건 마님들의 손수건이에요. 아주 비싸요. 손으로 수를 놓았으니까요. 파리에서 만들어진 거죠."

"부인 것이 아니라면 혹시 어느 분의 것인지 아십니까?"

"제가요? 아뇨, 모르겠어요."

세 사람 중에서 푸아로만이 그녀의 머뭇거리는 기색을 알아차렸다.

부크가 푸아로의 귀에 대고 뭐라고 속삭였다. 푸아로가 고개를 끄덕이고는 여자에게 말했다.

"차장 세 사람이 올 겁니다. 어젯밤 담요를 가지고 마님의 방으로 가다가 만났던 사람이 그중 누군지 알려 주세요."

세 사람이 들어왔다. 피에르 미셸, 아테네-파리 열차의 체격 좋고 금발인 차장, 그리고 부쿠레슈티 열차의 건장한 차장이었다.

힐데가르데 슈미트는 그들을 보자마자 고개를 저었다.

"아니에요. 어젯밤 제가 보았던 사람은 없어요."

"하지만 기차에 차장이라고는 세 사람밖에 없습니다. 부인이 잘 못 보신 거겠지요."

"그렇지 않아요. 이 사람들은 키가 크고 체격이 좋아요, 하지만 내가 보았던 사람은 키가 작고 머리가 검은 사람이었어요. 콧수염도 길렀고요. 여자처럼 가늘고 약한 목소리로 '죄송합니다.'라고 말했어요. 전 그 사람을 똑똑히 기억하고 있어요."

"여자 같은 목소리의 키 작고 머리가 검은 남자라……."

부크가 중얼거렸다. 차장 세 명과 힐데가르데 슈미트는 떠난 뒤였다.

"난 전혀 이해가 안 되는군요, 전혀! 이 라쳇이란 자가 말한 적이 진짜로 기차에 타고 있었다는 겁니까? 그럼 지금은 어디에 있습니까? 어떻게 흔적도 없이 사라질 수 있습니까? 돌아 버릴 것 같군요. 뭐라고 말 좀 해 보시죠. 어떻게 있을 수 없는 일이 벌어질 수 있는지 설명 좀 해 주십시오."

"불가능한 일은 벌어질 수 없습니다. 따라서 불가능한 일은 겉보기엔 그렇게 보이더라도 사실은 일어날 수 있는 일이어야 하지요."

"그렇다면 어젯밤 실제로 무슨 일이 벌어진 건지 얼른 설명 좀 해 주십시오."

"난 마술사가 아닙니다. 나 역시 당신처럼 혼란에 빠져 있을 뿐이에요. 사건이 대단히 기묘한 방식으로 진전되고 있으니 말입니다."

"진전되고 있지 않아요. 제자리에 머물러 있을 뿐입니다."

푸아로는 고개를 저었다.

"아니, 그렇지 않습니다. 진전되고 있습니다. 우린 몇 가지 확실한 사실을 알게 되었습니다. 승객들의 증언을 들었으니까요."

"그래 봤자 무슨 도움이 되었죠? 아무것도 없습니다."

"내 말은 그런 뜻이 아닙니다."

"내가 너무 과장하고 있는지도 모르지요. 미국인, 하드맨, 그리고 독일인 하녀는 확실히 뭔가를 말해 주었습니다. 하지만 그 때문에 전체 상황은 더 알쏭달쏭해졌지요."

"아니, 아닙니다. 그렇지 않아요."

푸아로가 달래듯이 말했다. 부크가 푸아로를 돌아보았다.

"그럼 말해 보십시오. 어디 에르퀼 푸아로의 지혜를 들어 봅시다."

"나 역시 혼란에 빠져 있다고 말하지 않았습니까? 하지만 최소한 우린 무엇이 문제인지 분명히 알 수 있게 되었습니다. 그러한 사실들을 차례차례 정리할 수도 있게 되었고."

"계속 말씀해 보십시오."

콘스탄틴 의사가 말했다. 푸아로가 목청을 가다듬으며 압지 한 장을 펼쳤다.

"지금까지 알아낸 것을 정리해 봅시다. 첫째, 논의의 여지가 없는 확고한 사실이 몇 개 있습니다. 이 라쳇, 또는 카세티란 자는 어젯밤 열두 군데를 칼에 찔려 죽었습니다. 이것이 첫 번째 사실이지요."

"인정합니다, 인정하고말고요."

부크가 빈정대는 몸짓을 하며 말했다.

푸아로는 그런 것에 전혀 신경 쓰지 않고 조용히 말을 이어나갔다.

"콘스탄틴 의사 선생과 이미 토론을 마친 몇 가지 특이한 사실에
대해서는 지금은 언급하지 않고 넘어가겠습니다. 나중에 이야기하
도록 하지요. 그 다음으로 중요한 사실은, 내 생각으론 범행이 일어
난 시각입니다."

"다시 한 번 우리가 알고 있는 몇 안 되는 사실 중 하나로군요. 범
행은 오늘 새벽 1시 15분에 저질러졌습니다. 모든 정황이 뒷받침해
주고 있지요."

"모든 정황은 아닙니다. 그렇게 말하면 과장일 테죠. 뒷받침해 주
는 증거가 상당히 있긴 하지만."

"최소한 증거가 있다는 걸 인정하긴 하는군요."

푸아로는 그런 방해를 받아도 신경 쓰지 않고 계속했다.

"우리 앞엔 세 가지 가능성이 있습니다. 첫째, 범행이 당신 말대
로 1시 15분에 일어났을 수도 있습니다. 이 가능성은 독일 여자 힐
데가르데 슈미트의 증언이 입증해 줍니다. 콘스탄틴 씨의 증언과도
일치하지요.

두 번째 가능성은 범행은 나중에 저질러졌는데 증거물인 시계는
고의로 조작되었다는 겁니다. 세 번째 가능성은 범행이 앞서 저질
러졌고 시계는 두 번째 가능성과 마찬가지로 고의적으로 조작되었

다는 겁니다.

자, 만약 우리가 가장 유력하고 증거도 확실한 첫 번째 가능성을 받아들인다면, 그 점으로부터 파생되는 몇 가지 사실 역시 받아들여야 합니다. 말하자면, 범행이 1시 15분에 일어났다면 살인자는 기차에서 벗어날 수 없습니다. 그러면 의문이 생기지요. 과연 살인자는 어디에 있을까요? 누구일까요? 우선 증거를 꼼꼼히 조사해 봅시다. 우린 하드맨 씨의 증언을 듣고서 처음으로 범인에 대해 알았습니다. 여자 같은 목소리의 키가 작고 머리가 검은 남자라고 말입니다. 하드맨 씨는 라쳇이 그런 사람에게서 보호해 달라고 자신을 고용했다고 말했습니다. 하지만 하드맨 씨의 말을 뒷받침해 줄 증거가 없습니다. 하드맨 씨의 말뿐입니다.

그럼 한번 생각해 봅시다. 하드맨 씨는 자신이 말한 대로 뉴욕 탐정 사무소의 직원일까요?

이번 사건의 경우 재미있는 점은 우리에게는 경찰이 사용할 수 있는 특권이 없다는 겁니다. 우린 사람들의 증언이 진짜인지 조사해 볼 수 없습니다. 추론에 의지할 수밖에 없지요. 그렇기 때문에 내게는 훨씬 더 흥미롭긴 합니다. 보통의 수사 활동은 전혀 없어요. 오직 추리만 가능하지요. 난 생각해 보았습니다. 하드맨 씨의 증언을 그대로 받아들여도 될까? 난 그렇다고 결론을 내렸습니다. 내 의견은 하드맨 씨의 증언을 그대로 받아들여도 된다는 것입니다."

"그렇다면 직관을 받아들인 것이로군요. 미국인들은 육감이라고 하던가요?"

콘스탄틴 의사가 말했다.

"전혀 아닙니다. 난 확률을 따져 보았습니다. 하드맨 씨는 가짜 여권으로 여행하고 있습니다. 그 점 때문에 의심을 받게 되겠지요. 경찰이 도착하면 제일 먼저 하드맨 씨를 붙잡아 두고 그 사람의 증언이 진실인지 확인할 겁니다. 다른 승객들의 증언은 입증하기 어려울 겁니다. 대부분의 경우 증명하려는 시도조차 하지 않겠지요. 혐의를 둘 만한 근거가 없으니 더욱 그럴 테죠. 하지만 하드맨 씨의 경우엔 간단합니다. 자신이 말한 대로의 사람이거나 아니거나, 둘 중 하나지요. 그러므로 모든 것이 명백하게 밝혀질 겁니다."

"그럼 그 사람이 무죄라는 겁니까?"

"전혀 그렇지 않아요. 내 말을 오해하셨군요. 미국 탐정 누구나 라쳇을 살해할 만한 개인적인 이유를 가질 수 있습니다. 내 말은 하드맨 씨의 증언을 그대로 받아들여도 될 거라는 뜻입니다. 그의 말대로 라쳇이 그를 찾아내서 고용한다는 건 가능성이 없지 않으며 아주 그럴듯해 보이기도 합니다. 비록 진실인지는 확실치 않지만요. 만약 우리가 진실이라고 받아들이려면 그 사실을 확인해 줄 만한 증거를 찾아내야겠지요. 그런데 우린 별로 가능성이 없어 보이는 데서 증거를 찾아냈습니다. 힐데가르데 슈미트의 증언에서 말입니다. 그녀가 보았다고 묘사한 차장의 제복을 입은 남자는 바로 하드맨 씨의 말 그대로입니다. 두 사람의 증언을 확인해 주는 것이 더 있을까요? 있습니다. 허바드 부인의 침실에서 발견된 단추가 있습니다. 그리고 두 분은 알아차리지 못한 것 같지만 또 다른 증언이 있습니다."

"그게 뭡니까?"

"아르버스넛 대령과 헥터 매퀸 두 사람은 차장이 문 밖으로 지나 갔다는 말을 했습니다. 그들은 중요치 않은 일로 취급했지만요. 하 지만 피에르 미셸은 특별한 경우 외에는 자기 자리를 떠나지 않았 다고 말했습니다. 그리고 그 특별한 경우에도 미셸이 아르버스넛 대령과 매퀸이 앉아 있던 차량의 맨 끝 방까지 갈 일은 없었습니다.

따라서 이 여자 같은 목소리의 작고 머리가 검은 남자가 차장 제 복을 입고 있었다는 이야기는 직접적 또는 간접적으로 네 명의 목 격자가 증언하고 있습니다."

"사소한 문제가 한 가지 있습니다. 힐데가르데 슈미트의 이야기 가 사실이라면 어째서 진짜 차장은 허바드 부인의 벨 소리를 듣고 달려왔을 때 그녀를 보았단 이야기를 하지 않았을까요?"

콘스탄틴 의사가 물었다.

"그건 설명이 가능하다고 생각합니다. 차장이 허바드 부인의 방 에 도착했을 때 하녀는 여주인의 방에 들어가 있었습니다. 하녀가 자기 방으로 돌아올 때 차장은 허바드 부인의 방 안에 있었습니다."

부크는 두 사람의 대화가 끝날 때까지 힘겹게 기다렸다.

"맞아요, 맞습니다. 한 번에 한 단계씩 나아가는 당신의 방법과 주의력에는 감탄합니다. 하지만 당신이 정작 중요한 문제는 건드리 지 않았다는 걸 지적할 수밖에 없군요. 우리 모두 그런 사람이 존재 한다는 건 인정합니다. 문제는 그 사람이 어디로 갔느냐는 겁니다."

푸아로가 나무라듯이 고개를 저었다.

"그렇지 않습니다. 그건 본말을 전도하려는 것과 마찬가지입니다. 나라면 그 남자가 어디로 사라졌는지 묻기 전에 그런 남자가 실제로 존재했는지 묻겠습니다. 이유는 이렇지요. 그 남자가 가공의 인물이라면 사라지게 하는 것은 얼마나 쉽겠습니까! 그래서 난 피와 살을 가진 그런 남자가 실제로 있는지 확인해 볼 생각입니다."

"만약 실제로 존재했다는 게 확인된다면, 그 사람은 지금 어디에 있을까요?"

"두 가지 가능성이 있지요. 기차 안의 우리가 생각조차 못할 기발한 장소에 숨어 있거나, 아니면 1인 2역을 하고 있을 겁니다. 즉 라쳇 씨가 두려워한 그 사람인 동시에 위장을 너무 잘하고 있어서 라쳇 씨가 알아보지 못한 승객 중 한 명이겠지요."

"좋은 생각이로군요."

부크가 환한 표정이 되어 말했다. 하지만 곧 다시 표정이 어두워졌다.

"하지만 그 생각에도 한 가지 문제가 있어요."

푸아로가 말했다.

"그 사람의 키 말입니까? 라쳇 씨의 하인을 빼면, 승객들은 모두 키가 크지요. 이탈리아 인, 아르버스넛 대령, 헥터 매퀸, 안드레니 백작 모두 말입니다. 그렇게 되면 하인만 남는데 그 사람이 범인이라고 생각하기는 힘듭니다. 하지만 다른 가능성이 있습니다.

'여자 같은 목소리'란 말을 기억하세요. 그 말은 우리에게 또 다른 가능성을 제시합니다. 남자가 여자로 위장했을 수도 있지만, 반대로 실제로 여자였을 수도 있는 겁니다. 키가 큰 여자가 남자 옷을 입으면 키 작은 남자처럼 보일 수 있지요."

"하지만 라쳇은 확실히 알고 있었을 텐데요."

"알고 있었을 수도 있지요. 이 여자가 쉽게 목적을 달성하기 위해 남자 옷을 입고 그의 목숨을 노린 적이 있을 수도 있습니다. 그래서 라쳇은 그녀가 다시 한 번 같은 수를 쓸 거라고 생각하고는 하드맨 씨에게 남자를 찾으라고 말하는 겁니다. 여자 같은 목소리라는 말을 하면서요."

"가능한 일이로군요. 하지만⋯⋯."

부크가 말했다.

"들어보십시오. 이젠 콘스탄틴 의사 선생이 지적한 몇 가지 기묘한 점에 대해 당신에게 말해야 할 것 같군요."

푸아로는 의사와 함께 죽은 사람의 상처에서 얻어낸 결론에 대해 길게 설명했다. 부크는 신음 소리를 내며 머리를 움켜쥐었다.

"당신이 지금 어떤 느낌인지 압니다. 머리가 매우 아프지요?"

푸아로가 말했다.

"모든 게 악몽 같군요!"

부크가 비명을 질렀다.

"그대로입니다. 허황하고 불가능해요. 그런 일은 벌어질 수가 없지요. 나도 그렇게 생각했습니다. 하지만 아닙니다. 실제로 그런 일이 벌어졌습니다! 누구도 사실로부터 벗어날 수 없습니다."

"이건 모두 미친 짓이에요!"

"그렇지요? 하지만 너무나 허황하다 보니 난 지극히 단순한 사건일 수도 있다는 생각에 사로잡히곤 합니다. 물론 내 별 볼일 없는 추리일 뿐이지만요."

"두 명의 살인자라니……, 그것도 이 오리엔트 특급 열차에……."

부크가 신음 소리를 냈다. 그런 생각을 하자 그는 울음이 터질 것만 같았다.

"그럼 악몽 같은 이야기를 더 비현실적으로 만들어 봅시다. 어젯밤 기차에는 알 수 없는 낯선 사람이 두 명 있었습니다. 하드맨 씨의 설명에 맞아떨어지는 차장으로 힐데가르데 슈미트와 아르버스넛 대령과 매퀸 씨가 목격했습니다. 그리고 주홍색 잠옷을 입은 키가 크고 날씬한 여자가 있었는데, 그 여자는 피에르 미셸과 더벤햄 양과 매퀸 씨 그리고 내가 직접 목격했고, 아르버스넛 대령은 냄새로 느꼈습니다. 그녀는 누구일까요? 승객 중 그 누구도 주홍색 잠옷을 갖고 있다고 인정하지 않았고 그 여자 역시 사라졌습니다. 그 여자와 가짜 차장은 동일 인물일까요? 아니면 다른 사람일까요? 그 두 사람은 지금 어디에 있을까요? 그리고 차장 제복과 주홍색 잠옷은 어디에 있을까요?"

"아! 그럼 범위가 한정되는군요!"

부크가 벌떡 일어섰다.

"승객들의 짐을 조사해 봅시다. 뭔가 발견될 겁니다."

푸아로 역시 일어섰다.

"내 예언을 하나 하지요."

"그것들이 어디 있는지 알고 있습니까?"

"짐작은 합니다."

"어디입니까?"

"주홍색 잠옷은 남자 승객의 짐에서 발견될 테고, 차장 제복은 힐데가르데 슈미트의 짐에서 발견될 겁니다."

"힐데가르데 슈미트라고요? 당신은……."

"아니요, 당신이 생각하는 그런 게 아닙니다. 이런 식이 되는 거지요. 만약 힐데가르데 슈미트에게 죄가 있다면, 제복이 그 여자의 짐에서 발견될 수도 있겠지요. 하지만 무죄라면, 그 여자의 짐에서 발견될 게 분명합니다."

"하지만 어째서……."

부크가 말을 하려다 멈췄다.

"이 요란스런 소리가 뭐지? 마치 기관차가 달려오는 소리 같군."

소리가 점점 다가왔다. 여자의 비명 소리와 아우성이었다. 식당차 한쪽 문이 활짝 열리고 허바드 부인이 뛰어들었다.

"끔찍해요! 너무나 끔찍해요! 내 화장품 가방에, 내 화장품 가방 안에, 피 묻은 커다란 칼이 있어요!"

그러고는 갑자기 앞쪽으로 쓰러지면서 부크의 어깨에 기대 기절해 버렸다.

발견된 흉기

신사도에 어긋나게 좀 거친 태도로 부크는 기절한 여자의 머리를
식탁 위에 내려놓았다. 콘스탄틴 의사가 식당차 급사를 부르자, 급
사가 뛰어들어 왔다.

"부인의 머리를 그대로 두게. 깨어나면 코냑을 조금 주도록 하고.
알겠나?"

의사가 말했다. 그런 다음 서둘러 다른 두 사람을 따라 나갔다. 지
금 의사의 관심은 완전히 범죄에 쏠려 있어서 기절한 중년 여인은
조금도 흥미를 끌지 못했다.

이런 처방 덕분인지 몰라도 허바드 부인은 꽤 빨리 정신을 차렸
다. 몇 분 후 그녀는 일어나 앉아서 급사가 따라 준 코냑을 조금씩
마시며 다시 떠들기 시작했다.

"얼마나 끔찍한지 말도 못할 지경이에요. 여기 있는 사람 누구도

이해하지 못할 거예요. 난 어릴 때부터 아주아주 예민했답니다. 피를 보기만 해도……, 어머나! 생각만 해도 몸서리가 쳐져요."

급사가 다시 한 번 코냑을 갖고 왔다.

"한 잔 더 하시죠, 부인."

"그게 낫겠죠? 난 평생 술은 한 방울도 안 마셨어요. 술이나 포도주 따위는 입에 대 본 적도 없어요. 우리 가족 모두 술을 안 마시죠. 하지만 이건 의사의 처방이니……."

허바드 부인이 한 번 더 코냑을 마셨다.

그러는 동안 푸아로와 부크, 그리고 그들을 곧 따라나선 콘스탄틴 의사는 서둘러 허바드 부인의 침실로 향했다.

기차에 탄 승객들이 모두 그 문 밖에 모여 있는 것 같았다. 차장이 어쩔 줄 몰라 하는 표정으로 사람들을 막고 서 있었다.

"여러분, 여긴 구경할 만한 것이 없습니다."

푸아로가 말했다. 그러고는 몇 개 국어로 같은 말을 반복했다.

"자, 좀 지나갑시다."

부크가 말했다. 막아선 승객들을 헤치고 부크가 객실 안으로 들어서자 푸아로가 바짝 따라 들어갔다.

"와 주셔서 다행입니다."

차장이 안도의 한숨을 내쉬며 말했다.

"사람들이 안으로 들어오려고 난리입니다. 그 미국 부인이 엄청난 비명을 질러서 전 그분도 살해당하는 줄 알았습니다! 달려왔더니 부인이 미친 사람처럼 소리를 지르고 있더군요. 그러더니 부크 씨를 불러 와야겠다며 나갔어요. 사람들 방 앞을 지나갈 때마다 찢어질 듯한 목소리로 무슨 일이 벌어졌는지 이야기하면서요."

그런 다음 손짓을 덧붙였다.

"저기 있습니다. 전 손도 대지 않았습니다."

옆방으로 통하는 사잇문의 손잡이에 커다란 고무 화장품 가방이 매달려 있었고 바로 그 아래 바닥에 단도가 놓여 있었다. 싸구려 물건으로 자루에는 양각 무늬가 새겨져 있고 끝으로 갈수록 칼날이 뾰족해지는 동양식 칼이었다. 칼날에는 녹처럼 보이는 얼룩이 군데군데 묻어 있었다.

푸아로가 조심스럽게 칼을 집어들었다.

"맞습니다. 틀림없어요. 이게 우리가 찾던 흉기입니다. 맞지요, 의사 선생?"

의사가 칼을 조사해 보았다.

"그렇게 조심할 필요 없습니다. 허바드 부인의 지문 말고 다른 지문은 없을 테니까요."

푸아로가 말했다. 의사는 곧 검사를 끝냈다.

"범행에 사용된 흉기가 맞습니다. 시체에 난 모든 상처가 이 칼로 설명될 수 있을 겁니다."

"부탁이니 그런 말은 말아 주십시오."

푸아로의 말에 의사가 놀란 표정을 지었다.

"지나칠 정도로 우연의 일치가 일어나는군요. 어젯밤 두 사람이 라쳇 씨를 찔러 죽이기로 결정했다고 가정해 봅시다. 두 사람이 똑같은 무기를 선택한다는 건 좀 심합니다."

"그리 심한 우연의 일치는 아닙니다. 저런 동양식 단검은 수천 개가 만들어져서 콘스탄티노플의 상점으로 팔려 나갔으니까요."

의사가 말했다.

"그 말에 조금은 위안이 되는군요. 그리 많이는 아니지만."

푸아로가 말했다. 그는 생각에 잠겨 앞쪽의 문을 바라보다가 화장품 가방을 들어내고 손잡이를 돌려보았다. 문은 움직이지 않았다. 손잡이에서 15센티미터쯤 윗부분에 빗장이 있었다. 푸아로가 빗장을 풀고 다시 한 번 시도해 보았지만 문은 여전히 꼼짝도 하지 않았다.

"우리가 그 문을 저쪽에서 잠갔지요."

의사가 말했다.

"맞습니다."

푸아로가 멍하니 대답했다. 그는 뭔가 다른 걸 생각하는지 당혹스러운 듯 눈썹을 찌푸리고 있었다.

"딱 들어맞지 않습니까? 그 남자는 이 방을 지나갔어요. 사잇문을 닫다가 화장품 가방이 손에 잡혔겠지요. 그러자 재빨리 피 묻은 칼을 가방 안에 집어넣은 거예요. 그런 다음 자기도 모르는 새에 허바드 부인을 깨우고, 통로로 이어진 문을 통해 밖으로 나간 겁니다."

부크가 말했다.

"당신 말대로, 일이 그렇게 된 게 분명해요."

푸아로가 중얼거렸다. 하지만 당혹스러운 표정은 그대로 남아 있었다.

"그런데 뭡니까? 뭔가 마음에 걸리는 게 있군요. 그렇죠?"

부크가 물었다. 푸아로가 부크를 흘끗 쏘아보았다.

"당신은 아무것도 알아차리지 못했나 보군요. 글쎄요, 사소한 일이긴 합니다만."

차장이 방 안을 들여다보았다.

"허바드 부인이 돌아오고 있습니다."

콘스탄틴 의사는 미안한 표정이었다. 자신이 느끼기에도 허바드부인을 좀 불성실하게 다룬 것 같은 모양이었다. 하지만 그녀는 그런 걸로 의사를 나무라지 않았다. 그녀는 다른 문제에 정신이 팔려있었던 것이다. 허바드 부인은 문가에 도착하자마자 숨가쁘게 외쳤다.

"말할 게 있어요. 난 더 이상 이 방에 있지 않겠어요! 설사 100만달러를 준다고 해도 오늘 밤은 이 방에서 자지 않을 거예요!"

"하지만 부인……."

"무슨 말을 하려는지 알아요. 하지만 그런 일은 하지 않겠어요! 차라리 통로에 앉아서 밤을 새우겠어요!"

허바드 부인이 울음을 터뜨렸다.

"오! 딸애가 이 일을 알게 된다면, 그 애가 이런 내 모습을 본다면……."

푸아로가 단호한 태도로 끼어들었다.

"뭔가 오해하신 모양이십니다, 부인. 부인은 당연한 요구를 하신 거예요. 곧 짐을 다른 방으로 옮겨 드리겠습니다."

허바드 부인이 손수건을 내렸다.

"그래요! 기분이 좀 나아지는 것 같네요. 하지만 방이 모두 찼잖
아요."

부크가 말했다.

"부인, 부인의 짐을 다른 차량으로 옮기겠습니다. 베오그라드에
서 연결된 차량에 있는 객실로 말입니다."

"그거 멋지군요. 난 신경질적인 여자는 아니지만, 그래도 살해된
남자가 있는 옆방에서 잔다는 건……, 계속 버티다가는 완전히 미
쳐 버리고 말 거예요."

허바드 부인이 말했다.

"미셸, 이 짐을 아테네-파리 열차의 빈 객실로 옮기게."

"알았습니다. 이 방과 똑같은 3호실로 할까요?"

"아니."

친구가 입을 열기 전에 푸아로가 먼저 대답했다.

"내 생각엔 부인께서 완전히 다른 번호를 쓰시는 게 나을 것 같군
요. 예를 들어, 12호실 정도."

"알겠습니다."

차장이 짐을 들었다. 허바드 부인이 고마워하며 푸아로에게 돌아
섰다.

"자상하고 친절하시군요. 고마워요."

"천만에요, 부인. 가서 편히 쉴 만한 곳인지 살펴봅시다."

허바드 부인은 세 남자의 에스코트를 받으며 새로운 방으로 갔다. 그녀는 흐뭇해하며 방을 둘러보았다.

"좋은 방이에요."

"마음에 드십니까, 부인? 이 방은 부인이 전에 쓰시던 방과 똑같습니다."

"그렇네요. 방향이 틀리다는 것만 빼면요. 하지만 그런 건 중요하지 않아요. 기차는 한쪽 방향으로 달리다가 반대 방향으로 달리기도 하니까요. 난 딸애에게 엔진 쪽을 향하고 있는 차량에 타고 싶단 말을 했었죠. 그랬더니 딸애가 잘 때 기차가 달리던 방향과 깨어났을 때 기차가 달리는 방향이 다를 테니 딱히 좋을 게 없을 거라고 하더군요. 그런데 기차를 타고 보니 딸애 말이 옳았어요. 어제 저녁 베오그라드에 들어갔을 때와는 반대 방향이 되어 빠져나왔으니까요."

"어쨌거나, 부인, 이제 만족하십니까?"

"아니요. 그렇진 않아요. 우린 눈사태 속에 갇혀 있고 뭔가 해 보려는 사람이 전혀 없잖아요. 게다가 내가 탈 배는 내일 모레 출발하고요."

"그건 우리 모두 마찬가지입니다."

부크가 말했다.

"그래요, 맞는 말이에요. 하지만 그 누구도 한밤중에 살인자가 자기 방 안을 지나간 사람은 없어요."

"아직도 궁금한 것이 있는데요, 부인. 사잇문에 빗장이 걸려 있었는데 어떻게 그 남자가 부인의 객실로 들어왔을까요? 빗장이 걸려 있었던 게 확실한가요?"

"그럼요. 스웨덴 여자가 내 눈앞에서 확인했는걸요."

"상황을 재현해 볼까요. 부인은 침대에 누워 계셨고, 그래서 직접 확인하실 수 없었습니다. 그렇게 말씀하셨죠?"

"아니요. 화장품 가방 때문이었어요. 오, 이런. 새 화장품 가방을 사야겠어요. 이건 보기만 해도 속이 울렁거려 토할 것 같네요."

푸아로가 화장품 가방을 집어들고 옆방으로 통하는 사잇문 손잡이에 걸었다.

"그렇군요. 빗장이 손잡이 바로 아래 있어서 화장품 가방이 가리는군요. 부인이 누워 있던 위치에서는 빗장이 걸려 있는지 아닌지 볼 수 없었겠습니다."

"내가 하려던 말이 바로 그거예요!"

"그럼 올슨 양이 당신과 문 사이에 이렇게 서 있었겠군요. 올슨 양은 문을 열어 보려 한 다음 빗장이 걸려 있다고 말했겠죠?"

"그래요."

"마찬가지예요, 부인, 올슨 양이 착각을 했을 겁니다. 무슨 말인지 아실 겁니다."

푸아로는 설명하기가 어려운 모양이었다.

"빗장은 금속 막대기라서 오른쪽으로 돌리면 문이 잠기죠. 똑바로 두면 잠기지 않고요. 아마 올슨 양은 문을 밀어 보고는 반대쪽에서 잠겨 있었는데도 이쪽에서 잠겨 있다고 생각했나 봅니다."

"그랬다면 그녀는 좀 바보스런 사람이로군요."

"상냥하고 친절한 사람이 항상 똑똑한 건 아니죠."

"물론 그렇죠."

"그런데 부인은 스미르나까지 계속 기차로 여행하셨습니까?"

"아니요. 이스탄불까지는 배를 타고 왔어요. 딸애의 친구인 존슨 씨가 마중 나와서 이스탄불 시내를 구경시켜 주었답니다. 존슨 씨는 멋진 남자였지만 이스탄불은 실망스러웠어요. 너무 소란스러웠거든요. 그 회교 사원과 신발 위에 덧씌우는 크고 이상한 물건은, 참, 제가 어디까지 이야기했죠?"

"존슨 씨가 마중 나왔다고 말씀하셨죠."

"그래요. 그 사람의 배웅을 받으며 스미르나행 프랑스 배를 탔어요. 사위가 부두에서 나를 기다리고 있었죠. 이 소동에 대해 이야기하면 뭐라고 할지! 딸애는 이 열차가 가장 편안하고 가장 안전할 거라고 말했죠. '가만히 앉아 있으면 돼요. 그럼 파루스에 도착할 테고, 파루스엔 아메리칸 특급선이 기다리고 있을 거예요.'라고요. 그런데 배 예약을 취소하려면 어떻게 해야 하죠? 딸애 부부에게 알려 줘야 하는데 아무것도 할 수가 없군요. 너무 끔찍한 일이에요."

허바드 부인은 다시 한 번 눈물을 쏟을 태세였다. 안절부절못하고 있던 푸아로는 기회를 놓치지 않았다.

"충격이 크시겠습니다, 부인. 급사에게 말해서 부인께 차와 비스킷을 갖다 드리도록 하겠습니다."

"차를 마시고 싶은 건지 잘 모르겠네요. 그런 건 영국식 관습이잖아요."

눈물이 글썽한 채 허바드 부인이 말했다.

"그럼 커피를 시켜 드리죠. 부인껜 뭔가 자극적인 음식이 필요합니다."

"코냑을 먹었더니 머릿속이 좀 이상해요. 커피를 마시는 게 좋겠네요."

"잘 생각하셨습니다. 당신의 힘을 되살려야죠."

"그거 참 재미있는 표현이로군요."

"하지만 먼저 사소한 일이 남아 있습니다. 부인의 짐을 좀 살펴봐도 되겠습니까?"

"어째서죠?"

"승객들의 짐을 조사해 볼 참이었습니다. 불쾌한 기억을 되살려드리고 싶지 않지만, 부인의 화장품 가방을 생각해 보십시오."

"맙소사! 그렇게 하세요. 다시는 그런 일을 겪고 싶지 않아요!"

조사는 금방 끝났다. 허바드 부인은 여행에 필요한 최소한의 짐을 갖고 여행하는 중이었다. 모자 상자, 싼 여행용 옷가방, 그리고 좀 무거운 여행 가방이 전부였다. 세 가방 속에 든 내용물도 간단했고 의심스런 것은 없었다. 허바드 부인이 딸의 사진과 꽤 못생긴 어린애 두 명의 사진을 보여 주며 "내 딸이에요.", "내 손자들이에요, 귀엽죠?" 하며 지체시키지 않았던들 조사는 2분 이상 걸리지 않았을 것이다.

허바드 부인에게 여러 가지 공손한 말로 커피를 가져오도록 시
키겠다고 말하고 나서야 푸아로는 두 친구와 함께 빠져 나올 수 있
었다.

"시작은 했지만 아무것도 끌어내지 못했군요. 다음엔 누구와 맞
붙어야 하죠?"

부크가 말했다.

"차량을 따라서 쭉 앞으로 진행해 나가는 게 가장 간단할 것 같습
니다. 그렇다면 상냥한 하드맨 씨가 있는 16호실부터 시작하게 되
겠군요."

담배를 피우고 있던 하드맨은 흔쾌히 그들을 맞아들였다.

"들어오세요. 파티를 하기엔 방이 좀 좁지만."

부크가 방문한 목적을 설명했다. 그러자 덩치 큰 탐정은 이해한

다는 듯 고개를 끄덕였다.

"물론 괜찮습니다. 사실은 왜 하지 않는지 궁금해하던 참입니다. 여기 열쇠가 있습니다. 주머니를 뒤지셔도 괜찮습니다. 여행 가방을 내려 드릴까요?"

"그 일은 차장이 할 겁니다. 미셸!"

하드맨의 여행 가방 두 개 속에 든 내용물은 곧 조사가 끝났다. 가방 속에는 술병이 지나치게 많이 들어 있었다. 하드맨이 눈을 찡긋했다.

"국경에서 가방을 수색하는 건 드문 일이니까요. 차장을 매수해 놓으면 더욱 그렇지요. 터키 지폐를 몇 장 쥐어 주었더니 지금까지 별 문제가 없었습니다."

"파리에서는요?"

하드맨이 다시 한번 눈을 찡긋했다.

"파리에 도착했을 쯤에는 이 작은 병 속의 것들이 '헤어로션'이라고 쓰인 병에 들어가 있을 겁니다."

"금주법의 신봉자는 아니시군요."

부크가 미소 지으며 말했다.

"글쎄요. 금주법 때문에 걱정한 적은 없었죠."

"아, 무허가 술집 말이로군요."

부크는 조심스럽게 음미하듯 말했다.

"당신네 미국 말은 참 별스럽고 표현이 풍부해요."

"나도 미국엔 가 보고 싶습니다."

푸아로의 말에 하드맨이 답했다.

"거기 가면 몇 가지 앞선 방식을 배우게 될 겁니다. 유럽은 반쯤 잠들어 있어요. 이제 잠에서 깨어나야 합니다."

"미국이 앞선 나라라는 것은 사실입니다. 배울 점도 많고요. 단지, 난 구식이라서 그런지 미국 여자들이 우리 나라 여자들보다 덜 매력적으로 보입니다. 프랑스 여자나 벨기에 여자는 상냥하고 매력 있죠. 그만한 여자는 어디에도 없을 겁니다."

하드맨이 잠시 시선을 돌려 창 밖에 쌓인 눈을 바라보았다.

"아마 당신 말이 옳을 겁니다, 푸아로 씨. 하지만 누구든지 자기 나라 여자가 최고라고 생각하는 것 같습니다."

그는 눈이 부셨는지 깜빡거렸다.

"좀 머리가 아프군요. 이런 일은 신경을 곤두서게 합니다. 살인 사건, 눈사태 이런 일들 말입니다. 그리고 아무것도 하지 않고 있다는 것도 그렇고요. 그냥 어슬렁거리며 시간을 때우고 있을 뿐입니다. 무언가를 쫓아다니며 정신없이 바빴으면 좋겠습니다."

"부지런한 서부의 개척 정신이로군요."

푸아로가 웃으며 말했다.

차장이 가방을 제자리에 돌려놓자 그들은 다음 방으로 옮겨갔다. 아르버스닛 대령은 구석에 앉아 담배를 피우며 잡지책을 읽고 있었다.

푸아로가 용건을 설명했다. 대령은 아무런 반대 의사를 나타내지 않았다. 짐은 묵직한 가죽 가방 두 개뿐이었다.

"나머지 짐은 배 편으로 보냈습니다."

대령이 설명했다. 대부분의 군인이 그러하듯 대령은 깔끔하게 짐을 정리해 놓고 있었다. 조사는 몇 분밖에 걸리지 않았다. 푸아로가 파이프 소제기를 유심히 살펴보았다.

"항상 같은 종류를 사용합니까?"

"대개는 그렇습니다. 구할 수 있을 때의 이야기지만."

"그렇군요."

푸아로가 고개를 끄덕였다. 이 파이프 소제기는 라쳇의 객실 바닥에서 발견한 것과 같은 것이었다.

통로로 나왔을 때 콘스탄틴 의사가 그 점을 언급했다.

"똑같은 거예요. 믿을 수가 없군요. 도무지 그 사람의 성격과는 어울리지 않습니다. 성격이 모든 행동을 결정하는데 말입니다."

다음 객실의 방문은 닫혀 있었다. 드래고미로프 공작 부인의 방이었다. 문을 두드리자 공작 부인의 위엄 있는 목소리가 들려왔다.

"들어와요."

부크가 대표로 나섰다. 그는 대단히 예의 바르고 공손한 태도로 용건을 설명했다.

"꼭 필요한 일이라면, 내 하녀가 열쇠를 갖고 있으니 여러분을 도와드릴 겁니다."

부크가 말을 끝냈을 때 공작 부인이 조용히 말했다.

"항상 하녀가 열쇠를 갖고 있습니까, 부인?"

푸아로가 물었다.

"물론 그렇지요."

"만일 밤에 국경을 넘을 때 세관원이 가방을 열어 달라고 하면 어떻게 합니까?"

"그럴 가능성은 거의 없어요. 하지만 그런 경우가 생기면 차장이 하녀를 불러올 겁니다."

"하녀를 믿고 계시는군요, 부인?"

"전에 말씀드렸지요. 믿을 수 없는 사람을 고용하진 않습니다."

"그렇군요. 요즘 같은 세상에 신뢰란 정말 중요한 거지요. 아마도 믿을 수 있는 성실한 여자 쪽이 세련된 여자, 예를 들어 멋진 파리 여자보다 낫겠지요."

푸아로는 우아한 검은 눈이 천천히 방향을 틀어 자신의 얼굴에 고정되는 걸 지켜보았다.

"그게 무슨 뜻이지요, 푸아로 씨?"

"아무것도 아닙니다, 부인. 아무 뜻도 없습니다."

"아니, 그렇지 않아요. 내가 몸단장을 도와줄 어여쁜 프랑스 하녀라도 데리고 있어야 한다는 뜻이겠지요?"

"그게 더 흔한 일이 아닐까요, 부인."

공작 부인은 고개를 저었다.

"슈미트는 내게 헌신적이에요. 그리고 헌신이란……, 돈으로 살 수 없는 중요한 것이죠."

공작 부인은 그 단어를 길게 늘여 발음했다.

독일 하녀가 열쇠를 가지고 들어왔다. 공작 부인은 하녀에게 가

방을 열고 신사 분들이 수색하는 걸 도와드리라고 독일어로 말하고
는 자신은 통로로 나가 눈을 내다보며 서 있었다. 푸아로는 수색하
는 일을 부크에게 맡기고 공작 부인 옆으로 다가갔다.

공작 부인이 희미하게 웃으며 푸아로를 바라보았다.

"당신은 내 짐 속에 무엇이 들어 있는지 별로 보고 싶지 않은가
보지요?"

푸아로는 고개를 저었다.

"이건 그저 형식적인 일일 뿐입니다."

"그런가요?"

"부인의 경우엔 그렇습니다."

"하지만 난 소니아 암스트롱을 알고 있었고, 사랑했어요. 어떻게
생각하시죠? 내 손을 더럽히면서까지 카세티 같은 악당을 죽이진
않을 거라 생각하는 건가요? 하긴, 당신이 옳을지도 모르지요."

공작 부인은 일이 분 정도 말이 없었다.

"내가 그 남자를 어떻게 하고 싶었는지 아세요? 하인을 불러 이
렇게 명령하고 싶었답니다. '이 남자를 죽을 때까지 매질한 뒤 쓰레
기 더미에 갖다 버려라.'라고 말이에요. 내가 어렸을 때는 그렇게 일
을 처리했지요."

여전히 푸아로는 말하지 않고 귀 기울여 듣기만 했다.

갑자기 공작 부인이 매서운 시선으로 푸아로를 노려보았다.

"여전히 한마디도 하지 않는군요, 푸아로 씨. 무얼 생각하고 있는
지 궁금합니다."

푸아로는 똑바로 공작 부인을 쳐다보았다.

"부인의 힘은 팔이 아닌 의지에 있다는 생각을 했습니다."

공작 부인은 가늘고 검버섯이 핀 자신의 팔을 내려다보았다. 그 팔의 끝으로는 갈퀴처럼 생긴 노란 손과 반지를 낀 손가락이 이어졌다.

"맞는 말이에요. 이 두 팔에 힘이라곤 들어 있지 않아요, 전혀. 슬픈 일인지 다행한 일인지 잘 모르겠지만."

그런 다음 휙 몸을 돌려 하녀가 바삐 짐을 다시 싸고 있는 방 안으로 돌아가 버렸다.

공작 부인은 부크의 인사를 가로막았다.

"사과하실 필요 없어요. 살인이 일어났으니 뭔가 조치를 취해야겠지요. 어쩔 수 없는 일이에요."

"부 제테 비엥 아미아블(대단히 친절하시군요), 마담."

공작 부인은 사람들이 떠날 때 살짝 고개 숙여 인사했다.

다음 두 객실의 방문은 닫혀 있었다. 부크가 머뭇거리며 머리를 긁적였다.

"야단났군! 잘못하면 곤란해질지도 모릅니다. 이 사람들은 외교관 여권을 갖고 있습니다. 그들의 짐은 예외로 합시다."

"세관에서라면 예외가 되겠지요. 하지만 살인 사건의 경우에는 다릅니다."

"나도 압니다. 하지만 나는 정말 골치 아픈 일을 일으키고 싶지 않아서……."

"걱정하지 마십시오. 백작과 백작 부인은 분별 있게 행동할 겁니다. 드래고미로프 공작 부인이 조사에 얼마나 호의적이었는지 보았잖습니까."

"공작 부인은 정말 그랑 담(대단한 여자)이지요. 이 두 사람 역시 같은 계급에 속한 사람들이지만, 백작은 성격이 좀 거친 것 같았습니다. 당신이 아내에게 질문해야겠다고 말했을 때 상당히 화를 냈지요. 그러니 이 일은 더 마땅찮아할 겁니다. 이 사람들은 빼 놓죠. 사건과 관련된 물건을 갖고 있을 리 없어요. 뭐하러 불필요한 소란을 일으킵니까?"

"난 생각이 달라요. 안드레니 백작이 분별 있게 행동할 거라고 믿습니다. 어쨌거나 시도해 봅시다."

그러고는 부크가 뭐라고 대답하기 전에 13호실 방문을 두드렸다. 안에서 대답이 들려왔다.

"앙트레(들어오세요)."

백작은 문가의 구석에 앉아 신문을 읽고 있었다. 백작 부인은 유리창이 있는 반대쪽 구석에 웅크리고 있었다. 머리에 베개가 괴어져 있던 걸로 보아 자고 있던 것 같았다.

"실례합니다, 백작님. 갑자기 찾아온 걸 용서해 주십시오. 우린 지금 기차에 탄 승객들의 짐을 조사하는 중입니다. 형식적인 일이지만 해야 하는 일입니다. 부크 씨는 당신이 외교관 여권을 갖고 있으니 거부해도 될 거라고 하더군요."

백작은 잠시 생각했다.

"고맙군요, 하지만 내 경우만 예외로 하고 싶지는 않습니다. 다른 승객들과 마찬가지로 우리도 조사를 받겠습니다."

백작이 아내를 돌아보았다.

"반대하지는 않겠지, 엘레나?"

"그럼요."

백작 부인이 주저 없이 대답했다.

곧 이어 형식적인 조사가 재빨리 이루어졌다. 푸아로는 어색함을 무마시키려는 듯 이런저런 의미 없는 말들을 늘어놓았다.

"여행 가방에 붙은 이름표가 다 젖었군요, 부인."

이 말은 이름의 첫글자가 적힌 파란색 모로코산 가방과 모자를 끌어내리면서 푸아로가 한 말이었다.

백작 부인은 그 말에 대답하지 않았다. 이런 일에 지루함을 느끼는 모양이었다. 그녀는 남자들이 옆방에서 자기 짐을 조사하는 동안 여전히 구석에 웅크린 채 꿈꾸는 듯한 시선으로 창 밖을 내다보고 있었다.

푸아로는 마지막으로 세면대 위의 조그만 찬장을 열고 안쪽의 내용물을 재빨리 훑어보았다. 스펀지, 얼굴에 바르는 크림, 파우더와 '트리오날'이란 이름이 붙은 조그만 병이 들어 있었다.

그런 다음 정중한 인사말을 건네고 일행은 물러나왔다.

허바드 부인의 객실, 죽은 남자의 객실, 그리고 푸아로 자신의 방이 계속 이어졌다.

그들은 이제 2등칸으로 들어섰다. 10호 침대와 11호 침대가 있는 첫 번째 2등실은 메리 더벤햄과 그레타 올슨이 쓰고 있었다. 메리 더벤햄은 책을 읽고 있었고, 그레타 올슨은 잠을 자고 있다가 그들이 들어가자 깜짝 놀라 일어났다.

푸아로가 틀에 박힌 말을 반복했다. 스웨덴 여자는 좀 놀란 듯했으나 메리 더벤햄은 무심한 태도를 유지했다.

푸아로가 스웨덴 여자에게 말을 걸었다.

"괜찮다면 부인의 짐을 먼저 조사하겠습니다. 그런데 허바드 부인의 상태가 어떤지 좀 보러 가 주시겠습니까? 옆 열차로 옮겨 드렸는데 아까의 일 때문에 아직도 몹시 흥분하고 계십니다. 커피를 갖다 드리라고 시키긴 했지만 무엇보다도 이야기할 상대가 필요할 겁니다."

착한 그녀는 곧 동정심을 발휘했다. 그녀가 즉시 가 봐야겠다, 분명히 끔찍한 충격이었을 것이다. 안 그래도 그 불쌍한 여자는 딸을 남겨 두고 여행을 와서 심란해하고 있었다. 아, 그렇다, 즉시 가 볼 것이다. (그녀의 짐은 잠겨 있지 않았다.) 아무래도 암모니아수를 좀 갖고 가야겠다.

스웨덴 여자는 곧 서둘러 나갔다. 그녀의 빈약한 짐은 금방 수색이 끝났다. 아마도 그녀는 모자 상자에서 철사망이 사라진 걸 알아차리지 못했을 게 분명했다.

더벤햄은 책을 내려놓고는 푸아로를 쳐다보았다. 그가 짐을 보여 달라고 하자 열쇠를 건네주었다. 푸아로가 가방을 내려서 열 때쯤 더벤햄이 말했다.

"왜 그녀를 내보냈나요, 푸아로 씨?"

"내가 말씀이신가요, 마드무아젤? 그거야 미국 부인을 돌봐 주라고 그런 거지요."

"아주 훌륭한 구실이에요. 하지만 핑계는 핑계일 뿐이죠."

"무슨 말인지 모르겠군요."

"아주 잘 알고 계시다고 생각되는데요."

더벤햄이 미소지었다.

"당신은 저만 남겨두고 싶었어요. 그렇지 않나요?"

"하지도 않은 생각을 했다고 우기시는군요, 더벤햄 양."

"아니요, 그렇지 않아요. 당신은 그렇게 생각하고 있었어요. 제 말이 맞죠?"

"마드무아젤, 이런 속담이 있지요……."

"'변명은 유죄를 인정하는 것이다.' 그 말을 하려고 하셨죠? 제게도 관찰력과 상식이 있답니다. 왜 그런지는 몰라도, 당신은 제가 이 혐오스런 사건에 대해 뭔가 알고 있다고 생각하시는군요. 전에 그 사람을 만난 적이 없다는 데도요."

"마드무아젤의 상상일 뿐입니다."

"아니요, 절대로 상상 따위가 아니에요. 제가 보기엔 쓸데없는 이야기로 시간만 낭비하는 것 같아요. 진실을 놔두고 괜히 여기저기 들쑤시기만 하고요."

"그리고 마드무아젤께서는 시간 낭비를 싫어하지요. 그래요, 당신은 곧장 본론으로 뛰어드는 걸 좋아합니다. 직접적인 방법을 말입니다. 그렇게 하도록 하지요. 툭 터놓고 묻겠습니다. 내가 시리아에서 언뜻 들었던 몇 마디 말이 무슨 뜻인지 궁금합니다. 그때 난 좀 걸을 생각으로 코냐 역에서 기차 밖으로 나왔습니다. 어둠 속에서 마드무아젤과 대령의 목소리가 들려왔습니다. 마드무아젤께서 말씀하셨죠. '지금은 안 돼요, 지금은. 모든 일이 끝난 다음에요. 모든 일이 끝난 다음에, 그때는⋯⋯.'이라고 말입니다. 그게 무슨 뜻이었습니까?"

더벤햄이 착 가라앉은 목소리로 말했다.

"그 말이 살인을 뜻하는 말이었다는 건가요?"

"묻고 있는 건 나입니다."

더벤햄은 한숨을 내쉬더니 1분 정도 멍하니 있었다. 그런 다음 말했다.

"무슨 뜻이었는지 말씀드릴 수 없습니다. 말씀드릴 수 있는 건 제가 이 기차에서 라쳇 씨를 처음 봤다는 것뿐입니다."

"그럼 그 말에 대해서는 설명을 거부하시겠다는 겁니까?"

"푸아로 씨께서 거부라는 말로 표현하는 게 더 좋으시다면, 예, 거부하겠어요. 제가 하고 있던 일과 관계 있으니까요."

"그 일이라는 건 지금은 끝났군요?"

"무슨 말씀이세요?"

"그 일은 이제 끝났습니다. 그렇지 않습니까?"

"어째서 그렇게 생각하시죠?"

"또 한 가지 일을 되새겨 드리지요. 이스탄불로 오는 길에서도 기차가 연착된 적이 있었습니다. 그때 마드무아젤께서는 아주 흥분했어요. 당신처럼 냉정하고 자제력이 강한 사람이 그 침착함을 잃어버렸단 말입니다."

"연결편을 놓치고 싶지 않았어요."

"말씀은 그렇게 하셨지요. 하지만 오리엔트 특급 열차는 매일 이스탄불을 출발합니다. 설사 마드무아젤께서 그 연결편을 놓치셨을지라도, 단지 스물네 시간 늦을 뿐입니다."

더벤햄이 처음으로 냉정을 잃은 듯한 모습을 보였다.

"제 친구들이 런던에서 기다리고 있을지도 모른다는 건 염두에 두지 않으시는군요. 하루 늦는 걸로도 일정이 엉망이 되고 여러 가지 귀찮은 일이 벌어질 수 있어요."

"아, 그렇습니까? 마드무아젤께서 도착하시길 기다리는 친구들이 있었단 말씀이신가요? 그리고 그 친구들에게 폐를 끼치고 싶지 않았고요?"

"당연한 일이지요."

"하지만 여전히 이상하군요."

"뭐가 이상하죠?"

"이 기차 말입니다. 또 연착되고 있습니다. 이번에는 더 심각하지요. 친구들에게 전보를 칠 수도 없고, 그 멀리 있는 사람에게 거는 전화, 롱…… 롱……."

"롱 디스턴스(장거리 전화) 말씀이세요?"

"아, 맞습니다. 포트맨토 콜 말입니다, 영국에서는 그렇게 부르는 것 맞죠?"

그녀가 미소를 지었다.

"아니요. 트렁크 콜*이라고 부릅니다. 어쨌든 맞아요. 말씀대로, 전보를 칠 수도 전화를 걸 수도 없지요."

"하지만 이번에는 마드무아젤의 태도가 꽤 다르군요. 초조한 태도를 보이지도 않고 아주 침착합니다."

매리 더벤햄이 얼굴을 붉히며 입술을 깨물었다. 더 이상 웃고 싶은 기분이 아니었던 것이다.

"대답하지 않으시는군요."

"미안합니다. 무슨 대답이 더 필요하다는 건지 모르겠어요."

"마드무아젤의 태도가 바뀐 이유를 설명할 필요가 있지요."

"지금 별 거 아닌 일로 수선 떤다는 생각이 들지는 않으세요, 푸아로 씨?"

푸아로가 사과하는 투로 두 손을 펴 보였다.

"아마 그게 우리 탐정들의 결점일 겁니다. 우린 항상 행동에는 일관성이 있다고 생각합니다. 갑자기 바뀌는 건 허락하지 못하는 거지요."

더벤햄은 아무런 대답도 하지 않았다.

"아르버스넛 대령을 잘 알고 계시지요?"

----

* '롱 디스턴스(long distance)'와 '트렁크 콜(trunk call)'은 모두 장거리 시외 전화를 의미하는 용어로 각각 미국식/영국식 영어이다. 포트맨토(portmanteau)는 '대형 여행 가방'을 부르는 말로 여기서는 푸아로가 트렁크(짐 가방) 대신 포트맨토라 부른 것이다.

그는 주제가 바뀌면 더벤햄이 안도할 거라 생각했다.

"이번 여행에서 처음 만났어요."

"대령이 이 라쳇이란 사람을 알고 있었을 거라고 생각하신 적이 있습니까?"

더벤햄이 단호하게 고개를 저었다.

"그렇게 생각하지 않는데요."

"어째서 그렇게 생각하시지요?"

"그분이 말씀하시는 태도를 보면 알 수 있어요."

"하지만 우린 죽은 남자의 방에서 마룻바닥에 떨어져 있는 파이프 소제기를 발견했습니다. 아르버스넛 대령은 이 기차에서 파이프 담배를 피우는 유일한 사람입니다."

푸아로가 유심히 관찰했으나 더벤햄은 감정을 전혀 드러내지 않고 이렇게 말할 뿐이었다.

"말도 안 돼요. 아르버스넛 대령님은 무슨 일이 있어도 범죄를 저지를 사람이 아니에요. 특히 이렇게 연극에나 나올 법한 범죄는요."

그것이야말로 푸아로가 생각하는 바로 그것이어서, 하마터면 그는 맞장구를 칠 뻔했다. 하지만 이렇게 말했다.

"마드무아젤께서는 그 사람을 잘 모른다고 하지 않으셨던가요?"

더벤햄은 어깨를 으쓱했다.

"그런 유형의 사람은 잘 알고 있어요."

푸아로가 매우 부드럽게 말했다.

"당신은 아직 그 '모든 일이 끝난 다음에.'란 말이 무슨 뜻인지 설명해 주시지 않았습니다, 마드무아젤."

더벤헴이 차갑게 말했다.

"더 이상은 할 말이 없군요."

"뭐, 상관없습니다. 내가 알아내고 말 테니까요."

에르퀼 푸아로가 말했다. 그는 인사를 하고 객실을 나섰다.

부크가 말했다.

"몬 아미(친구), 그게 잘한 일이었을까요? 당신은 오히려 그녀가 경계심을 갖도록 만들었습니다. 아울러 그녀를 통해 대령까지 경계심을 갖도록 만들었고요."

"부크 씨, 토끼를 잡으려면 토끼 굴 안으로 족제비를 집어넣어야 합니다. 토끼가 거기 있다면 뛰쳐나오겠지요. 내가 한 일이 바로 그겁니다."

그들은 힐데가르데 슈미트의 방으로 들어갔다.

그 여자는 준비를 하고 서 있었다. 공손한 얼굴이었지만 표정이 없었다.

푸아로는 의자에 놓인 조그만 여행 가방 속을 재빨리 훑어보았다. 그런 다음 보조 차장에게 큰 여행 가방을 선반에서 내리라고 지시했다.

"열쇠는?"

"잠겨 있지 않습니다."

푸아로가 걸쇠를 풀고 가방을 열었다.

"아하! 내가 했던 말이 기억납니까? 여기 좀 보십시오."

푸아로가 부크를 돌아보며 말했다.

여행 가방의 맨 위에는 급히 쑤셔 넣은 갈색 차장 제복이 있었다.

독일 여자의 무표정이 갑작스럽게 무너졌다.

"제 것이 아니에요! 제가 넣지도 않았고요. 이스탄불을 출발한 후로는 가방 안을 들여다보지도 않았어요. 정말이에요!"

독일 여자는 애원하는 눈빛으로 사람들을 둘러보았다.

푸아로가 그녀에게 팔을 두르고 다정하게 위로했다.

"자, 자, 괜찮을 겁니다. 우린 당신을 믿습니다. 흥분하지 마십시오. 난 이 제복을 여기 감춘 게 당신이 아니라고 생각합니다. 당신이 훌륭한 요리사라고 믿는 것만큼이나 말입니다. 그렇지 않나요?"

당황한 가운데에서도 여자는 기뻐하는 미소를 지었다.

"네, 정말이에요. 제가 모셨던 마님들은 모두 그렇게 말씀하시곤 하셨죠. 전……."

그녀가 말을 하다말고, 입을 벌린 채 겁에 질린 표정이 되었다.

"염려 말아요, 모든 게 다 잘될 겁니다. 이게 어떻게 된 일인지 내가 말해 줄게요. 당신이 보았던 차장 제복을 입은 남자는 죽은 남자의 방에서 빠져나오다가 당신과 마주쳤습니다. 운이 나빴죠. 아무도 자기 모습을 못 보길 바랐는데 말입니다. 그렇다면 어떻게 해야 할까요? 제복을 감춰야지요. 이제 제복은 안전을 보장해 주는 게 아니라 위험물이 되었으니까요."

푸아로의 시선이 열심히 듣고 있는 부크와 콘스탄틴 의사를 차례차례 훑고 지나갔다.

"당신도 알다시피 폭설이 내렸습니다. 눈사태 때문에 모든 계획이 틀어져 버렸지요. 이 옷을 어디에 감출 수 있을까요? 객실은 모두 차 있어요. 그런데 그는 문이 열려 있는 빈 방을 지나치게 되었습니다. 방금 마주쳤던 여자의 방임에 틀림없습니다. 그는 안으로 슬쩍 들어가서 재빨리 제복을 벗어 선반 위의 여행 가방에 쑤셔 넣었던 겁니다. 발견될 때까지 시간이 좀 걸릴 테니까요."

"그 다음은?"

부크가 말했다.

"토론을 해 봐야 알 수 있겠지요."

경고하는 듯한 눈길을 던지며 푸아로가 말했다.

푸아로가 제복을 집어들었다. 세 번째 단추가 없었다. 푸아로는 제복 주머니에서 차장의 비상 열쇠를 꺼내서 방문을 열었다.

부크가 말했다.

"범인이 어떻게 해서 잠긴 문을 지나갈 수 있었는지 이로써 설명할 수 있겠습니다. 당신이 허바드 부인에게 했던 질문은 필요 없는 것이었어요. 잠겨 있었건, 잠겨 있지 않았건 간에 그 남자는 사잇문을 쉽사리 통과할 수 있었던 겁니다. 차장의 제복을 얻을 수 있었다면 차장의 열쇠는 왜 안 되겠습니까?"

푸아로가 말했다.

"정말이지 그렇습니다."

"우린 알아차릴 수도 있었는데 말입니다. 미셸이 벨 소리를 듣고 왔을 때 허바드 부인의 방문이 잠겨 있었다고 했죠."

부크의 말에 차장이 말했다.

"그렇습니다, 선생님. 그래서 전 그 부인이 꿈을 꾼 게 분명하다고 생각한 겁니다."

부크가 이어 말했다.

"하지만 이제 간단해졌군요. 사잇문도 다시 잠글 생각이었지만 침대에서 움직이는 소리가 들리자 당황했을 겁니다."

푸아로가 말했다.

"이젠 주홍색 잠옷만 찾아내면 되겠군요."

"맞는 말입니다. 그런데 마지막 두 방은 전부 남자들 방입니다."

"계속 조사해 보죠."

"물론입니다. 게다가 난 아까 당신이 했던 말을 잘 기억하고 있습니다."

헥터 매퀸은 기꺼이 수색을 받아들였다.

"어서 조사해 보세요."

헥터 매퀸이 씁쓸하게 웃으며 말했다.

"이 기차 안에서 제가 가장 의심받을 위치에 있다는 건 알고 있습니다. 제게 전 재산을 물려준다는 그 노인의 유언장만 찾아내면 모든 것이 해결될 텐데요."

부크가 의심스런 눈초리로 매퀸을 쳐다보았다.

"물론 농담입니다."

매퀸이 서둘러서 덧붙였다.

"솔직히 제게는 단 한푼도 물려주지 않았을 겁니다. 그저 고용인에 불과할 뿐이니까요. 언어라든지, 기타 등등의 이유로 말입니다. 아시겠지만, 외국 여행을 하면서 영어밖에 못한다면 곤경에 빠지기 쉽거든요. 전 언어에 대단한 재능이 있는 건 아니지만, 쇼핑이나 호텔 예약에 필요한 정도는 프랑스 어, 독일어, 이탈리아 어로 말할 수 있답니다.”

매퀸의 목소리가 평소보다 약간 컸다. 기꺼이 수색에 동의하긴 했지만 이 상황이 다소 불편한 모양이었다.

푸아로가 일어섰다.

“아무것도 없군요. 유언장도!”

매퀸이 한숨을 쉬더니 유쾌하게 말했다.

“그 소릴 들으니 한결 마음이 가벼워지는군요.”

그들은 마지막 객실로 갔다. 덩치 큰 이탈리아 인과 하인의 짐을 수색했지만 아무런 소득이 없었다.

세 사람은 마지막 객실 앞에서 서로 얼굴을 쳐다보았다.

부크가 물었다.

“다음엔 무얼 하지요?”

푸아로가 말했다.

“식당차로 돌아갑시다. 이제 우리가 알아낼 수 있는 건 모두 알아냈습니다. 승객들의 증언을 들었고 짐도 수색했습니다. 더 이상 도움이 될 만한 일은 없습니다. 이젠 우리가 머리를 쓸 차례입니다.”

푸아로가 담뱃갑을 찾으려고 호주머니를 더듬었다.

“곧 따라가겠습니다. 담배가 필요할 것 같군요. 이건 대단히 어렵

지만 그래서 흥미로운 사건입니다. 누가 그 주홍색 잠옷을 입었을
까요? 지금 그 옷은 어디에 있을까요? 알고 싶습니다. 이 사건엔 내
가 놓친 무언가가 있습니다! 이 사건은 복잡하게 꾸며졌기 때문에
어려워요. 하지만 토론을 해 봐야지요. 잠시만 실례하겠습니다."

푸아로는 서둘러 자기 방으로 갔다. 그가 기억하기로는 여행용
손가방 안에 담배가 들어 있었다.

푸아로는 손가방을 내려놓고 자물쇠를 풀었다. 다음 순간 그는
뒤로 물러서서 망연히 가방 안을 쳐다보았다.

가방 안에는 용이 수놓아진 주홍색 실크 잠옷이 깔끔하게 개켜진
채 놓여 있었다.

"일이 그렇게 된 것이로군. 이건 도전이야. 좋아, 받아들여 주지."

제3부

푸아로, 의자에 앉아서 사건을 해결하다

범인은 누구일까?

에르퀼 푸아로가 식당차에 들어갔을 때 부크와 콘스탄틴 의사는 이야기를 나누는 중이었다. 부크는 낙담한 표정을 짓고 있었다.

푸아로를 보자 부크가 말을 건넸다.

"이쪽으로 오십시오."

그러고는 친구가 자리에 앉자마자 덧붙였다.

"당신이 이 사건을 해결한다면 난 이 세상에 기적이 존재한다는 걸 믿을 겁니다!"

"그렇게 걱정이 됩니까?"

"당연하지요. 완전히 오리무중이니까요."

"동감입니다."

의사가 끼어들었다. 그러면서 흥미로워하는 시선으로 푸아로를 쳐다보았다.

"솔직히 말하자면, 당신이 다음에는 무슨 일을 할지조차도 전혀 모르겠는걸요."

"그렇습니까?"

푸아로가 생각에 잠기며 말했다.

그는 담배 상자를 꺼내 담배 한 개비를 집어들고 불을 붙였다. 그러고는 몽롱한 눈빛이 되었다.

"내게는 그런 점들 때문에 이 사건이 더욱 흥미롭습니다. 우린 일상적으로 쓰이는 방법들을 전혀 사용할 수 없습니다. 사람들의 증언이 진실인지 아닌지조차도 우리 스스로 방법을 고안해 내지 않는 한 알아낼 수 없습니다. 즉 머리를 써야 한다는 뜻이지요."

"모두 좋은 말씀입니다. 하지만 뭐라도 있어야 일을 시작하지요."

부크가 말했다.

"방금 말했던 대로 승객들의 증언과 우리 눈으로 본 증거가 있습니다."

"승객들의 증언이라니, 그것 참 대단한 증거로군요. 그래 봤자 알아낸 건 아무것도 없습니다."

푸아로가 고개를 저었다.

"난 그렇게 생각하지 않습니다. 승객들의 증언 중에는 몇 가지 흥미로운 점이 있었습니다."

"그래요, 난 잘 모르겠던데요."

부크가 의심스럽다는 듯이 말했다.

"그건 당신이 제대로 신경 써서 듣지 않았기 때문입니다."

"그래요? 그렇다면 내가 어떤 내용을 놓쳤다는 겁니까?"

"한 가지 예를 들자면, 우리가 첫 번째로 들은 매퀸 씨의 증언이 있습니다. 그는 아주 중요한 걸 말해 주었습니다."

"편지에 대한 겁니까?"

"아니, 편지에 대한 게 아닙니다. 내가 기억하는 바로는, '우린 여기저기 여행했습니다. 라쳇 씨는 세상 구경을 하고 싶어했습니다. 하지만 외국어를 모른다는 것이 장애가 되었지요. 난 비서라기보다는 여행 안내인 역할을 했습니다.'라는 말이었습니다."

푸아로는 의사의 얼굴과 부크의 얼굴을 번갈아 바라보았다.

"아직도 모르겠습니까? 곤란한데요. 그는 이런 말도 했습니다. '외국 여행을 하면서 영어밖에 말하지 못한다면 곤경에 빠지기 쉽지요.'"

"무슨 말인지……."

부크는 여전히 의아한 표정이었다.

"그렇다면 설명해 드리지요. 이런 이야기입니다. 라쳇은 프랑스 어를 전혀 못합니다. 그런데도 차장은 어젯밤 벨 소리를 듣고 달려갔을 때 '아무것도 아니오. 실수로 누른 거요.'라는 프랑스 어를 들었다고 증언했습니다. 더군다나 그 말은 프랑스 어를 간신히 한두 마디 할 줄 아는 사람이 쓸 수 있는 말이 아닌 꽤 관용적인 표현이었습니다."

"맞습니다! 그런 걸 깨닫지 못했다니!"

의사가 흥분해서 소리쳤다.

"그래서 그 말을 두 번씩이나 강조해서 말했던 거로군요. 이제 왜 당신이 부서진 시계의 시간을 믿지 않았는지 알겠습니다. 12시 37분에 라쳇은 이미 죽어 있었을 테니까요."

"그렇다면 그 프랑스 어는 살인자가 말한 거로군요!"

부크가 감동했다는 듯이 말했다.

푸아로가 손을 들어올려 제지했다.

"성급하게 결론을 내리지는 맙시다. 실제로 아는 것 이상으로 추측을 해선 안 됩니다. 이렇게 말하는 게 안전하겠지요. 12시 37분에 라쳇의 방에는 다른 누군가가 있었고, 그 사람은 프랑스 사람이었거나 프랑스 어를 유창하게 말할 수 있는 사람이었다."

"대단히 신중하군요."

"차근차근 해 나가야만 합니다. 그 시간에 라쳇이 죽어 있었다는 증거는 없으니까요."

"당신을 깨운 비명 소리가 있었죠?"

"예, 있었습니다."

부크가 생각에 잠긴 채 말했다.

"이번 발견으로도 사건의 양상은 그다지 변하지 않는군요. 당신은 옆방에서 사람이 움직이는 소리를 들었습니다. 그 사람은 라쳇이 아니었습니다. 손에 묻은 피를 닦아 내고 범죄의 흔적을 치운 다음, 결정적인 증거가 될 수 있는 편지를 태운 겁니다. 그런 다음 주위가 조용해질 때까지 기다렸다가 안전하다는 생각이 들자 라쳇의 방문을 안에서 잠그고 체인을 건 다음 허바드 부인의 방으로 통하는 사잇문으로 빠져나간 겁니다. 우리가 생각했던 그대로지요. 라쳇이 30분 일찍 죽었다는 것과 알리바이를 조작하기 위해 시계를 1시 15분에 맞춰두었다는 점만이 다를 뿐이지요."

푸아로가 말했다.

"그리 훌륭한 알리바이는 아니었죠. 시계 바늘은 침입자가 범죄 현장을 떠나간 바로 그 시각인 1시 15분을 가리키고 있으니까요."

다소 혼란스러운 듯 부크가 말했다.

"맞습니다. 그렇다면 시계는 무얼 의미하는 걸까요?"

푸아로가 대답했다.

"단지 가정일 뿐이지만, 만약 시계가 조작된 거라면 그 시각에는 중요한 의미가 있을 겁니다. 그 1시 15분이란 시각에 믿을 만한 알리바이를 가진 누군가를 의심하게 되는 것이 자연스러운 반응일 테니까요."

의사가 말했다.

"맞아요, 맞아. 훌륭한 추리입니다."

푸아로가 계속 말했다.

"우린 범인이 그 방에 들어갔을 시간에도 좀 더 주의를 기울일 필요가 있습니다. 언제 그럴 기회를 잡았을까요? 진짜 차장이 공모하지 않았다면 그럴 수 있는 기회는 딱 한 번뿐입니다. 기차가 빈코브치 역에 정차했을 때 말입니다. 빈코브치를 출발한 이후로 차장은 계속해서 통로를 마주보며 앉아 있었고 차장에게 신경 쓰는 승객은 거의 없으니까, 차장으로 위장한 범인을 알아보았을 사람은 오직 진짜 차장뿐입니다. 하지만 기차가 빈코브치에 정차해 있는 동안 차장은 플랫폼에 나가 있었습니다. 그때야말로 범인에게 절호의 기회였을 겁니다."

부크가 말했다.

"그렇다면 우리가 이전에 추리한 대로 범인은 승객 중에 있겠군요. 우린 다시 원점으로 돌아왔습니다. 누가 범인일까요?"

푸아로가 미소를 지었다.

"내가 목록을 한번 만들어 보았습니다. 훑어보면 기억이 새로워질 겁니다."

의사와 부크는 함께 목록을 살펴보았다. 목록은 승객을 심문했던 순서대로 깔끔하고 질서정연하게 쓰여 있었다.

헥터 매퀸: 미국인. 6호실. 2등실.
동기 피살자와의 관계에서 생겼을 가능성 있음.
알리바이 자정에서 밤 2시까지.(자정에서 1시 30분까지는 아르버스넛 대령이, 1시 15분에서 2시까지는 차장이 증명.)
불리한 증거 없음.
의심스런 상황 없음.

차장(피에르 미셸): 프랑스 인.
동기 없음.
알리바이 자정에서 밤 2시까지.(12시 37분 라쳇의 방에서 목소리가 들렸을 때 에르퀼 푸아로가 목격. 1시에서 1시 16분까지는 다른 차장 두 명이 증언.)

불리한 증거 없음.

의심스런 상황 차장 제복은 차장에게 혐의를 씌우기 위한 것처럼 보이므로 오히려 유리함.

에드워드 매스터맨: 영국인. 4호실. 2등실.

동기 피살자의 하인이었으므로 그 관계로부터 동기가 발생할 수 있음.

알리바이 자정에서 밤 2시까지.(안토니오 포스카렐리가 증언.)

불리한 증거나 의심스런 상황 차장 제복을 입어도 딱 맞을 키와 체격이라는 점만 제외하면 없음. 프랑스 어를 잘할 거라고 여겨지지도 않음.

허바드 부인: 미국인. 3호실. 1등실.

동기 없음.

알리바이 자정에서 밤 2시까지 없음.

불리한 증거나 의심스런 상황 부인의 침실에 어떤 남자가 들어왔다는 이야기가 하드맨 씨와 슈미트 부인의 증언에 의해 인정됨.

그레타 올슨: 스웨덴 인. 10호실. 2등실.

동기 없음.

알리바이 자정에서 밤 2시까지.(더벤햄 양이 증명.)

추가 살아 있는 라쳇을 마지막으로 목격했음.

드래고미로프 공작 부인: 귀화한 프랑스 인. 14호실. 1등실.

동기 암스트롱 가족과 밀접한 친분이 있었고, 소니아 암스트롱의 대모였음.

알리바이 자정에서 밤 2시까지.(차장과 하녀가 증명.)

불리한 증거나 의심스런 상황 없음.

안드레니 백작: 헝가리 인, 외교관 여권. 13호실. 1등실.

동기 없음.

알리바이 자정에서 밤 2시까지.(차장이 증명. 그러나 1시에서 1시 15분 사이는 확실하지 않음.)

안드레니 백작 부인: 위와 동일. 12호실.

동기 없음.

알리바이 자정에서 밤 2시까지 트리오날을 먹고 잠.(남편이 증명. 찬장에 트리오날 병이 있음.)

아르버스넛 대령: 영국인. 15호실. 1등실.

동기 없음.

알리바이 자정에서 밤 2시까지. 1시 30분까지 매퀸과 대화. 자기 방으로 돌아간 뒤 나오지 않음.(매퀸과 차장이 인정.)

불리한 증거나 의심스런 상황 파이프 소제기.

사이러스 하드맨: 미국인. 16호실. 1등실.

동기 모름.

알리바이 자정에서 밤 2시까지. 자기 방에서 나오지 않음.(차장과 매퀸이 인정.)

불리한 증거나 의심스런 상황 없음.

안토니오 포스카렐리: 미국인(이탈리아 태생). 5호실. 2등실.

동기 모름.

알리바이 자정에서 밤 2시까지.(에드워드 매스터맨이 증명.)

불리한 증거나 의심스런 상황 사용된 무기가 그의 기질에 맞는다는 부크 씨의 주장을 제외하면 없음.

메리 더벤햄: 영국인. 11호실. 2등실.

동기 없음.

알리바이 자정에서 밤 2시까지.(그레타 올슨이 증명.)

불리한 증거나 의심스런 상황 에르퀼 푸아로가 우연히 엿들은 대화. 대화 내용을 설명하는 것을 거부한 점.

힐데가르데 슈미트: 독일인. 8호실. 2등실.

동기 없음.

알리바이 자정에서 밤 2시까지.(차장과 그녀의 주인 마님이 증명.) 침대로 감. 차장이 12시 38분쯤 깨워서 주인 마님 방으로 감.

참고: 승객들의 증언은 자정에서 밤 1시까지(이때 차장 자신은 옆 차량에 가 있었다.)와 1시 15분에서 2시까지 라쳇 씨의 방을 드나든 사람이 없었다는 차장의 증언을 토대로 한다.

"이 기록은 승객들의 증언을 보기 편하게 정리해 놓은 것일 따름입니다."

푸아로의 말에 얼굴을 찡그리며 부크가 기록을 돌려주었다.

"이걸로는 사건 해결의 실마리가 잡히지 않는군요."

"이번 것은 당신 입맛에 맞을 겁니다."

푸아로는 살짝 웃으며 두 번째 종이를 부크에게 건넸다.

열 가지 질문

종이에는 다음과 같이 적혀 있었다.

설명이 필요한 사항들

1. 'H.'라는 머리글자가 새겨진 손수건은 누구의 것일까?
2. 파이프 소제기는 아르버스넛 대령이 떨어뜨린 걸까, 다른 사람이 떨어뜨려 놓은 것일까?
3. 주홍색 잠옷을 입었던 사람은 누구일까?
4. 차장 제복을 입고 변장했던 사람은 누구일까?
5. 시계 바늘이 1시 15분을 가리키는 이유는?
6. 살인자가 그 시간에 범행을 저질렀을까?
7. 그 이전일까?

8. 그 이후일까?

9. 라쳇 씨가 여러 사람에게 찔렸다는 걸 확신해도 될까?

10. 라쳇 씨의 상처를 다르게도 설명할 수 있을까?

"자, 할 수 있는 것부터 해 봅시다. 손수건부터 시작합시다. 차례대로 처리해 나가는 게 좋겠지요?"

지혜를 짜내야 할 이 일로 조금 생기를 되찾은 부크가 말했다.

"그렇지요."

만족스러운 듯 고개를 끄덕이며 푸아로가 말했다.

부크가 다소 연설조로 말을 이어나갔다.

"손수건에 새겨진 'H.'와는 세 사람을 연관시킬 수 있습니다. 허바드 부인, 더벤햄 양, 그리고 하녀 힐데가르데 슈미트지요. 더벤햄 양은 가운데 이름이 허미온이기 때문입니다."

"오! 그 세 사람 중 누구일까요?"

"글쎄요, 정말 어려운 문제입니다. 그러나 내 생각엔 더벤햄 양 같군요. 첫 번째 이름이 아니라 두 번째 이름으로 불렸을 수도 있어요. 게다가 그녀에게는 뭔가 의심쩍은 것이 있습니다. 푸아로 씨가 우연히 들은 이야기도 좀 이상하고, 그녀가 그 점에 대해 설명하기를 거부하는 것도 이상해요."

"내 보기엔 미국 부인입니다. 그건 아주 비싼 손수건이고, 모두 잘 알고 있듯이 미국인들은 돈을 흥청망청 써 버립니다."

콘스탄틴 의사가 말했다.

"그러니까 두 분의 말씀은 하녀에겐 아무런 혐의가 없다는 거로 군요?"

푸아로가 말했다.

"맞습니다. 그 여자의 말대로 이런 손수건은 상류 계급 사람의 것 이니까요."

부크가 대답했다.

"그렇다면 두 번째 질문으로 넘어가죠. 파이프 소제기는 아르버 스넛 대령이 떨어뜨린 것일까요, 아니면 다른 사람이 떨어뜨려 놓 은 것일까요?"

"그건 더 어렵군요. 영국인들이 칼로 사람을 찌르지 않는다는 건 옳은 말이에요. 난 다른 사람이 파이프 소제기를 떨어뜨려 놓은 것 이라고 보고 싶군요. 그 다리 긴 영국인에게 죄를 뒤집어씌우기 위 해 그렇게 한 거라고 말입니다."

의사가 끼어들었다.

"푸아로 씨, 당신 말대로 두 가지 단서 모두 범인이 부주의하다 고 하기엔 너무 지나칩니다. 난 부크 씨 의견에 찬성입니다. 손수건 은 진짜 실수였어요. 그래서 누구도 그게 자신의 것이라고 인정하 지 않은 겁니다. 하지만 파이프 소제기는 가짜 단서였어요. 여러분 도 아시다시피, 아르버스넛 대령은 전혀 당황하지 않고 파이프 담 배를 피운다는 것과 그런 종류의 소제기를 사용한다는 걸 인정했습 니다."

푸아로가 말했다.

"훌륭한 논리적 추론입니다."

부크가 계속했다.

"세 번째 질문입니다. 주홍색 잠옷을 입었던 사람은 누구일까요? 이 문제에 대해선 전혀 감이 잡히지 않는군요. 하실 말씀 있으십니까, 콘스탄틴 선생?"

"없습니다."

"그럼 이 문제는 그만 접어두지요. 다음 문제는 어느 정도 가능성이 있어요. 차장 제복을 입었던 남자 혹은 여자는 누구일까요? 음, 그럴 가능성이 없는 사람부터 먼저 가려내 보도록 하지요. 하드맨 씨, 아르버스넛 대령, 포스카렐리 씨, 안드레니 백작, 헥터 매퀸 씨는 모두 키가 큽니다. 허바드 부인, 힐데가르데 슈미트 양, 그레타 올슨 양은 너무 뚱뚱해요. 그렇게 하면 하인과 더벤헴 양과 드래고미로프 공작 부인과 안드레니 백작 부인이 남는군요. 그레타 올슨 양과 안토니오 포스카렐리 씨는 더벤헴 양과 하인이 각자의 방을 나간 적이 없다고 증언했어요. 힐데가르데 슈미트 양은 드래고미로프 공작 부인이 방에 있었다고 증언했고, 안드레니 백작은 아내가 수면제를 먹고 잠들었다고 증언했습니다. 따라서 그 누구도 제복을 입지 않은 게 됩니다. 정말 이상한 일입니다!"

"유클리드*의 논리처럼 말이죠."

푸아로가 중얼거렸다.

---

* BC 300년경에 활약한 그리스의 수학자. 수학의 기초가 되는 수많은 공리를 세우고 정리하였다.

"분명 그 네 명 중의 한 명이 틀림없습니다. 만일 범인이 외부에서 들어와서 지금 어딘가에 숨어 있지 않다면 말입니다. 하지만 그런 일은 우리 모두 동의했듯이 불가능합니다."

콘스탄틴 의사가 말했다.

부크는 다음 문제로 넘어갔다.

"다섯 번째 문제. 시계 바늘이 1시 15분을 가리키는 이유는? 거기에는 두 가지 설명이 가능합니다. 살인자가 알리바이를 만들기 위해 조작해 놓은 뒤에 사람들이 왔다갔다하는 소리 때문에 제때에 방을 빠져나가지 못했거나, 또는……, 지금 막 어떤 생각이 날 듯도 했는데……."

나머지 두 명은 부크가 머리를 짜내느라 고생하는 동안 잠자코 기다렸다.

"알아냈습니다. 시계를 조작한 건 차장 제복을 입은 살인자가 아니라 우리가 제2의 살인자라고 부르는 사람입니다. 달리 말하면, 왼손잡이이고 주홍색 잠옷을 입은 여자지요. 그 여자는 범행 후에 도착했고 자신의 알리바이를 만들기 위해 시계를 1시 15분으로 돌려놓았던 겁니다."

"멋집니다! 정말 훌륭한 추리입니다."

콘스탄틴 의사가 말했다.

"그 말대로 하자면 그 여자는 어둠 속에서 이미 죽은 줄도 모르고 라쳇의 시신을 칼로 찌르고 어쩌다가 잠옷 주머니에 시계가 들어 있다는 걸 알게 되어, 깜깜한 곳에서 시계 바늘을 돌려놓고 우그러트린 자국을 만들었다는 것이로군요."

푸아로가 말했다.

부크가 푸아로를 차갑게 노려보았다.

"그럼 더 나은 의견이라도 있단 말입니까?"

"현재로서는 없습니다."

푸아로가 선선히 인정한 후 덧붙였다.

"어쨌든 두 분 모두 그 시계의 가장 흥미로운 점을 파악하고 있지
못하군요."

"여섯 번째 문제가 그 점과 관련 있습니까?"

그렇게 물은 의사가 이어 말했다.

"그리고 그 질문, 살인자가 그 시각에, 그러니까 1시 15분에 범행
을 저질렀느냐는 문제에 대해서라면 난 아니라고 생각합니다."

부크도 동의했다.

"나도 그렇게 생각해요. 그 이전이라고 생각합니다. 당신도 마찬
가지지요, 의사 선생?"

의사가 고개를 끄덕였다.

"그렇습니다. 하지만 그 다음 질문처럼 사건이 그 이후에 벌어졌
을지도 모른다는 생각도 드는군요. 그래도 부크 씨의 의견에 동의
합니다. 그리고 푸아로 씨도 어느 정도 동의할 것이라고 생각합니
다. 첫 번째 살인자는 1시 15분 전에 왔고, 두 번째 살인자는 1시 15
분 후에 왔던 겁니다. 왼손잡이에 관한 문제는, 먼저 승객들 중 누가
왼손잡이인지 확인해야 하지 않겠습니까?"

그 질문에 푸아로가 답했다.

"그 문제를 완전히 무시하고 있었던 건 아닙니다. 내가 모든 승객들에게 서명이나 주소를 쓰게 했던 건 아시겠지요. 하지만 그건 절대적인 게 아닙니다. 어떤 행동은 오른손으로 하지만 그 밖에 행동은 왼손으로 하는 사람도 있으니까요. 오른손잡이인 사람이 왼손으로 골프를 치기도 합니다. 하지만 그 실험은 의미가 있습니다. 문제의 승객들은 모두 오른손으로 글씨를 썼습니다. 쓰길 거절했던 드래고미로프 공작 부인을 제외하면 말입니다."

부크가 말했다.

"드래고미로프 공작 부인이라니! 그런 일은 있을 수 없습니다."

콘스탄틴 의사 역시 의심스럽다는 듯이 말했다.

"공작 부인에게 그 왼손잡이가 낸 상처를 입힐 수 있을 만한 힘이 있을 것 같진 않습니다. 그런 상처를 내려면 상당한 힘이 필요합니다."

"여자로서는 불가능한 힘입니까?"

"아니요, 그렇지는 않습니다. 하지만 나이 든 여자에게 가능한 일은 아니지요. 무엇보다 드래고미로프 공작 부인은 특히 체력이 약합니다."

푸아로가 말했다.

"정신력이 육체를 뛰어넘는 힘을 낼 수도 있을 테지요. 드래고미로프 공작 부인은 훌륭한 인품과 강한 의지력을 갖고 있습니다. 하지만 그 문제는 넘어가기로 합시다."

"다음은 아홉 번째와 열 번째 문제입니다. 라쳇 씨가 여러 사람에게 찔렸다는 걸 확신해도 될까라는 질문과 라쳇 씨의 상처를 다르게도 설명할 수 있을까라는 문제로군요. 의학적인 입장에서 내 의견을 말하자면, 그 상처에 대해서 달리 설명할 길이 없습니다. 한 사람이 처음엔 약하게 그 다음엔 강하게, 처음엔 오른손으로 그 다음엔 왼손으로, 게다가 대략 30분 간격으로 시체에 새로운 상처를 낸다는 것은 말이 되지 않습니다."

"그렇군요. 그런 일은 불가능하겠지요. 그럼 당신은 살인범이 두 명이라면 말이 된다고 생각하십니까?"

"당신 말대로 다른 어떤 설명이 가능하겠습니까?"

푸아로가 똑바로 앞을 쳐다보았다.

"나도 그 점이 궁금합니다. 계속 따져 보고 있습니다."

푸아로가 의자에 몸을 기댔다.

"이제 모든 것이 여기 들어 있습니다."

푸아로가 이마를 톡톡 두들겼다.

"우린 모든 것을 조사했습니다. 모든 사실이 우리 앞에 질서 정연하게 놓여 있습니다. 승객들은 한 명 한 명 이곳에 앉아서 증언을 했고, 우린 외부에서 알아낼 수 있는 건 모두 알아냈습니다."

푸아로가 부크에게 애정이 담긴 미소를 지었다.

"의자에 기대앉아 추리만으로 진실을 밝혀낸다는 게 우리 사이에서 사소한 농담으로 통했습니다. 그렇지요? 이제 그걸 실천해 볼 때가 되었습니다. 두 분도 함께 해 주셔야겠습니다. 눈을 감고 생각해 봅시다……. 한 사람 또는 그 이상의 승객이 라쳇을 죽였습니다. 범인은 과연 누구일까요?"

의미심장한 증거

15분이 지나도록 아무도 입을 열지 않았다.

부크와 콘스탄틴 의사는 푸아로의 지시를 따르려고 해 보았다. 상반되는 사실로 이루어진 미로를 헤치고 해결책을 찾아내기 위해 노력했다.

부크의 생각은 이렇게 흘러갔다.

'생각해 내야만 해. 하지만 이미 생각할 수 있을 만큼 생각해 봤단 말이야……. 푸아로는 영국인 아가씨가 이 문제에 개입되어 있다고 확신하고 있어. 하지만 내가 보기엔 그럴 것 같지 않아. 영국인들은 대단히 냉정하지. 아마 거짓말을 못하기 때문일 거야……. 그건 중요하지 않아. 이탈리아 인이 그랬을 것 같지도 않아. 방을 같이 쓰는 사람이 객실을 떠난 적이 없다고 말했으니까. 그 영국인 하인이 거짓말을 한 걸까? 하지만 왜 그래야 하지? 영국인을 매수하는 건 쉽지 않은데. 다가가기 어려운 사람들이잖아. 사건 전부가 재앙이야. 여기서 벗어날 수 있을까. 분명히 구조대가 활동 중일 테지만 이 나라에서는 모든 것이 느려 터졌어. 무엇이든 행동에 옮기려면 몇 시간씩 허비하지. 게다가 이 나라의 경찰들은 다루기가 까다로워. 잘난 체하는 데다 툭 하면 화를 내고 점잔을 핀다니까. 이 사건을 알면 난리 법석을 떨겠지. 하긴 이런 기회가 자주 오는 것이 아닐 테니까. 신문이란 신문은 온통 떠들어 댈 거야……'

그리고 거기서부터 부크의 생각은 이미 수백 번은 더 생각해 봤던 진부한 경로를 따라갔다.

콘스탄틴 의사는 이렇게 생각하고 있었다.

'이 조그만 남자는 정말 기묘한 사람이야. 천재일까, 아니면 괴짜일까? 이 사람이 이 수수께끼를 풀 수 있을까? 불가능해. 전혀 실마리가 보이지 않아. 모든 것이 너무 혼란스러워. 아마 승객 모두가 거짓말을 하고 있는 건지도 몰라……. 하지만 그래 봤자 도움이 안 돼. 설사 모든 승객이 거짓말을 하고 있다고 해도 모든 사람이 진실을 말하는 것만큼이나 혼란스럽긴 마찬가지야. 그 상처는 정말 이상해. 이해할 수가 없어……, 총에 맞았다면 문제가 훨씬 간단할 텐데. 총잡이란 말은 총을 쏘는 사람이란 게 분명하거든. 미국은 정말 이상한 나라야. 한번 미국에 가 보고 싶어.

정말 앞선 나라라니까 돌아가면 드미트리우스 재곤을 만나봐야겠어. 그는 미국에 가 본 적이 있고 현대적인 사고 방식을 갖고 있지……. 지아가 지금 뭘 하고 있을지 궁금하군. 만일 아내가 이 일을

알게 된다면…….'

의사의 생각은 완전히 개인의 문제로 흘러갔다.

에르퀼 푸아로는 꼼짝도 하지 않고 앉아 있었다.

자고 있는 게 아닐까 싶을 정도였다.

조용한 정지 상태로 15분이 흐른 후 갑자기 푸아로의 눈썹이 천천히 치켜 올라갔다. 그리고 조그만 한숨이 새어나왔다. 푸아로는 들릴락 말락 한 조그만 소리로 중얼거렸다.

"하지만 결국, 안 될 게 뭐야? 그걸로 모든 것을 설명할 수 있을 거야."

푸아로가 두 눈을 떴다. 고양이 눈 같은 녹색 눈이었다. 푸아로가 부드럽게 말했다.

"에 비엥(자), 난 생각을 끝냈습니다. 여러분은 어떻습니까?"

각자의 생각에 깊이 빠져 있던 두 사람은 깜짝 놀랐다.

부크가 쑥스러워하며 말했다.

"나도 생각해 보았지만, 결론에 이르지는 못했습니다. 범죄의 진상을 밝혀내는 것은 당신의 일이지 내 일이 아니니까요."

"나도 열심히 생각해 보았습니다."

의사는 방금 전까지 했던 야한 상상을 떠올리며 낯도 붉히지 않고 말했다.

"여러 가지 가능성을 고려해 보았지만, 어떤 것도 만족스럽지 않더군요."

푸아로가 상냥하게 고개를 끄덕였다. 마치 이렇게 말하는 것 같왔다.

'맞아요. 그렇게 말씀하시는 게 정상입니다. 하지만 두 분은 내가 기대했던 실마리를 주셨습니다.'

푸아로는 똑바로 앉아 가슴을 내밀고 콧수염을 쓰다듬더니 대중 집회의 숙련된 연사처럼 말했다.

"여러분, 난 마음속으로 여러 가지 사실들을 고려하고 승객들의 증언을 다시 생각해 본 결과 다음과 같은 결론을 얻었습니다. 완벽한 것은 아니지만, 우리가 알고 있는 여러 가지 사실을 모두 설명해 줄 수 있는 확실한 설명을 찾아냈습니다. 워낙 기묘한 설명이라서 나 자신도 아직까지는 그게 맞는다는 걸 확신할 수 없습니다.

확실히 하기 위해서는 몇 가지 실험을 해 봐야 할 것입니다. 먼저 사건의 진상에 암시가 되는 몇 가지를 지적하겠습니다. 부크 씨와 내가 이 기차에서 처음으로 함께 점심 식사를 할 때 부크 씨가 내게 했던 말부터 시작하지요.

부크 씨는 우리가 국적과 계급과 나이가 다른 사람들에게 둘러싸여 있다고 말했습니다. 그런 경우는 요즘 같은 계절에는 드문 일입니다. 예를 들어, 아테네-파리행과 부쿠레슈티-파리행 열차는 거의 텅 비어 있습니다. 또 예약을 하고도 승차하지 않은 승객에 대해서도 생각해 봐야 합니다. 내가 보기엔 아주 중대한 의미가 있는 일입니다. 그 밖에도 몇 가지 의미심장한 사실들이 있습니다. 예를 들어 허바드 부인의 화장품 가방의 위치, 암스트롱 부인의 어머니 이름, 하드맨 씨의 경호 방법, 우리가 발견한 타다 남은 종이는 라쳇이 직접 불태운 것이라는 매퀸 씨의 말, 드래고미로프 공작 부인의 세례명, 헝가리 인 부부의 여권에 묻은 기름 얼룩 등입니다."

두 사람은 멍하니 푸아로를 바라보았다.

"이런 점들이 뭔가 이상하다고 생각하지 않으십니까, 여러분?"

푸아로가 물었다.

"전혀요."

부크가 솔직하게 말했다.

"그렇다면 의사 선생께서는?"

"당신이 하는 말을 전혀 이해하지 못하겠습니다."

그동안 부크는 친구가 언급했던 것 중 손에 잡히는 것이라도 확인해 보려고 여권 더미를 뒤적거렸다. 그러고는 신음 소리를 내며 안드레니 백작과 백작 부인의 여권을 집어들고 펼쳤다.

"이 얼룩을 말하는 겁니까?"

"맞습니다. 생긴 지 얼마 안 된 기름 얼룩이지요. 그게 여권의 어디에 묻어 있지요?"

"백작 부인의 기록 첫부분이군요. 정확하게 말하자면 세례명이 있는 부분입니다. 하지만 난 이게 무얼 의미하는 건지 전혀 모르겠군요."

"다른 각도에서 접근해 봅시다. 범죄 현장에서 발견한 손수건 이야기로 되돌아가겠습니다. 방금 전에 이야기했듯이 세 사람이 'H.'라는 글자와 관련되어 있습니다. 허바드 부인, 더벤햄 양, 그리고 하녀 힐데가르데 슈미트지요. 이제 손수건을 다른 관점에서 생각해 봅시다. 여러분, 그건 대단히 값비싼 손수건 말하자면 오브제 드 럭스(사치품)입니다. 손으로 수를 놓아 만든 파리제 사치품이지요. 이름의 첫글자와는 별도로 승객 중에 그런 손수건을 갖고 있을 만한 사람이 누구일까요? 허바드 부인은 아닙니다. 쓸데없이 옷치장에 돈을 쓰며 뽐낼 사람이 아니니까요. 더벤햄 양도 아닙니다. 그런 계급의 영국인 여자는 수수한 리넨 손수건을 사용하지 이렇게 200프랑은 할 법한 값비싼 모시 손수건을 사지는 않습니다. 하녀가 아닌 것도 확실합니다. 하지만 기차에는 그런 손수건을 가질 법한 여성이 두 명 있습니다. 그 여성들과 'H.'라는 글자를 연관시킬 수 있는지 알아봅시다. 그 두 여성은 드래고미로프 공작 부인과······."

"세례명이 나탈리아잖습니까."

부크가 당치도 않다는 듯이 끼어들었다.

"맞습니다. 게다가 내가 말했듯이 공작 부인의 세례명은 결정적인 암시를 주고 있습니다. 또 한 명의 여성은 안드레니 백작 부인입니다. 그러면 우린 바로 이런 생각을 해 볼 수······."

"우리가 아니라 당신이겠죠!"

"그럼 나라고 합시다. 여권에 적힌 백작 부인의 세례명은 기름 얼룩으로 흐려져버렸습니다. 우연한 사고였다고 말할 수도 있겠지요, 하지만 세례명을 보세요. 엘레나입니다. 엘레나(Elena)가 아니라 헬레나(Helena)였다고 생각해 보면 어떨까요. 대문자 'H'는 'E'로 바꾸고 그 옆의 소문자 'e'를 덮어씌우는 건 쉬운 일입니다. 그런 다음 고쳐 쓴 걸 감추기 위해 기름을 한 방울 떨어뜨리는 겁니다."

"헬레나! 그거 훌륭한 발상입니다!"

부크가 소리쳤다.

"확실히 대단한 발상이지요! 난 아무리 하찮은 것이라도 내 생각을 뒷받침해 줄 만한 증거를 찾아보았고 결국 발견했습니다. 백작 부인의 짐 중에서 수하물표 하나가 약간 물에 젖어 있었습니다. 가방의 윗부분에 붙어 있던 그 수하물표는 우연하게도 이름의 첫글자가 물에 젖었던 겁니다. 물에 담갔다가 꺼내서 다른 위치에 붙여 놓은 거란 말입니다."

"이제 알 것 같군요, 하지만 안드레니 백작 부인은 분명히⋯⋯."

부크가 말했다.

"아, 이제, 몽 비외(친구), 전혀 다른 각도에서 사건에 접근해야 합니다. 살인범은 이 살인을 사람들의 눈에 어떻게 보이려고 의도했을까요? 눈 때문에 살인범의 원래 계획이 모두 틀어져 버렸다는 걸 잊지 마세요. 눈이 내리지 않아서 기차가 정상적으로 운행되었다면 어떻게 되었을지 잠시 상상해 봅시다. 과연 어떻게 되었을까요? 아마 범행은 오늘 아침 일찍 이탈리아 국경에서 발견되었을 겁니다. 이탈리아 경찰은 똑같은 증언을 들었겠지요. 매퀸 씨는 협박 편지를 제출했을 거고, 하드맨 씨는 자기 이야기를 되풀이했을 겁니다. 허바드 부인은 자기 방을 지나간 어떤 남자에 대해 열심히 이야기했을 테고 단추가 발견되었겠지요. 아마 두 가지만이 달라졌을 겁니다. 그 남자는 1시 조금 전에 허바드 부인의 방을 지나갔을 테고 차장 제복은 화장실에 버려진 채 발견되었을 겁니다."

"그게 도대체 무슨 뜻입니까?"

"범행이 외부인의 소행으로 보이게 하려는 계획이었다는 말입니다. 기차가 새벽 12시 58분에 브로드 역에 도착했을 때 범인이 도망친 걸로 꾸미려 했다는 겁니다. 누군가가 통로에서 차장 제복을 입은 이상한 사람을 보았다고 증언했을 겁니다.

차장 제복은 어떻게 범행이 저질러진 건지 보여 주기 위해 눈에 잘 띄는 장소에 버려졌을 테고요. 승객들에겐 전혀 혐의가 걸리지 않았을 겁니다. 범행이 세상 사람들의 눈에 그런 식으로 보이도록 계획한 겁니다.

하지만 우연한 사고 때문에 모든 것이 바뀌었습니다. 우린 왜 범인이 피해자와 함께 그렇게 오랫동안 객실에 머물러 있었는지 그 이유를 알고 있습니다. 기차가 움직이길 기다리고 있었던 거지요. 하지만 마침내 범인은 기차가 움직이지 않으리란 걸 깨달았습니다. 따라서 계획을 바꿔야 했습니다. 범인이 여전히 기차를 타고 있다는 게 알려지게 되었으니까요."

"맞아요, 맞습니다."

부크가 참지 못하고 말했다.

"모두 알겠습니다. 그런데 손수건 이야기는 어떻게 된 겁니까?"

"그건 천천히 설명하도록 하겠습니다. 먼저 협박 편지는 완전히 속임수였다는 것부터 알아야 합니다. 아마도 미국의 범죄 소설에서 그대로 본뜬 것이겠지요. 실제로 그런 게 있었던 게 아니라 경찰에게 보여 주기 위해서 생각해 낸 겁니다. 여기서 우리가 생각해 보아야 할 것이 있습니다. 그들은 그런 것으로 라쳇 씨를 속일 수 있었을까요? 아마 그렇지는 않았을 겁니다. 라쳇 씨가 하드맨 씨에게 내린 지시로 보아서 범인은 그가 정체를 잘 알고 있는 개인적인 적으로 보입니다. 우리가 하드맨 씨의 이야기를 진실이라고 받아들인다면 말입니다. 라쳇 씨가 편지를 한 통 받은 건 확실하지만 그건 전혀 성격이 다른 편지였습니다. 암스트롱 집안의 소녀에 대한 것, 우리가 라쳇 씨의 방에서 발견한 종이 조각이 바로 그것입니다. 라쳇 씨가 사정을 모르고 있었을 경우에 그의 생명을 위협하는 이유를 이 편지가 명백히 알려 준 거지요. 그 편지는 지금까지 내가 말해 왔던 대로 다른 사람이 발견하면 안 되는 것이었습니다. 살인범은 무엇보다 먼저 그걸 없애려고 했습니다. 그런데 이것이 계획의 두 번째 방해물이 되었습니다. 첫 번째는 눈이었고 두 번째는 우리가 그 조각을 조사해서 내용을 알아내 버린 일입니다.

그 편지를 그렇게 신경 써서 없애 버리려 했다면 거기엔 의미가 있습니다. 암스트롱 가와 아주 밀접한 사람이 기차에 타고 있었던 겁니다. 그 편지가 발견되면 즉각 혐의가 걸릴 그런 사람이 말이죠.

이제 우리가 발견해 낸 다른 두 단서에 대해서 생각해 봅시다. 이미 충분히 이야기했던 파이프 소제기에 대해선 넘어가겠습니다. 손수건 이야기를 하도록 하지요. 쉽게 생각하면 손수건은 첫글자가 'H'로 시작하는 이름을 가진 사람이 범인이라는 단서가 됩니다. 그리고 범인이 부주의하게 떨어뜨린 게 되고요."

콘스탄틴 의사가 말했다.

"그렇군요. 그 여자는 손수건을 떨어뜨렸다는 걸 알아내고 곧 세례명을 지우는 조치를 취한 겁니다."

"너무 성급하시군요. 너무 성급한 결론입니다."

"달리 결론이 날 수도 있다는 겁니까?"

"그럼요. 예를 들자면, 범행을 저지르고 나서 다른 사람에게 뒤집어씌우려 할 수도 있겠지요. 그런데 확실히 암스트롱 가와 밀접한 관계를 가진 여성이 기차에 타고 있습니다. 그렇다면 그 여자의 손수건을 범행 현장에 떨어뜨려 놓을 수도 있지 않을까요? 그녀는 심문을 받을 테고, 에 부알라(자 이렇게), 암스트롱 가와 관계가 있다는 사실이 밝혀질 겁니다. 동기도 있고 불리한 증거도 있습니다."

"하지만 그 여자가 결백하다면 자기 정체를 숨기려는 조치를 취하지는 않았을 겁니다."

의사가 반론을 제기했다.

"아, 그럴까요? 그렇게 생각합니까? 즉결 재판소의 의견이 바로 그런 식이겠지요. 하지만 난 인간 심리에 대해 알고 있습니다. 갑자기 살인범으로 몰려 재판을 받아야 할 처지에 부딪치면 아무리 결백한 사람이라도 이성을 잃고 불합리한 짓을 저지르게 될 겁니다. 기름 얼룩과 수하물표를 바꾼 일이 유죄를 증명하지는 않습니다. 단지 안드레니 백작 부인이 알 수 없는 이유로 자기 정체를 감추고 싶어 했다는 걸 드러내 줄 뿐이지요."

"무슨 이유로 그녀가 암스트롱 집안과 관련이 있다고 생각하는 겁니까? 그녀의 말로는 미국에 가 본 적도 없다고 했는데요."

"맞습니다. 백작 부인은 영어를 제대로 말하지 못하고 외모도 아주 이국적입니다. 하지만 백작 부인이 누구인지 추측하는 건 어렵지 않습니다. 내가 암스트롱 부인의 어머니 이름을 언급했었지요. 린다 아덴은 아주 유명한 여배우였습니다. 셰익스피어 작품 속의 여주인공 역할로 명성이 높았습니다. 『당신 뜻대로』라는 작품을 생각해 보세요. 아덴의 숲과 로잘린드라는 이름이 나오지요. 린다 아덴은 거기에서 예명의 영감을 얻었습니다. 린다 아덴이란 이름으로 그녀는 세계적으로 유명해졌지만 그게 본명은 아니었습니다. 본명은 아마 골든버그였을 겁니다. 어쩌면 그녀의 몸속엔 중앙 유럽의 피가 흐를지도 모르지요. 또는 유태인의 피가 섞여 있을 수도 있고요. 수많은 민족들이 미국으로 흘러 들어갔으니까요. 암스트롱 부인의 여동생, 즉 린다 아덴의 둘째 딸은 비극이 일어났을 당시 아직 어린애였고 이름은 헬레나 골든버그였을 겁니다. 그리고 안드레니 백작이 워싱턴에 근무하고 있을 때 그와 결혼했을 겁니다."

"하지만 드래고미로프 공작 부인은 린다 아덴의 둘째 딸이 영국인과 결혼했다고 말했습니다."

"공작 부인은 이름도 기억해 내지 못했습니다! 그런 일이 가능합니까? 드래고미로프 공작 부인은 고상한 숙녀가 위대한 예술가를 흠모하듯이 린다 아덴을 흠모했습니다. 그리고 린다 아덴의 큰딸의 대모였습니다. 그렇게 빨리 둘째 딸의 이름을 잊어버릴 수 있을까요? 그럴 가능성은 별로 없습니다. 드래고미로프 공작 부인이 거짓말을 한 겁니다. 공작 부인은 헬레나가 기차에 타고 있다는 걸 알고 있었습니다.

라쳇의 정체를 듣자마자 헬레나가 의심받게 되리란 걸 깨달았지요. 그래서 심문을 받을 때 거짓말을 한 겁니다. '잘 모르겠어요, 기억이 나지 않아요, 하지만 헬레나는 영국인과 결혼했을 거예요.'라는 식으로 말입니다. 우리가 가능한 한 사실에서 벗어나도록 유도한 거지요."

식당차의 급사가 한쪽 문으로 들어와 부크에게 다가갔다.

"저녁 식사를 드시겠습니까? 준비가 다 되었습니다."

부크가 푸아로를 바라보았다. 푸아로는 고개를 끄덕였다.

"어쨌거나 식사는 해야겠지요."

급사가 다른 문으로 나갔다. 이내 벨 소리가 울리고 그의 목소리가 들려왔다.

"승객 여러분, 저녁 식사가 준비되었습니다."

여권의 기름 얼룩

푸아로와 부크와 의사는 한 식탁에 앉았다.

식당차에 모인 사람들은 대단히 침울한 표정으로 거의 말을 하지 않았다. 심지어 수다스러운 허바드 부인까지도 이상할 정도로 조용했다. 허바드 부인은 자리에 앉으면서 중얼거렸다.

"먹고 싶지 않아요."

하지만 그녀를 돌봐야 할 특별한 임무라도 맡은 것처럼 행동하는 스웨덴 여자가 다독여 주자 나온 음식을 모두 먹어 치웠다.

식사가 시작되기 전에 푸아로는 급사의 소매를 붙잡고 무엇인가 속삭였다. 안드레니 백작 부부에게 식사가 제일 늦게 나오고 식사가 끝난 후에도 계산서를 작성하느라 지체하는 걸 보자 콘스탄틴 의사는 푸아로가 무얼 지시했는지 알아차렸다. 그렇게 해서 백작 부부는 식당차에 마지막까지 남아 있게 되었다.

마침내 백작 부부가 자리에서 일어나자 푸아로가 벌떡 일어서더니 그들을 따라갔다.

"실례합니다, 부인. 손수건을 떨어뜨리셨습니다."

푸아로는 조그만 글자가 새겨져 있는 손수건을 내밀었다.

백작 부인은 그걸 받아들고 흘끗 쳐다보더니 푸아로에게 되돌려 주었다.

"잘못 아셨어요. 제 손수건이 아니에요."

"부인의 손수건이 아니라고요? 확실합니까?"

"물론이에요."

"그렇지만 여기에 부인 이름의 머리글자인 'H'가 새겨져 있는데요."

백작이 움직였지만 푸아로는 무시했다. 푸아로의 시선은 백작 부인의 얼굴에 못 박혀 있었다.

푸아로를 가만히 쳐다보며 그녀가 대답했다.

"무슨 말씀인지 모르겠군요. 제 머리글자는 'E. A.'예요."

"그렇지 않을 텐데요. 부인의 이름은 엘레나가 아닌 헬레나입니다. 린다 아덴의 둘째 딸인 헬레나 골든버그지요. 바로 암스트롱 부인의 여동생인 헬레나 골든버그요."

잠시 동안 쥐 죽은 듯한 정적이 감돌았다. 백작과 백작 부인의 얼굴이 죽은 사람처럼 창백해졌다. 푸아로가 부드러운 목소리로 말했다.

"부인하셔도 소용없습니다. 제 말이 맞죠, 안 그렇습니까?"

백작이 분노를 터뜨렸다.

"도대체 당신이 무슨 권리로……."

백작 부인이 조그만 손을 남편의 입에 갖다 대었다.

"그러지 말아요, 루돌프. 말하게 해 주세요. 이 신사분의 말씀을 부인해 봐야 소용없어요. 자리에 앉아서 차분히 이야기하는 게 나을 것 같군요."

그녀의 목소리가 바뀌었다. 여전히 남국의 풍부한 성량이긴 했으나 갑자기 발음이 분명하고 또렷해졌다. 그녀에게서 처음 듣는 정확한 영어였다.

백작이 입을 다물었다. 그는 아내의 손짓에 따라 푸아로의 맞은편 자리에 앉았다.

"당신 말이 맞아요. 전 헬레나 골든버그, 암스트롱 부인의 여동생이에요."

"그러나 오늘 아침엔 그 사실을 제게 말씀하시지 않으셨습니다, 백작 부인."

"그래요."

"사실 부인과 부인의 남편이 제게 말씀하신 건 모두 거짓말이었습니다."

"이보시오!"

백작이 화를 내며 소리쳤다.

"화내지 말아요, 루돌프. 푸아로 씨가 좀 잔인하게 말씀하시긴 하지만 모두 맞는 말이잖아요."

"그렇게 선선히 인정해 주시니 기쁘군요, 부인. 이제 그렇게 행동한 이유와 여권의 세례명을 바꾼 이유를 말씀해 주시겠습니까?"

"그건 전부 내가 했습니다."

백작이 끼어들었다. 헬레나가 조용한 목소리로 말했다.

"물론이에요, 푸아로 씨. 아마 그 이유를 짐작하고 계실 거예요. 살해된 남자는 제 어린 조카를 살해하고, 제 언니를 죽게 만들었고, 형부의 마음을 산산이 부숴 버린 바로 그 남자예요. 그 세 사람은 제가 가장 사랑했던 사람들이고, 제 가정을, 제 세계를 이루었던 사람들이었어요!"

그녀의 열정적인 목소리가 울려퍼졌다. 강렬한 감정 연기로 수많은 관중을 감동시키던 그 어머니의 그 딸이었다.

백작 부인은 조용한 목소리로 계속 말했다.

"기차에 타고 있는 사람 중에 아마 저 혼자만이 그 사람을 살해할 동기를 갖고 있을 겁니다."

"그렇지만 부인께서 그 사람을 죽이시지는 않았다는 말씀이십니까?"

"맹세할 수 있습니다, 푸아로 씨. 제 남편도 맹세할 겁니다. 그러고 싶은 유혹을 느꼈지만 죽이지는 않았습니다."

"내 명예를 걸고 말하는데, 어젯밤 헬레나는 자기 방을 나가지 않았습니다. 전에 말했던 대로 아내는 수면제를 먹었습니다. 정말로 완전히 결백합니다."

푸아로는 두 사람을 번갈아 쳐다보았다.

"내 명예를 걸고 하는 말입니다."

백작이 되풀이해서 말했다. 푸아로가 머리를 가볍게 저었다.

"하지만 왜 여권의 이름을 고치셨습니까?"

"푸아로 씨, 내 입장을 생각해 보십시오. 난 아내가 흉악한 살인 사건에 말려드는 걸 견딜 수 없었습니다. 아내는 결백합니다. 하지만 아내가 방금 말한 것도 사실입니다.

아마 암스트롱 가와 관련이 있었다는 이유만으로도 아내에게 즉시 혐의가 걸렸을 겁니다. 심문을 받고 체포될 수도 있습니다. 운 나쁘게 이 라쳇이란 사람과 같은 기차에 탔다는 이유로 말이지요. 그렇습니다. 난 당신에게 거짓말을 했습니다. 하지만 한 가지만은 사실입니다. 내 아내가 어젯밤 자기 방에서 나가지 않았다는 것만은 진실입니다."

백작이 너무나 열심히 항변해서 반박하기가 힘들 정도였다.

"믿지 않는다고 말씀드리지는 않았습니다, 백작. 백작님의 집안이 역사가 깊고 명성이 높다는 건 알고 있습니다. 그러니만큼 아내분께서 불미스런 형사 사건에 말려드는 건 백작님께는 몹시 고통스러운 일이었겠지요. 그것에 대해선 공감할 수 있습니다. 하지만 아내분의 손수건이 죽은 남자의 방에서 발견된 사실에 대해서는 어떻게 설명하시겠습니까?"

"그 손수건은 제 것이 아니에요."

백작 부인이 말했다.

"'H'라는 머리글자가 있는데도요?"

"그래도 아니에요. 비슷한 손수건을 갖고 있긴 하지만 무늬가 달라요. 물론 제 말을 믿어 달라고 하기엔 무리라는 걸 알고 있지만 사실이 그런걸요. 그건 제 것이 아니에요."

"그렇다면 누군가가 부인에게 뒤집어씌우려고 거기에 갖다 놓은 걸까요?"

백작 부인이 희미한 미소를 지었다.

"푸아로 씨께선 어떻게 해서든 제 것이라고 인정하게 하려 하시지만, 정말 그건 제 것이 아니에요."

백작 부인 또한 매우 간곡하게 이야기했다.

"그럼 손수건이 부인 것이 아니라면 어째서 여권의 이름을 바꾸셨습니까?"

이번에는 백작이 대답했다.

"'H'라는 머리글자가 새겨진 손수건이 발견되었다는 이야기를 들었기 때문입니다. 우린 심문을 받으러 오기 전에 그 문제에 대해 이야기를 나누었습니다. 내가 헬레나에게 세례명이 'H'로 시작된다는 게 알려지면 몹시도 혹독한 조사를 받게 될 거란 사실을 지적했지요. 게다가 그 일은 너무나 간단했습니다. 헬레나를 엘레나로 바꾸는 것 말입니다."

"아주 뛰어난 범죄자가 될 소질을 갖고 계시는군요. 타고난 독창력, 정의를 기만할 수 있는 의연한 결단력 등을 갖추셨어요."

푸아로가 냉담하게 말했다.

"오, 아니에요."

백작 부인이 몸을 앞으로 내밀며 말했다.

"푸아로 씨, 이이는 그저 상황이 어떠했는지 설명한 것뿐이에요."

부인은 프랑스 어를 영어로 바꾸었다.

"전 무서웠어요. 죽을 정도로 무서웠어요. 너무나 끔찍했던 그 일이 다시 헤집어진다는 것이 말이에요. 게다가 의심을 받고 감옥에 들어갈지도 모른다는 생각에 몸이 굳어 버릴 정도로 무서웠어요. 이해하시겠어요?"

그녀의 목소리는 사랑스러웠다. 마음 깊은 곳에서 울려나오는 감정이 풍부하며 애절한 목소리. 여배우 린다 아덴의 딸의 목소리.

푸아로가 엄숙하게 그녀를 바라보았다.

"믿지 않겠다는 게 아닙니다. 제가 부인을 믿을 수 있으려면 부인께서 도와주셔야 합니다."

"당신을 돕는다고요?"

"그렇습니다. 살인의 동기는 과거에 있습니다. 부인의 가정을 파괴하고 부인의 어린 시절을 슬픔으로 멍들게 한 바로 그 비극적인 사건에 말입니다. 제가 과거에서 이 사건의 실마리를 찾아낼 수 있도록 과거로 절 안내해 주십시오."

"제가 무슨 말을 할 수 있다는 거지요? 그들은 모두 죽었는데."

백작 부인이 슬픔에 젖어 되풀이했다.

"모두 죽었어요. 로버트 형부, 소니아 언니, 사랑스러운 데이지도. 그 애는 너무나 귀여웠어요. 사랑스러운 고수머리를 갖고 있었죠. 우린 모두 그 애에게 홀딱 반해 있었어요."

"또 한 사람의 희생자가 있었습니다, 부인. 말하자면 간접적인 희생자지요."

"불쌍한 수잔 말인가요? 맞아요. 잊고 있었어요. 경찰이 그녀를 심문했어요. 수잔이 사건에 관련되어 있을 거라고 확신하고 있었던 거지요. 어쩌면 그랬을 수도 있겠지요.

하지만 설사 그랬을지라도 그건 수잔이 너무 순진해서 그랬던 거예요. 누군가와 수다를 떨다가 그만 데이지가 외출하는 시간을 알려 준 것 같아요. 불쌍한 수잔은 너무나 당황하고 말았지요. 자기에게 책임이 있다고 생각했던 거예요. 그래서 수잔은 창문 밖으로 몸을 던졌어요. 오, 너무 끔찍한 일이에요!"

백작 부인은 두 손으로 얼굴을 감쌌다.

"그 여자는 어느 나라 사람이었습니까, 부인?"

"프랑스 인이었어요."

"성은요?"

"어리석게도 기억이 나지 않네요. 우린 그녀를 수잔이라고 불렀어요. 예쁘게 웃는 여자였어요. 데이지를 아주 잘 돌봐 주었고요."

"아이 보는 하녀였나요?"

"그래요."

"그럼 보모는 누구였습니까?"

"간호사였어요. 이름은 스텐겔베르크. 데이지한테 아주 헌신적이었어요. 언니한테도 헌신적이었고요."

"자, 부인 잘 생각해 보시고 대답해 주시기 바랍니다. 이 기차에서 아는 사람을 보셨습니까?"

그녀는 푸아로를 가만히 응시했다.

"예? 아니요, 한 사람도 보지 못했어요."

"드래고미로프 공작 부인은 어떻습니까?"

"오, 그분요? 물론 알고 있지요. 난 푸아로 씨께서 사람들에 대해 말하는 줄 알았어요."

"그래요, 그 당시의 사람들을 말하는 겁니다. 잘 생각해 보세요. 세월이 흘렀으니 사람의 겉모습은 바뀌었을 수도 있습니다."

헬레나가 깊이 생각에 잠겼다. 그러고는 말했다.

"아니에요. 확실해요. 아무도 없어요."

"부인은 그 당시에 어린 소녀셨지요. 공부를 봐주거나 보살펴 주는 사람은 없었습니까?"

"예, 있었어요. 매우 엄격한 분이었죠. 내 가정 교사 겸 소니아 언니의 비서였던 사람이에요. 영국인이거나 스코틀랜드 인이었을 거예요. 체격이 큰 빨간 머리 여자였어요."

"그녀의 이름은?"

"프리보디 양이었어요."

"젊었습니까, 늙었습니까?"

"저한테는 무척 나이 들어 보였어요. 그래도 마흔 살을 넘지는 않았을 거예요. 물론 수잔도 제 옷을 챙겨 주거나 시중을 들어 주곤 했어요."

"그 밖에 다른 식구들은 없었습니까?"

"하인들이 있었어요."

"그렇다면 부인, 정말로 이 기차에서 아무도 알아보시지 못하셨습니까?"

그녀는 진지하게 대답했다.

"없었어요. 전혀 없었어요."

백작과 백작 부인이 떠나자 푸아로가 다른 두 사람을 둘러보았다.

"보시다시피, 진전이 있었습니다."

"아주 훌륭한 솜씨였습니다."

부크가 진심으로 감탄하며 말했다.

"난 안드레니 백작과 백작 부인을 의심할 생각은 꿈에도 하지 않았습니다. 그들은 완전히 열외로 생각했지요. 백작 부인이 범죄를 저질렀다는 건 분명합니다. 슬픈 일이에요. 하지만 그녀를 사형시키지는 않겠지요. 정상을 참작할 만한 배경이 있으니까요. 몇 년 감옥 생활을 하고 나면 끝날 겁니다."

"당신은 백작 부인이 유죄라고 확신하는군요."

"친애하는 푸아로 씨, 그 점은 확실하지 않던가요? 난 당신의 태도가 우리가 눈에서 빠져나가고 경찰이 사건을 인수하기 전까지 상황이 원만하게 돌아가게 하기 위한 것이라고 생각했는데요."

"백작이 명예를 걸고 아내가 결백하다고 주장했던 말을 믿지 않는 겁니까?"

"그거야 당연하지요. 그 상황에서 백작이 달리 무슨 말을 할 수 있겠습니까? 그는 아내를 사랑합니다. 아내를 살리고 싶어 해요! 거짓말도 능숙하게 하죠. 그것도 아주 당당한 태도로 말입니다. 하지만 거짓말은 거짓말일 뿐입니다."

"터무니없는 생각인지 몰라도, 난 그 말이 진실일지도 모른다는 생각을 하고 있습니다."

"오, 아닙니다. 손수건이 있잖습니까? 손수건은 문제를 결정짓는 아주 중요한 증거입니다."

"난 손수건에 대해서 그렇게까지 확신하지 않습니다. 말했듯이 손수건의 주인에 대해서는 두 가지 가능성이 있습니다."

"어쨌든……."

부크가 입을 다물었다. 식당문이 열리고 드래고미로프 공작 부인이 들어왔기 때문이다. 공작 부인이 다가오자 세 남자는 자리에서 일어났다.

그녀는 다른 사람들을 무시하고 푸아로에게 말을 걸었다.

"내 손수건을 갖고 있다면서요, 푸아로 씨."

푸아로는 의기양양하게 나머지 두 사람을 바라보았다.

"이것 말씀이십니까, 부인?"

그는 작은 모시 손수건을 내밀었다.

"맞아요. 구석에 내 이름의 첫글자가 새겨져 있습니다."

부크가 말했다.

"하지만 부인, 그건 'H'라는 글자예요. 부인의 세례명은, 실례지만 나탈리아이지 않습니까?"

그녀는 부크에게 싸늘한 시선을 던졌다.

"맞아요. 내 손수건엔 항상 러시아 어로 머리글자를 새겨요. 'H'는 러시아 어로 'N'이니까요."

부크는 얼떨떨해져 버렸다. 이 노부인에게는 그를 당혹스럽고 불편하게 만드는 무엇이 있었다.

"그렇다면 오늘 아침에는 왜 이 손수건이 부인 것이라고 말씀하시지 않았습니까?"

"그야 묻지 않았으니까요."

공작 부인이 쌀쌀하게 말했다.

"자리에 앉으시지요, 부인."

푸아로가 말했다. 공작 부인이 한숨을 내쉬었다.

"그러는 게 좋을 거 같군요."

공작 부인이 자리에 앉았다.

"신사분들, 이걸로 그리 오랜 시간을 끌 필요는 없을 겁니다. 다음 질문은 어째서 내 손수건이 살해당한 남자의 시체 옆에 놓여 있었느냐는 것이겠죠. 나로선 모르겠다는 것이 대답입니다."

"정말로 모르시겠습니까?"

"정말이에요."

"실례지만 부인, 부인의 대답을 어디까지 믿어야 할지 모르겠습니다."

푸아로가 대단히 부드럽게 말했다. 드래고미로프 공작 부인이 경멸조로 대답했다.

"헬레나 안드레니가 암스트롱 부인의 여동생이었다는 걸 말하지 않았다는 뜻인가 보군요."

"부인은 그 문제에 대해 교묘한 거짓말을 하셨습니다."

"분명히 그렇지요. 하지만 난 다음에도 같은 일을 할 겁니다. 그 애의 어머니는 내 친구였어요. 난 친구나 가족, 그리고 동료에게 충실해야 한다고 믿고 있답니다."

"그럼 부인께서는 정의를 위해 노력해야 한다고는 생각지 않으십니까?"

"이번 사건의 경우에 난 정의가, 엄격한 의미에서의 정의가 이루어졌다고 생각합니다."

푸아로가 앞으로 몸을 내밀며 말했다.

"부인, 우린 곤경에 빠져 있습니다. 손수건에 관한 부인의 말을 믿어도 될까요? 아니면 이번에도 부인은 친구의 딸을 감싸고 있는 걸까요?"

"아! 무슨 뜻인지 알겠어요."

공작 부인의 얼굴에 기묘한 미소가 번져 나갔다.

"손수건에 대한 건 쉽게 증명할 수 있어요. 내 손수건을 만든 파리의 가게 주소를 알려 드리지요. 그 사람들에게 문제의 손수건을 보여 주기만 하면 돼요. 그러면 몇 년 전 내 주문을 받아 만들었다고 알려 줄 거예요. 어쨌든 그 손수건은 내 것이랍니다, 여러분."

공작 부인이 일어섰다.

"더 묻고 싶은 게 있나요?"

"부인의 하녀 말입니다. 오늘 아침 손수건을 보여 주었을 때 이 손수건을 알아보았을까요?"

"물론 그랬겠지요. 그런데 그걸 보고도 아무 말도 않던가요? 오, 그렇다면 정말 충실한 사람이군요."

살짝 머리를 숙여 보이고 공작 부인은 식당차를 빠져나갔다.

"그래서 그랬군요. 하녀에게 이 손수건이 누구 것인지 아느냐고 물었을 때 약간 망설였죠. 여주인의 것이라고 인정해야 할지 말아야 할지 확신이 서지 않았던 겁니다. 하지만 그게 어떻게 내 추리와 정확하게 맞아떨어졌을까요? 맞아. 그럴 수도 있군요."

"정말 대단한 사람이야!"

부크가 특유의 몸짓을 하며 말했다.

"저 부인이 라쳇을 살해할 수 있을까요?"

푸아로가 의사에게 물었다. 의사는 고개를 저었다.

"저렇게 연약한 노부인이 근육을 꿰뚫을 정도의 강한 힘을 요하는 그런 상처를 낸다는 것은 도저히 불가능한 일입니다."

"하지만 가벼운 상처라면?"

"그렇다면 가능하지요."

"오늘 아침 난 공작 부인에게 그녀의 힘은 팔이 아니라 의지에 있다고 말했습니다. 그 말은 교묘한 덫이었습니다. 그 말을 듣고 공작 부인이 오른팔을 보는지 왼팔을 보는지 보고 싶었던 겁니다. 그런데 공작 부인은 어느 쪽도 아니었습니다. 양팔을 모두 보았지요. 그리고 기묘한 답변을 했습니다. '맞아요, 난 팔에 힘이 없답니다. 그게 기쁜 일인지 슬픈 일인지 모르겠지만요.'라고 말입니다. 정말 이상한 말이었습니다. 그 말이 내 추리를 더욱 확고하게 해 주었지만요.'

"하지만 그렇다고 해서 왼손잡이의 문제가 해결된 건 아닙니다."

"그렇지요. 그런데 여러분은 안드레니 백작이 오른쪽 가슴 호주머니에 손수건을 넣고 다니는 걸 눈치 채지 못하셨습니까?"

부크는 고개를 저었다. 부크의 마음은 지난 30분 동안 드러난 놀라운 사실들에 쏠려 있었다. 그가 중얼거렸다.

"거짓말이었어. 오늘 아침 우리가 들었던 그 모든 이야기가 거짓말이라니 놀라워."

"아직도 더 밝혀내야 할 것들이 있는데요."

푸아로가 유쾌하게 말했다.

"그렇게 생각하십니까?"

"그렇지 않다고 한다면 난 아주 실망하고 말 겁니다."

"그런 거짓들은 끔찍하지요. 하지만 당신에겐 즐거운 것 같군요."

부크가 말했다.

"거짓을 말하는 사람에게 진실을 들이대면 대개는 깜짝 놀라면서 인정을 합니다. 효과를 보기 위해서는 올바르게 추측하는 일이 꼭 필요하지만 말입니다. 그것만이 이 사건을 풀 수 있는 유일한 길이죠. 난 승객들의 증언을 차례차례 생각해 보면서 스스로에게 물어 보았습니다. 어떤 사람이 거짓말을 하고 있다면 도대체 무엇에 대해 왜 거짓말을 하는 걸까 하고요. 만약, 이 '만약'이란 말에 유의하십시오. 만약 거짓말을 하고 있다면 그는 이런 이유로 이 거짓말을 한다는 답을 만들어 보는 겁니다. 난 그 방법을 안드레니 백작 부인에게 써서 만족할 만한 성공을 얻어냈습니다. 그래서 다른 사람들에게도 똑같은 방법을 사용해 볼 생각입니다."

"그렇지만, 당신 추측이 잘못된 것이라면 어떻게 되는 겁니까?"

"그렇다면 그 사람은 완전히 혐의를 벗는 거지요."

"아, 일종의 소거법이로군요."

"그렇습니다."

"그런 다음엔 누구를 상대할 겁니까?"

"신사 중의 신사인 아르버스넛 대령을 상대할 겁니다."

아르버스닛 대령과의 두 번째 대화

아르버스닛 대령은 두 번씩이나 식당차로 호출받자 드러내 놓고 불쾌함을 나타냈다.

그는 험상궂은 표정으로 자리에 앉으며 말했다.

"또 무슨 일입니까?"

"두 번씩이나 폐를 끼쳐서 정말 죄송합니다. 하지만 당신이 우리에게 알려 주실 것이 있을 거라고 생각되어서요."

"그렇습니까? 하지만 난 그렇게 생각하지 않습니다."

"이 파이프 소제기 말입니다."

"그런데요?"

"당신 겁니까?"

"모르겠습니다. 그런 물건에 특별한 표시를 일부러 해 놓지는 않으니까요."

"아르버스넛 대령, 이스탄불-칼레행 기차에 타고 있는 승객 중에 파이프 담배를 피는 사람은 당신뿐이란 걸 알고 계십니까?"

"그렇다면 아마 내 것이겠지요."

"이게 어디에서 발견되었는지 알고 계십니까?"

"전혀 모르겠습니다."

"피살된 남자의 시체 옆에서 발견되었습니다."

아르버스넛 대령이 눈썹을 치켜올렸다.

"아르버스넛 대령, 어떻게 해서 이 소제기가 거기 놓여 있게 되었을까요?"

"내가 거기에 떨어뜨렸냐는 뜻이라면, 아닙니다. 내가 그런 것이 아닙니다."

"라쳇 씨의 방에 들어간 적이 있습니까?"

"그 사람과 말을 해 본 적도 없습니다."

"그 사람과 말을 해 본 적도 없으므로 그 사람을 살해하지 않았다는 겁니까?"

대령의 눈썹이 다시 한 번 비웃듯이 위로 치켜 올라갔다.

"내가 그런 짓을 했더라도 당신에게 사실대로 말하지는 않을 겁니다. 사실 그 사람을 죽이지도 않았고요."

"그런가요? 뭐, 그건 그다지 중요한 것이 아니지요."

"뭐라고 하셨지요?"

"그건 중요하지 않다고 말했습니다."

"허!"

아르버스넛 대령은 당황한 듯이 보였다. 그는 불안한 눈으로 푸아로를 바라보았다.

"왜냐하면 파이프 소제기는 중요하지 않으니까요. 그게 왜 거기 있는지 그럴듯한 이유를 열한 가지는 댈 수 있습니다."

아르버스넛 대령은 푸아로를 노려봤다.

"내가 당신을 만나고 싶어 한 진짜 이유는 다른 데 있습니다. 더벤햄 양이 내가 당신들이 코냐 역에서 나눈 대화를 우연히 엿들었다는 이야기를 하지 않던가요?"

아르버스넛 대령은 대답하지 않았다.

"더벤햄 양은 이렇게 말했지요. '지금은 안 돼요. 모든 일이 끝난 다음에, 모든 일이 끝나고 나면……'이라고 말입니다. 그게 무슨 뜻인지 설명해 주시겠습니까?"

"미안하지만 푸아로 씨, 그 질문에는 대답하지 않겠습니다."

"왜지요?"

대령이 뻣뻣하게 대답했다.

"더벤햄 양에게 직접 물어보시지요."

"벌써 물어보았습니다."

"대답하지 않던가요?"

"그렇습니다."

"그렇다면 나 역시 말하지 않으리란 걸 잘 아실 텐데요."

"숙녀의 비밀을 밝히고 싶지 않다는 건가요?"

"그렇게 말할 수도 있겠지요."

"더벤햄 양은 사적인 문제에 관한 말이었다고 했습니다."

"어째서 그녀의 말을 그대로 받아들이지 않습니까?"

"아르버스넛 대령, 그건 더벤햄 양이 대단히 유력한 용의자이기 때문입니다."

"터무니없는 소리입니다."

"터무니없는 소리가 아닙니다."

"그녀를 의심할 만한 것이 없을 텐데요."

"더벤햄 양이 어린 데이지 암스트롱이 유괴되었을 당시에 암스트롱 가의 가정 교사로 있었는데도요?"

죽음 같은 적막이 내려앉았다.

푸아로가 살짝 머리를 끄덕였다.

"우린 당신이 생각하는 것보다 많은 것을 알고 있습니다. 더벤햄 양이 결백하다면 어째서 사실을 감추려고 했을까요? 어째서 미국에 간 적이 없다고 말했던 걸까요?"

대령이 헛기침을 했다.

"혹시 뭘 잘못 알고 있는 것 아닙니까?"

"잘못 알고 있는 게 아닙니다. 왜 더벤햄 양은 내게 거짓말을 했을까요?"

아르버스넛 대령은 어깨를 으쓱했다.

"직접 물어보는 게 좋겠군요. 난 당신이 잘못 알고 있다고 생각하니까요."

푸아로가 목청을 높여 급사를 불렀다. 급사가 식당차 저쪽 끝에서 다가왔다.

"가서 11호실의 영국인 아가씨에게 괜찮다면 이곳으로 좀 와 주시라고 전해 주게."

"알겠습니다."

급사가 떠나간 다음 네 남자는 침묵 속에 앉아 있었다. 아르버스넛 대령의 얼굴은 나무에서 깎아 낸 듯 굳어 있었다.

급사가 돌아왔다.

"고맙네."

잠시 후 더벤햄이 식당차 안으로 들어섰다.

메리 더벤햄의 정체

그녀는 모자를 벗은 채 도전적으로 머리를 꼿꼿이 들고 있었다. 뒤로 빗어 넘긴 머리카락과 코 언저리의 곡선은 거친 바다를 헤쳐 나가는 배를 연상시켰다. 그 순간 그녀의 모습은 정말 아름다웠다.

더벤햄의 시선이 잠깐 동안 아르버스넛 대령에게 쏠렸다.

그녀가 푸아로에게 말했다.

"절 만나고 싶다고 하셨나요?"

"왜 오늘 아침 우리에게 거짓말을 하셨는지 묻고 싶어서입니다."

"거짓말을 하다니요? 무슨 말씀이신지 모르겠는데요."

"마드무아젤께선 암스트롱 가의 비극이 일어났을 때 그 집에서 살고 계셨다는 사실을 숨기셨습니다. 미국에는 가 본 적이 없다고 말씀하셨지요."

푸아로는 더벤햄이 순간적으로 움찔했다가 냉정을 되찾는 걸 눈치 챘다.

"그건 사실입니다."

"아니요, 마드무아젤. 그건 거짓말이었습니다."

"잘못 알아들으셨군요. 제가 거짓말을 한 게 사실이라는 뜻이었습니다."

"그렇다면 그 사실을 인정하시는 겁니까?"

"물론이지요. 제 정체를 알아내셨으니까요."

"생각보다 솔직하시군요."

"달리 방법이 없으니까요."

"그렇군요. 그럼 왜 그런 거짓말을 하셨습니까?"

"당연히 이유를 알고 계시리라고 생각하는데요."

"나로선 잘 모르겠습니다."

그녀는 고생한 흔적이 묻어나는 아주 조용한 목소리로 말했다.

"전 제 손으로 생계를 꾸려갑니다."

"그게 무슨 말이지요?"

그녀는 눈을 들어 푸아로를 똑바로 쳐다보았다.

"괜찮은 직업을 얻고 그 자리를 지켜나가기 위해 얼마나 노력해야 하는지 알고 계시나요? 살인 사건에 연루되어 이름과 사진이 신문에 난 여자를 딸애의 가정 교사로 고용하는 선량한 부인이 있을 거라고 생각하세요?"

"왜 고용이 안 되는지 모르겠군요. 당신에게 아무런 죄가 없다는 게 밝혀진다면 말입니다."

"오, 죄가 문제가 아니에요. 문제는 평판이랍니다! 지금까지 전 잘해 왔습니다. 그 덕에 이번에 보수가 괜찮은 자리를 얻었지요. 불미스런 일 때문에 현재의 자리를 위태롭게 만들고 싶지는 않았습니다."

"그 문제에 대해서라면 내가 더 잘 판단할 수 있을 거라고 생각합니다."

더벤햄 양은 어깨를 으쓱했다.

"예를 들어 당신은 사람을 식별하는 일에서 날 도와줄 수 있었을 텐데 그렇지 않았습니다."

"무슨 말씀이시죠?"

"안드레니 백작 부인이 마드무아젤께서 뉴욕에 계실 때 가르치셨던 암스트롱 부인의 어린 여동생이란 걸 알아보지 못한다는 게 가능한 일일까요?"

"안드레니 백작 부인 말이에요? 그렇지 않아요."

더벤햄 양이 고개를 저었다.

"이상하게 여기실지 모르겠지만, 전 알아보지 못했습니다. 그 당시에 그녀는 어린애였으니까요. 그건 3년 전의 일입니다. 백작 부인을 봤을 때 어디서 본 듯한 인상을 받은 건 사실이지만 알아보지는 못했습니다. 너무나 이국적으로 보여서 그 어리던 미국인 소녀라고 생각할 수 없었답니다. 식당차로 들어오는 그녀를 흘끗 본 게 전부였어요. 그때도 얼굴보다는 옷이 더 눈에 들어왔어요."

그녀가 희미한 미소를 지었다.

"여자들이란 다 그렇지요! 그리고 그때 저는 자신만의 생각에 빠져 있던 중이었어요."

"당신이 숨기고 있는 비밀을 말씀해 주시지 않을 건가요?"

푸아로의 목소리는 대단히 부드럽고 설득력이 있었다. 그녀가 낮은 목소리로 말했다.

"그럴 수 없어요. 전 그럴 수 없어요."

그러더니 갑자기 아무런 예고도 없이 쭉 뻗은 두 팔에 얼굴을 묻고 심장이 터지는 듯한 울음을 터뜨렸다.

대령이 벌떡 일어나더니 그녀 옆으로 가서 어색하게 섰다.

"자……, 여기 좀 봐요."

그는 말을 멈추고 빙글 돌아서서 험악하게 푸아로를 노려보았다.

"이 더러운 자식, 네 뼈마디를 몽땅 부러뜨려 놓고 말겠다!"

"선생!"

부크가 항의했다. 아르버스넛 대령이 여자에게로 돌아섰다.

"메리, 제발……."

그녀는 자리에서 벌떡 일어났다.

"별일 아니에요. 전 괜찮아요. 더 이상 제게 물어보실 것이 없겠죠, 푸아로 씨? 일이 있으면 절 찾아오세요. 바보 같으니, 이렇게 자신을 바보로 만들다니!"

그녀는 서둘러 식당차를 나갔다. 아르버스넛 대령은 그녀를 따라나가기 전에 다시 한 번 푸아로를 돌아보며 말했다.

"더벤햄 양은 이 일과 아무 관계도 없습니다. 아무런 관계도. 알아듣겠습니까? 만일 계속해서 그녀를 힘들게 하거나 귀찮게 군다면 내가 가만 있지 않겠습니다."

그러고는 성큼성큼 걸어나갔다.

"영국인이 화를 내니 볼 만하군요. 영국인들은 아주 재미있는 사람들입니다. 화가 나서 감정이 격할수록 말에 대한 자제력을 잃어버리지요."

푸아로가 말했다. 하지만 부크는 그 영국인의 감정적인 반응에는 관심이 없었다.

친구에 대해 완전히 탄복하고 말았던 것이다.

"정말 놀랍습니다! 기적 같은 추리예요! 대단합니다!"

"어떻게 그런 일들을 생각해 낼 수 있는지 믿어지지 않는군요."

콘스탄틴 의사도 찬탄했다.

"저런, 이번에는 별로 대단한 일이 아니었습니다. 추리가 아니라 사실상 안드레니 백작 부인이 말해 준 것이니까요."

"백작 부인이 말해 줬다니오? 그런 일은 없었는데요?"

"내가 백작 부인에게 가정 교사나 말동무에 대해 물었던 걸 기억하고 있습니까? 만일 더벤햄 양이 관련되어 있다면 그 집안에서 그런 역할을 했으리라고 미리 결론을 내리고 있었지요."

"하지만 안드레니 백작 부인이 말한 사람은 전혀 다른 모습이었습니다."

"그렇습니다. 키가 크고 머리카락이 붉은 중년 여자였지요. 사실 모든 면에서 더벤햄 양과는 정반대의 모습입니다. 너무나 두드러지

게 말입니다. 그런 다음 백작 부인은 재빨리 이름을 하나 만들어야 했는데 무의식중에 떠오른 이름이 프리보디였습니다. 기억나실 겁니다."

"그래서요?"

"잘 모르시겠지만 얼마 전까지 런던에는 '더벤햄과 프리보디'라는 가게가 있었습니다. 더벤햄이란 이름이 머릿속을 스쳐 지나가자 백작 부인은 재빨리 다른 이름을 생각해 냈는데, 제일 먼저 떠오른 이름이 프리보디였던 겁니다. 당연히 난 곧 상황을 알아차릴 수 있었습니다."

"그것 역시 거짓말이었군요. 왜 그랬을까요?"

"아마도 의리 때문이겠지요. 그래서 이 사건은 더 어렵습니다."

"세상에! 그렇다면 기차에 탄 모든 사람들이 거짓말을 하고 있는 겁니까?"

부크가 격분해서 외쳤다.

"바로 그것이 우리가 밝혀내야 하는 문제입니다."

더욱 놀라운 사실

"이제 난 어떤 일에도 놀라지 않을 겁니다. 어떤 일에도! 설사 승객들이 모두 암스트롱 가 사람이라고 해도 놀라지 않을 겁니다."

"그건 정말 의미심장한 말이로군요. 이제 당신이 제일 좋아하는 용의자인 이탈리아 인이 뭐라고 변명하는지 들어 볼까요?"

"그 훌륭한 추리를 또 한번 해 보일 생각입니까?"

"바로 맞히셨습니다."

"이건 정말 아주 이상한 사건입니다."

콘스탄틴 의사가 말했다.

"아니요, 극히 자연스런 사건입니다."

부크는 포기했다는 듯이 익살스럽게 두 손을 내저으며 말했다.

"이 사건을 자연스럽다고 한다면, 당신은……."

부크는 말을 끝맺지 못했다.

푸아로가 이번에는 안토니오 포스카렐리를 데려오라고 급사에게 부탁했다. 덩치 큰 이탈리아 인은 겁먹은 눈을 하고 식당차로 들어섰다. 그는 덫에 걸린 짐승처럼 불안한 눈길로 이 사람 저 사람을 쳐다보았다.

"무슨 일입니까? 맹세코 난 더 이상 할 말이 없습니다. 듣고 있습니까?"

이탈리아 인이 손으로 탁자를 내리쳤다.

"하지만 우리에게 해 줄 말이 있을 겁니다. 바로 진실 말입니다!"

"진실이라고요?"

이탈리아 인이 푸아로를 불안한 시선으로 쳐다보았다. 그의 태도에는 이전에 보이던 자신감과 여유가 완전히 사라지고 없었다.

"그렇습니다. 내가 이미 알고 있는 진실일 수도 있겠지요. 하지만 자발적으로 털어놓는 게 당신에게 이로울 겁니다."

"미국 경찰 같은 말투로군요. 그 사람들은 '실토해!'라고 윽박지르지요."

"아하! 그렇다면 뉴욕 경찰서에서 그런 경험을 한 적이 있다는 말이로군요?"

"아니요, 그렇지는 않습니다. 그들은 내게 걸린 혐의를 입증할 수 없었습니다. 하지만 노력이 부족해서 그렇게 된 건 아니었죠."

푸아로가 조용히 말했다.

"그건 암스트롱 사건 때문이었어요. 그렇지 않나요? 당신은 운전사였지요?"

푸아로의 두 눈이 이탈리아 인의 눈과 마주쳤다. 구멍 뚫린 고무 풍선처럼 덩치 큰 남자의 몸에서 허세가 빠져나갔다.

"알면서 왜 물어보는 겁니까?"

"오늘 아침엔 왜 거짓말을 했습니까?"

"사업상의 이유였습니다. 게다가 난 유고슬라비아 경찰을 믿지 않아요. 그들은 이탈리아 인을 아주 싫어하니까요. 날 정당하게 취급하지 않았을 겁니다."

"당신 태도로 보아 그거야말로 정당한 취급이었을 겁니다!"

"아니요, 난 어젯밤의 사건과는 아무 관계가 없어요. 내 방을 떠난 적도 없습니다. 그 우울한 표정의 영국인이라면 내 말을 증명해 줄 수 있을 겁니다. 그 돼지 같은 라쳇을 죽인 사람은 내가 아닙니다. 내게 불리한 증거를 찾아내진 못할 겁니다."

푸아로가 종이에 뭔가를 쓰고 있었다. 그러다가 고개를 들고 조용히 말했다.

"잘 알겠습니다. 가도 좋습니다."

포스카렐리가 불안해하며 머뭇거렸다.

"그러니까 내가 이 일과 아무런 관련이 없다는 걸 아셨습니까?"

"가도 좋다고 말했습니다."

"이건 음모군요. 날 함정에 빠뜨리려는 거지요? 모든 게 전기 의자에 앉아 저세상에 가야 했던 인간 때문입니다! 그런 녀석을 살려준 건 정의롭지 못한 일이었습니다. 그게 만약 나였다면, 만약 내가 체포되었다면……."

"체포된 건 당신이 아니었잖습니까. 당신은 그 유괴 사건과는 아무 관계가 없었습니다."

"무슨 말을 하는 겁니까? 그 어린애는 암스트롱 집안의 기쁨이었습니다. 날 '토니오'라고 불렀지요. 차에 올라타 운전하는 흉내를 내곤 했습니다. 그 집 사람들은 그 애를 끔찍이도 귀여워했습니다. 경찰도 그 점은 인정해 주었지요. 너무나 사랑스런 꼬마였어요."

이탈리아 인의 목소리가 부드러워졌다. 눈에는 눈물까지 글썽했다. 그리고 갑자기 벌떡 일어나 식당차를 나가 버렸다.

"피에트로!"

푸아로가 소리쳐 불렀다. 급사가 달려왔다.

"10호실의 스웨덴 여자를 데려오게."

"비엥, 무슈(알겠습니다)."

"또 다른 사람을 부르는 겁니까? 오, 아니요, 그런 일은 불가능해요! 불가능하다고요!"

부크가 소리쳤다.

"몬 쉐르, 우린 알아내야 합니다. 설사 기차에 탄 사람들 모두가 라쳇을 죽일 만한 동기를 갖고 있다는 게 밝혀지더라도 우린 알아내야 합니다. 일단 알아내기만 하면 금방 범인을 가려낼 수 있을 겁니다."

"돌아 버릴 것 같군요."

부크가 말했다.

그레타 올슨이 가련한 모습으로 급사의 안내를 받으며 들어왔다.

그녀는 비통하게 울고 있었다. 푸아로의 맞은편 자리에 무너지듯 주저앉아서도 커다란 손수건에 대고 계속 울었다.

"자, 걱정하지 말아요."

푸아로가 여자의 어깨를 토닥거려 주었다.

"몇 마디만 사실대로 말해 주면 됩니다. 그걸로 끝입니다. 당신은 데이지 암스트롱을 돌보던 유모였지요?"

"맞아요. 맞습니다."

가엾은 여인은 계속 훌쩍거렸다.

"아, 데이지는 천사였어요……. 사람을 믿고 따르던 귀여운 아이였어요. 사랑과 친절밖에 몰랐는데……, 그 비열한 남자에게 유괴되어 잔인하게……, 가엾게도 암스트롱 부인과 태어나지 못한 어린 것까지……. 여러분은 몰라요……. 저처럼 거기 있었더라면……, 그 끔찍한 비극을 목격했더라면……. 오늘 아침 전 여러분에게 진실을 말했어야 했어요. 하지만 두려웠어요……, 두려웠어요……. 저는 그 사악한 남자가 죽어서 정말로 기뻤어요. 더 이상은 어린애들을 죽이거나 괴롭히지 못할 테니까요. 아! 말할 수 없어요. 할 말이 없어요……."

그레타 올슨은 이전보다 더욱 심하게 울었다.

푸아로는 계속해서 다정하게 그녀의 어깨를 토닥거렸다.

"자, 자, 이해해요. 모든 걸 이해해요. 더 이상은 질문하지 않겠습니다. 내가 진실을 알고 있다고 인정해 준 걸로 충분하니까요. 이해합니다."

울음 때문에 몸을 제대로 가누지 못하던 그레타 올슨은 일어나서 비틀거리며 문 쪽으로 걸어갔다. 나가려던 그녀는 안으로 들어오던 남자와 부딪쳤다. 들어온 사람은 하인인 매스터맨이었다.

그는 똑바로 푸아로에게 걸어와서 평상시처럼 조용하고 차분한 태도로 말을 꺼냈다.

"방해하는 게 아니면 좋겠군요. 즉시 찾아와서 진실을 말씀드리는 게 나을 것 같았습니다. 전 전쟁 당시 암스트롱 대령의 당번병이었습니다. 그 후에는 뉴욕에서 그분의 하인 노릇을 했고요. 오늘 아침에 그 사실을 숨긴 게 걱정이 되더군요. 그건 잘못한 일이었고, 그래서 모든 것을 솔직하게 밝히는 게 좋겠다는 생각이 들었습니다. 하지만 토니오는 절대 의심하지 마십시오. 벌레 한 마리 죽이지 못할 위인입니다. 그리고 토니오가 어젯밤에 객실 밖으로 나가지 않았다는 건 제가 맹세할 수 있습니다. 그러니 그가 그런 짓을 저지를 수는 없을 겁니다. 토니오는 외국인이긴 하지만 아주 점잖은 사람입니다. 책에 흔히 나오는 비열한 이탈리아 인하고는 다릅니다."

매스터맨이 말을 멈췄다. 푸아로는 잠자코 그를 지켜보았다.

"하고 싶은 말을 다한 겁니까?"

"다했습니다."

매스터맨은 잠시 기다리다가 여전히 푸아로가 아무 말도 하지 않자 사과하는 것처럼 고개를 숙여 보이고는 잠깐 망설이더니 들어올 때처럼 조용하고 침착한 태도로 떠났다.

"이 사건은 정말이지 지금까지 읽은 어떤 추리 소설보다 더 기묘하군요."

콘스탄틴 의사의 말에 부크가 말했다.

"동감입니다. 기차에 탄 열두 명의 승객 중에 아홉 명이 암스트롱 사건과 관련되어 있다는 것이 밝혀졌군요. 다음은 뭘까요? 아니, 다음엔 누구일까요?"

"당신의 질문에 답변할 수 있을 것 같군요. 우리의 미국인 탐정 하드맨 씨가 오고 있습니다."

"그 사람도 자백하러 오는 걸까요?"

푸아로가 대답하기 전에 그 미국인이 그들의 식탁 옆으로 다가왔다. 하드맨은 그들을 날카로운 눈으로 쏘아본 다음 자리에 앉으면서 천천히 말을 꺼냈다.

"지금 이 기차의 상황이 어떻게 돌아가는 겁니까? 내겐 마치 정신 병원처럼 보이는군요."

그를 쳐다보는 푸아로의 눈이 반짝 하고 빛났다.

"하드맨 씨, 당신이 암스트롱 가의 정원사로 일하지 않은 게 분명한가요?"

"그 집엔 정원이 없었습니다."

하드맨은 단번에 부정했다.

"그럼 집사였나요?"

"나는 그런 직책을 맡을 만한 세련된 예의범절은 갖고 있지 못합니다. 난 암스트롱 가와는 전혀 관계가 없습니다. 이 기차에서 암스트롱 가와 관련이 없는 사람은 오직 나밖에 없다는 생각이 슬슬 들기 시작하는 참입니다! 이 사건을 해결할 수 있겠습니까? 그게 궁금해서 왔습니다. 푸아로 씨, 과연 이 사건을 해결할 수 있겠습니까?"

"이건 확실히 좀 이상한 사건입니다."

푸아로가 부드러운 목소리로 말했다.

"맞아요. 이상한 사건입니다."

부크가 불쑥 맞장구쳤다.

"하드맨 씨, 이 사건에 대해 혹시 나름대로 짐작가는 것이라도 있습니까?"

"없습니다. 난 완전히 손들었습니다. 감도 못 잡겠습니다. 승객 모두가 사건에 관련되어 있을 리는 없겠지만 누가 범인인지 모르겠습니다. 어떻게 승객들이 암스트롱 집안과 연관되어 있다는 걸 밝혀냈습니까? 그게 몹시 궁금합니다."

"그저 추리를 했을 뿐이지요."

"그렇다면 당신은 정말 훌륭한 추리력을 갖고 있군요. 그럼요. 정말 훌륭합니다."

하드맨은 의자 뒤에 몸을 기대고는 감탄하는 눈으로 푸아로를 쳐다보았다.

"당신의 겉모습만 보고는 아무도 믿으려 하지 않을 겁니다. 난 당신을 존경합니다. 정말입니다."

"별 말씀을 다 하시는군요, 하드맨 씨."

"천만에요."

"어쨌거나 문제가 아직 해결된 건 아닙니다. 라쳇을 죽인 사람이 누구라고 자신 있게 말할 수 없으니까요."

"난 제외시켜 주세요. 난 지금 아무 말도 할 수 없습니다. 오직 당신에 대한 존경심으로 가득 차 있을 뿐입니다. 그런데 아직 추리를 적용해 보지 않은 두 사람은 어떻습니까? 나이 든 미국 부인과 공작 부인의 하녀 말입니다. 이 기차 안에서 유일하게 결백한 사람은 바로 그 두 사람일 것 같습니다만."

"만약 그들이 암스트롱 가의 가정부와 요리사가 아니라면 그렇겠지요."

푸아로가 웃으면서 말했다.

하드맨은 완전히 단념했다는 듯이 말했다.

"난 이제 더 이상 어떤 일에도 놀라지 않을 것 같습니다. 정신 병원입니다. 완전히 정신 병원에서나 일어날 법한 사건입니다."

"하드맨 씨, 당신은 우연의 일치를 지나치게 생각하는군요. 설마 승객 전부가 이 사건에 관련되어 있을 리는 없습니다."

부크가 말했다. 푸아로가 부크를 쳐다보았다.

"당신은 이해하지 못하는군요. 전혀 이해하지 못하고 있어요. 그렇다면 당신은 누가 라쳇을 죽였는지 알고 있습니까?"

"당신은 알고 있다는 건가요?"

부크가 되묻자 푸아로는 고개를 끄덕였다.

"그렇습니다. 조금 전에 알게 되었습니다. 너무나 명백한데도 당신들이 왜 못 알아차리는지 궁금할 따름입니다."

푸아로가 하드맨을 바라보며 물었다.

"당신은 알겠습니까?"

미국인 탐정이 고개를 가로저었다. 그러고는 신기하다는 듯이 푸아로를 쳐다보았다.

"전혀 모르겠습니다. 누가 범인입니까?"

푸아로는 잠시 침묵을 지켰다. 그런 다음 입을 열었다.

"하드맨 씨, 승객 모두를 이곳으로 모이게 해 주십시오. 이 사건에는 두 가지 해결책이 있습니다. 그 두 가지를 승객들 앞에서 제시하고 싶습니다."

푸아로, 두 가지 해결책을 제시하다

식당차로 몰려 들어온 승객들은 식탁 주위에 자리를 잡고 앉았다. 그들은 어느 정도 비슷한 표정, 즉 기대와 불안이 뒤섞인 표정을 하고 있었다. 스웨덴 여자는 여전히 울고 있었고, 허바드 부인이 우는 여자를 달래고 있었다.

"자, 진정하세요, 부인. 모든 게 다 잘될 거예요. 자제력을 잃으면 안 돼요. 설사 우리 중에 끔찍한 살인범이 있다고 해도 우리 모두 당신이 아니란 걸 알고 있답니다. 그런 건 생각조차 할 수 없어요. 자, 여기 앉아요. 내가 바로 옆에 있을 게요. 아무 걱정하지 말아요."

푸아로가 일어서자 허바드 부인은 입을 다물었다. 차장이 문가에서 서성거렸다.

"제가 여기 있어도 되겠습니까?"

"물론입니다, 미셸."

푸아로가 목청을 가다듬었다.

"신사 숙녀 여러분, 여러분 모두 조금씩은 영어를 알고 계시므로 영어로 이야기하겠습니다. 우린 새뮤얼 에드워드 라쳇, 일명 카세티의 죽음을 조사하기 위해 이곳에 모였습니다. 이 사건에는 두 가지 해결책이 있습니다. 두 가지 해결책을 여러분 앞에 제시하고, 그중 어느 것이 옳은지 여기 있는 부크 씨와 콘스탄틴 의사 선생에게 물어볼 생각입니다.

여러분은 이 사건에 대해 자세히 알고 있습니다. 라쳇 씨는 오늘 아침 칼에 찔려 죽은 채로 발견되었습니다. 어젯밤 12시 37분까지는 살아 있던 것으로 추정됩니다. 그 시간에 차장에게 문을 통해 이야기했으니까요. 피해자의 호주머니에 들어 있던 시계는 심하게 쭈그러진 채 발견되었고, 1시 15분에 멈춰 있었습니다. 시체를 검시한 콘스탄틴 의사 선생은 자정에서 새벽 2시 사이를 사망 시간으로 추정했습니다. 새벽 12시 30분쯤에 기차가 눈사태 속에 파묻힌 건 여러분 모두 알고 계실 겁니다. 그 시간 이후로 누군가 기차를 빠져나간다는 건 불가능합니다.

뉴욕 탐정 사무소의 직원인 하드맨 씨의 증언에 따르면(이 말에 몇 사람이 하드맨을 돌아보았다.) 그분의 침실인 16호실 앞을 지나간 사람은 없었다고 합니다. 따라서 우린 살인범이 이스탄불-칼레행 열차의 승객 중에 있다는 결론을 내릴 수밖에 없습니다. 그게 우리의 가정이었습니다."

"뭐라고요? 그게 왜 가정이지요?"

부크가 깜짝 놀라 소리쳤다.

"그러면 이제 두 가지 추리를 말씀드리지요. 첫 번째는 아주 간단합니다. 라쳇 씨에겐 두려운 적이 있었습니다. 그래서 하드맨 씨에게 그 적의 인상착의를 알려 주면서 이스탄불을 떠난 둘째 날 밤에 적이 공격해 올지도 모른다고 말했습니다. 자, 신사 숙녀 여러분, 라쳇은 자기가 알고 있던 모든 걸 말해 주지는 않았습니다.

적은 라쳇 씨가 예상했던 대로 베오그라드나 빈코브치에서 기차에 올라탔습니다. 아르버스넛 대령과 매퀸 씨가 잠시 플랫폼에 내려가면서 열어 두었던 문을 통해서 말이지요. 그는 차장의 제복을 입고, 갖고 있던 예비 열쇠로 잠겨 있는 라쳇 씨의 방을 열고 들어갔습니다. 라쳇 씨는 수면제를 먹고 잠에 빠져 있었습니다. 그 남자는 잠든 사람을 잔인하게 칼로 찌른 다음 허바드 부인의 방으로 연결된 사잇문으로 통해 빠져나갔습니다."

"그래요."

허바드 부인이 고개를 끄덕이며 말했다.

"살인에 사용한 단검은 허바드 부인의 화장품 가방에 던져 넣었습니다. 그러면서 자기도 모르는 새에 제복 단추를 잃어버렸고요. 그런 다음 객실에서 빠져나와 통로를 따라 걸어갔습니다. 빈 객실을 발견하자 서둘러 차장 제복을 여행 가방 속에 쑤셔 넣었고, 몇 분 후엔 평상복을 입은 모습으로 기차가 출발하기 직전에 기차에서 빠져나갔습니다. 들어올 때와 마찬가지로 식당차 바로 옆의 문을 통해서 말입니다."

승객들은 모두 한숨을 내쉬었다.

"시계는 어떻게 된 겁니까?"

"아, 그걸 설명하지 않았군요. 라쳇 씨 자신이 츠아리브로드*에서 시계를 한 시간 늦춰 놔야 한다는 것을 잊었던 겁니다. 그 시계는 중앙 유럽의 시간보다 한 시간 빠른 동부 유럽 시간을 가리키고 있었습니다. 즉 라쳇 씨가 살해된 건 1시 15분이 아닌 12시 15분이었던 겁니다."

"하지만 그런 설명은 당치 않습니다!"

부크가 소리쳤다.

"12시 37분에 그 침실에서 들렸던 목소리는 어떻게 설명하겠습니까? 그건 라쳇 씨의 목소리였거나, 아니면 라쳇 씨를 살해한 범인의 목소리였을 겁니다."

"반드시 그렇다고는 할 수 없지요. 제3의 인물이었을 수도 있습니다. 누군가 라쳇 씨를 만나러 갔다가 그가 죽어 있는 걸 발견했습니다. 그 사람은 차장을 부르기 위해 벨을 눌렀지만 범인으로 몰릴까 봐 두려워졌습니다. 그래서 라쳇 씨인 척하며 말을 했을 수도 있습니다."

"그럴듯하군요."

부크가 마지못해 인정했다. 푸아로가 허바드 부인을 바라보았다.

"부인, 하실 말씀이라도……?"

---

* 불가리아의 공업 도시. '디미트로프그라드'라고도 함.

"글쎄요, 어떻게 말해야 할지 잘 모르겠어요. 나 역시 시계 돌려 놓는 걸 잊었다고 생각하세요?"

"아닙니다, 부인. 아마 부인은 무의식중에 그 남자가 지나가는 소리를 들었을 겁니다. 그러고 나서 나중에 어떤 남자가 방 안에 있는 악몽을 꾸었고 깜짝 놀라 잠에서 깨면서 벨을 눌러 차장을 불렀겠지요."

"글쎄요, 그런 것도 같네요."

허바드 부인도 수긍했다.

드래고미로프 공작 부인이 뚫어질 듯 푸아로를 쳐다보았다.

"내 하녀의 증언은 어떻게 설명하시겠습니까?"

"아주 간단합니다, 부인. 부인의 하녀는 제가 손수건을 보여 주자 그게 부인의 것이란 사실을 알아차렸습니다. 그러자 그녀는 서투른 방법이지만 부인을 보호하려고 했습니다. 즉 그 남자를 마주했지만, 그건 좀 더 이른 시간이었습니다. 기차가 빈코브치 역에 서 있을 때였지요. 하녀는 부인에게 빈틈없는 알리바이를 제공해 주려고 한 시간쯤 뒤에 그를 만난 것처럼 증언했던 겁니다."

공작 부인이 고개를 숙이며 말했다.

"당신은 모든 것을 다 알고 있군요. 경탄할 수밖에 없습니다."

그러고는 침묵이 흘렀다.

콘스탄틴 의사가 갑자기 주먹으로 식탁을 내리치는 바람에 모두들 깜짝 놀라고 말았다.

"아니에요, 아닙니다. 절대로 그렇지 않습니다! 그 설명은 어딘가 잘못되었습니다. 사소한 빈틈이 너무나 많습니다. 범행은 그런 식으로 일어나지 않았습니다. 푸아로 씨가 그런 걸 모르실 리가 없습니다."

푸아로가 기묘한 눈초리로 콘스탄틴 의사를 바라보았다.

"그렇다면 두 번째 추리를 내놓아야겠군요. 하지만 첫 번째 추리를 너무 성급하게 포기하지는 마십시오. 나중에라도 그것에 동의하게 될지 모르니까요."

푸아로는 다시 몸을 돌려 다른 사람들을 마주보았다.

"이 사건에는 또 다른 해법이 있습니다. 이제부터 어떻게 해서 그런 해법에 이르게 되었는지 설명드리지요.

여러분의 증언을 모두 듣고 나서 전 의자에 등을 기대고 앉아 눈을 감고 생각에 잠겼습니다. 그러자 몇 가지 흥미로운 점이 눈에 띄기 시작했습니다. 전 여기 있는 두 분에게 그 점에 대해 말씀드렸습니다. 그중 몇 가지, 예를 들어 여권 위에 묻은 기름 얼룩 따위는 벌써 밝혀냈습니다. 지금은 아직 의문으로 남아 있는 점들을 말씀드리도록 하지요.

제일 먼저 가장 관심을 끈 점은 이스탄불을 떠난 다음 날 부크 씨가 식당차에서 제게 한 말이었습니다. 모든 계급과 모든 국적을 대변할 만큼 다양한 사람들이 기차 안에 모여 있어서 흥미롭다는 말이었지요. 전 그 말에 동의했습니다. 하지만 나중에 그 말이 다시 머릿속에 떠올랐을 때 도대체 어떤 곳에 이렇게 다양한 부류의 사람들이 모일 수 있는지에 대해 의문을 제기해 보았습니다. 답은 미국이었습니다. 미국이라면 한 집안에 이렇게 다양한 국적의 사람들이 모일 수 있습니다. 이탈리아 인 운전사, 영국인 가정 교사, 스웨덴 인 유모, 프랑스 인 하녀 등등으로 말입니다. 이런 생각이 들자 제 추리에 골격이 짜여지기 시작했습니다. 전 연출가가 배역을 나누어 주듯이 각 승객들에게 암스트롱 사건의 배역을 맡겨 보았던 겁니다. 결과는 아주 흥미롭고 만족할 만한 것이었습니다.

또한 승객 개개인의 증언을 마음속에서 검토해 보고 흥미로운 결과를 얻게 되었습니다. 먼저 매퀸 씨의 증언을 살펴보겠습니다. 첫 번째 심문은 매우 만족스러운 것이었습니다. 하지만 두 번째 심문에서 매퀸 씨는 이상한 말을 했습니다. 제가 암스트롱 사건을 언급하는 쪽지를 찾아낸 일에 대해 이야기하자, 그는 '하지만 확실히……' 그러고 나서 잠시 말을 멈추었다가 '그 노인네가 부주의했던 모양이로군요.'라고 이야기했습니다.

그러나 전 그 말이 매퀸 씨가 원래 하려고 했던 말이 아니란 걸 느낄 수 있었습니다. 원래는 이런 말을 하려 했다고 볼 수 있겠지요. '하지만 확실히 태워 버렸는데!'라고 말입니다. 그럴 경우 매퀸 씨는 그 쪽지와 그 쪽지를 태워 버린 일에 대해 알고 있었다는 뜻이 됩니다. 달리 말하면 그가 살인범이었거나 공범이었다는 겁니다. 앞뒤가 아주 잘 맞는 생각이지요.

이제 하인의 차례입니다. 하인은 주인이 기차로 여행을 할 때면 늘 수면제를 먹는다고 증언했습니다. 그게 사실일 수도 있습니다. 하지만 그 마지막 밤에도 과연 수면제를 먹었을까요? 베개 밑에 놓인 자동 권총을 보면 그 증언이 거짓이라는 걸 알 수 있습니다. 라 쳇 씨는 그 마지막 밤에 깨어 있을 생각이었습니다. 수면제는 라쳇 씨 자신도 모르게 먹은 겁니다. 누가 그랬을까요? 매퀸 씨나 하인이 먹인 게 분명합니다.

이제 하드맨 씨의 증언을 살펴봅시다. 자신의 신분에 대한 이야 기는 모두 진실일 겁니다. 하지만 라쳇 씨를 경호하기 위해 사용한 방법들에 이르면 하드맨 씨의 이야기는 그야말로 말이 안 됩니다. 라쳇 씨를 보호하기 위한 효과적인 방법이라면 그 사람의 방 안에 서 지키거나, 방문을 바라볼 수 있는 위치에서 밤을 새우는 것뿐이 지요. 하드맨 씨의 증언으로부터 확실히 알 수 있는 사실은 다른 객 차에 타고 있는 사람은 라쳇 씨를 살해할 가능성이 없다는 것뿐이 었습니다. 따라서 이스탄불-칼레행 객차 안에 범인이 있다는 게 되 는 겁니다. 이상하고 설명하기 힘든 사실이었으므로 전 다음에 다 시 생각하기로 하고 미뤄두었습니다.

여러분 모두 제가 우연히 엿들었던 더벤햄 양과 아르버스넛 대령 의 대화를 알고 계실 겁니다. 아르버스넛 대령이 더벤햄 양을 메리 라고 부르며 친근하게 대한 점이 제 흥미를 끌었습니다. 하지만 대 령은 더벤햄 양을 며칠 전에 알게 된 사람이라고 말했습니다. 전 대 령과 같은 형의 영국인을 알고 있습니다. 그런 사람은 설령 첫눈에 젊은 숙녀와 사랑에 빠졌을지라도 천천히 예의 바르게 접근하지 결 코 서두르지 않습니다.

그래서 전 아르버스넛 대령과 더벤햄 양이 실제로는 서로 잘 알고 있지만 이유가 있어 모르는 척하고 있다는 결론을 내렸습니다. 또한 사소한 점이지만 더벤헴 양은 미국에서 잘 쓰는 '롱 디스턴스' 란 말에 익숙했습니다. 하지만 더벤헴 양은 미국에 가 본 적도 없다고 말했습니다.

다른 목격자로 넘어갑시다. 허바드 부인은 침대에 누워 있으면 사잇문에 빗장이 걸려 있는지 아닌지 볼 수 없어서 올슨 양에게 대신 봐 달라고 부탁했다고 말씀하셨습니다. 부인이 2호, 4호, 12호 같은 짝수 침실에 계셨다면 빗장이 문 손잡이 바로 아래에 있으므로 맞는 말이었겠지요. 하지만 3호실 같은 방에선 빗장이 손잡이 위에 있으므로 화장품 가방으로 가려지지 않습니다. 그래서 허바드 부인이 실제로 일어난 적이 없는 일을 조작해 냈다고 생각할 수밖에 없었습니다.

여기서 시간에 대해 한두 마디 하겠습니다. 제가 가장 흥미롭게 생각했던 점은 쭈그러진 시계가 발견된 장소였습니다. 라쳇 씨의 잠옷 호주머니라니, 시계를 넣어 두기엔 불편하기 짝이 없고 엉뚱한 장소지요. 더구나 머리맡에 시계를 걸어 두는 고리가 있는 상황에서라면 말입니다. 따라서 시계는 누군가가 일부러 호주머니에 넣어 둔 것이라고 생각했습니다. 그러므로 범행은 1시 15분에 발생한 것이 아닙니다.

그렇다면 그보다 일찍 일어났을까요? 정확히 말해서 12시 37분에 일어났을까요? 부크 씨는 이 추리를 옹호하기 위해 제 잠을 깨웠던 비명소리를 증거로 들었습니다. 하지만 심하게 약에 취해 있었다면 라쳇 씨는 소리를 지를 수 없었습니다. 소리 지를 능력이 있었 다면 저항할 능력도 있었을 텐데 그런 흔적이 전혀 없었습니다.

전 매퀸 씨가 한 번도 아니라 두 번씩이나, 그것도 두 번째에는 아주 의미심장하게 '라쳇 씨는 프랑스 어를 할 수 없었다.'고 말한 점을 생각해 보았습니다. 12시 37분에 일어난 모든 일은 절 속이기 위해 꾸며낸 연극이란 결론이 나오더군요. 누구라도 시계 조작 따 위는 간파해 낼 수 있습니다. 추리 소설에서 흔히 나오는 소재니까 요. 그들은 제가 그걸 간파해 내고 제 자신의 똑똑함에 취해서 라쳇 씨가 프랑스 어를 할 줄 모르니까 제가 12시 37분에 들은 목소리는 라쳇 씨의 목소리일 리 없고 따라서 라쳇 씨는 이미 죽어 있었을 거 라고 추리하리라고 생각했던 겁니다. 하지만 전 12시 37분에 라쳇 씨는 수면제에 취한 채 자고 있었을 거라고 확신합니다.

어쨌든 그 수법은 성공했습니다! 전 문을 열고 내다보았습니다. 실제로 사용된 프랑스 어를 들었고요. 만일 제가 그 말의 의미를 깨 닫지 못했다면, 누군가 나서서 알려 주었을 겁니다. 필요하다면 매 퀸 씨가 대놓고 말했을 수도 있었겠지요. '실례지만 푸아로 씨, 그 말은 라쳇 씨가 한 게 아닐 겁니다, 그 사람은 프랑스 어를 할 줄 모 르니까요.'라고요.

자, 과연 실제로 범행은 언제 일어났을까요? 그리고 누가 죽였을 까요? 단지 의견일 뿐이지만 제 의견으로는 라쳇 씨는 새벽 2시경 에, 즉 의사 선생이 추정한 시간 중에서 가장 늦은 시간에 살해되었 을 겁니다. 그리고 누가 그를 죽였느냐면……."

푸아로는 말을 멈추고 관중을 둘러보았다. 사람들은 바짝 긴장한 채 귀 기울이고 있었다. 모든 눈동자가 푸아로에게 못 박혀 있었다. 너무 조용해서 바늘이 떨어지면 그 소리도 들릴 정도였다.

푸아로가 느릿느릿 말을 이었다.

"놀랍게도 승객 중 어느 한 사람을 범인이라고 증명하기가 너무나 어려웠습니다. 신기하게도 승객 각자의 알리바이를 입증해 주는 증언이 전혀 생각지도 못한 사람에게서 나오는 상황이었습니다. 말하자면 매퀸 씨와 아르버스넛 대령은 서로 상대방의 알리바이를 입증했습니다. 이전에 친분이 있었다고 생각하기가 가장 어려운 두 사람이 말입니다. 똑같은 일이 영국인 하인과 이탈리아 인 사이에서, 그리고 스웨덴 여인과 영국 아가씨 사이에서 일어났습니다. '정말 이상해. 승객 모두가 이 사건에 관련되어 있을 리는 없을 텐데!'라고 생각했지요.

그러고 나서 전 상황을 이해하기 시작했습니다. 모두가 관련되어 있었던 겁니다. 암스트롱 사건과 관련된 이렇게 많은 사람들이 우연히도 같은 기차를 타고 여행하는 일은 일어나기 힘든 정도가 아니라 일어날 수 없는 일입니다. 우연이 아니라면 꾸민 일이겠지요. 전 아르버스넛 대령이 배심원 제도에 대해 했던 말을 기억해 냈습니다.

배심원은 열두 사람으로 구성되어 있습니다. 여기엔 열두 사람의 승객이 있습니다. 라쳇 씨는 열두 차례 칼에 찔렸습니다. 이것으로서 내내 의아했던 것, 왜 이런 한산한 때에 이스탄불-칼레행 열차에 승객이 많이 몰렸는지를 알게 됐습니다.

라쳇 씨는 법의 심판을 피해 미국에서 달아났습니다. 라쳇 씨가 유죄라는 데에는 의문의 여지가 없었습니다. 전 그에게 사형을 선고하고 그를 처형하기 위해 스스로 배심원이 된 열두 사람을 그려볼 수 있었습니다. 그러자 곧 진상이 일목요연하게 드러났습니다.

이 사건은 각자가 자신에게 맡겨진 역할을 연기해 낸 완벽한 모자이크 그림이었습니다. 한 사람에게 혐의가 걸리면 다른 사람이 그 사람의 혐의가 풀리는 증언을 해 주어서 사건을 모호하게 만들도록 짜여 있었던 겁니다. 하드맨 씨의 증언은 다른 객차의 사람이 의심을 받게 되고 그 사람이 알리바이를 증명하지 못할 경우에 대비해 꼭 필요한 것이었습니다. 이스탄불 열차에 탄 사람들에겐 위험할 것이 없었습니다. 증언의 세세한 부분까지 미리 짜여져 있었으니까요. 모든 것이 퍼즐처럼 아주 치밀하게 계획되었고 새로운 사실이 알려질 때마다 더욱 해답을 찾기 어렵도록 구성되어 있었습니다. 부크 씨가 말했던 대로 이 사건은 도저히 풀 수 없는 것처럼 보였습니다! 바로 그렇게 보이도록 짜여 있었으니까요.

이러한 해결책이 사건의 전모를 설명해 줄 수 있을까요? 그렇습니다. 그 상처들은 각각 다른 사람들이 한 번씩 찌른 것입니다. 실제로는 없었던 가짜 협박 편지는 증거로 내보이기 위해 만들어진 것입니다. 물론 라쳇 씨에게 그의 운명을 경고하는 진짜 편지가 있었지만 매퀸 씨가 그걸 없애 버리고 가짜 편지로 바꿔 놓았습니다. 하드맨 씨가 라쳇 씨에게서 들었다는 키가 작고 검은 머리카락에 여자 같은 목소리의 남자는 새빨간 거짓말이었습니다. 편리한 묘사이긴 하죠. 그런 묘사로는 차장 중 누군가에게 혐의가 걸릴 리도 없고, 여자나 남자 모두에게 적용할 수 있으니까요.

칼로 찌른다는 계획은 언뜻 보기엔 이상하지만 찬찬히 생각하면 그것만큼 이 상황에 잘 맞는 것도 없을 겁니다. 단검은 강한 사람이나 약한 사람의 구별 없이 누구라도 사용할 수 있는 무기입니다. 또 소리가 나지도 않습니다. 제가 틀렸을 수도 있겠지만 아마도 한 사람씩 차례로 허바드 부인 방의 사잇문을 통해 어두운 라쳇 씨의 방으로 들어가서 그를 칼로 찔렀을 겁니다! 그들 자신도 실제로 누가 라쳇 씨를 죽였는지 모르겠지요.

라쳇 씨가 베개 밑에서 발견한 마지막 편지는 불에 태워졌습니다. 이로써 암스트롱 사건을 암시하는 증거가 없어졌으니 기차에 타고 있는 승객을 의심할 이유가 전혀 없었을 겁니다. 밖에서 들어온 자의 소행으로 처리되고, 아마도 브로드 역에서 '키 작고 머리카락이 검은 여자 같은 목소리의 남자'가 기차에서 내리는 걸 목격했다고 몇 사람의 승객이 나섰겠지요.

눈사태 때문에 계획에 차질이 생겼을 때 어떤 일이 벌어졌을지 정확히는 모르겠습니다. 상상해 보건대, 재빨리 의논하고 계획대로 밀고 나가기로 결정했겠지요.

이제 승객들 모두가 의심을 받게 된 건 사실이지만 그런 가능성 역시 미리 예측하고 대책을 세워 두었던 것입니다. 한 가지 추가된 것이라면 사건을 더욱 혼란스럽게 만들자는 것이었습니다. 그래서 소위 두 가지 '단서'를 죽은 남자의 침실에 흘려 놓았습니다. 하나는 가장 강력한 알리바이를 가지고 있고 암스트롱 집안과의 관계를 밝혀내기도 가장 힘들었던 아르버스닛 대령에게 혐의가 가게 하는 것이었고, 두 번째는 손수건으로 드래고미로프 공작 부인에게 의심이 가게 하려는 것이었습니다. 공작 부인은 사회적인 지위나 매우 허약한 건강 상태 그리고 하녀와 차장에 의해 성립된 알리바이 때문에 의심받을 이유가 전혀 없는 사람이었습니다. 혼란을 더욱 가중시키기 위해 이상야릇한 여자가 주홍색 잠옷을 입고 통로를 지나갔습니다. 제가 이 여자를 목격하도록 되어 있었지요. 내 문에 무거운 물체가 부딪치는 소리가 났습니다. 일어나서 밖을 내다보았더니 주홍색 잠옷 차림이 저쪽으로 사라지고 있더군요. 차장, 더벤햄 양 그리고 매퀸 씨 역시 그 여자를 목격했습니다. 그러고 나서 유머 감각이 있는 누군가가 제가 식당차에서 사람들을 심문하는 동안 제 옷가방 맨 위에 주홍색 잠옷을 넣어 두었습니다. 그 의상이 누구 것인지는 잘 모르겠습니다. 아마, 안드레니 백작 부인의 옷이 아닐까 싶습니다. 왜냐하면 부인의 짐 안에는 시폰 네글리제 하나뿐이었는데 그건 너무 호화로운 것이라서 잠옷이라기보다 간소한 연회복처럼 보였기 때문입니다.

태워 버렸던 편지에서 암스트롱이란 단어가 발견되었다는 걸 제일 먼저 알게 된 매퀸 씨는 즉시 다른 사람들에게 그 사실을 알려 주었을 겁니다. 이제 안드레니 백작 부인이 가장 위험해졌고, 즉시 그녀의 남편은 여권을 손보았을 겁니다. 그게 두 번째 불운이었습니다!

승객들은 암스트롱 가와의 관계를 전적으로 부정하기로 동의했습니다. 제게 증언의 진위 여부를 밝혀낼 만한 방법이 없다는 걸 알고 있었고, 특정한 한 명에게 혐의가 걸리지 않는 한 제가 사건의 핵심에 이를 수 없다고 믿었던 겁니다.

좀 더 생각해 보아야 할 점이 있습니다. 제 추리가 옳은 것이라면, 저로선 옳다고 믿고 있지만, 분명히 차장도 계획에 관여했을 겁니다. 하지만 그렇다면 열두 사람이 아니라 열세 사람이 됩니다. 보통 쓰이는 '많은 사람 중에 한 명이 범인이다.'란 말 대신에 전 열세 사람 중에 한 명만이 결백하다는 문제에 직면했습니다. 그게 누구일까요?

전 아주 독특한 결론에 이르렀습니다. 가장 범행의 가능성이 높은 사람이 아무런 역할도 맡지 않았을 거라는 결론이었습니다. 전 지금 안드레니 백작 부인에 대해 말하고 있는 겁니다. 아내가 밤에 객실을 나간 적이 없다고 엄숙하게 맹세하는 백작에게서 전 깊은 감명을 받았습니다. 그래서 안드레니 백작이 아내를 대신했다고 결론을 지었습니다.

그렇다면 피에르 미셸이 열두 명 중의 한 명인 것이 확실합니다. 하지만 어떻게 공모 사실을 증명할 수 있을까요? 그는 오랫동안 이 회사에서 근무한 성실한 사람으로 뇌물을 받고 범죄를 도와줄 사람이 아닙니다. 그렇다면 피에르 미셸 역시 암스트롱 사건에 관련된 것이 분명합니다. 하지만 그럴 가능성이 별로 없어 보였습니다. 그러다가 아이를 돌보던 하녀가 프랑스 인이었다는 것이 기억났습니다. 그 불행한 여자가 피에르 미셸의 딸이었다고 가정해 봅시다. 그렇다면 모든 것이 해결됩니다. 범죄를 저지르기 위해 선택된 장소까지도 말입니다. 이 연극에서 맡은 역할이 분명하지 않은 사람이 남았나요? 전 아르버스넛 대령은 암스트롱 부부의 친구라고 설정했습니다. 함께 전쟁을 치른 전우로 말입니다. 하녀인 힐데가르데 슈미트는 암스트롱 가의 집안일을 돌보던 하녀였다고 추측할 수 있습니다. 전 아무것이나 잘 먹긴 하지만 본능적으로 훌륭한 요리사를 알아볼 수 있습니다. 그래서 슬쩍 덫을 놓았더니 걸려들더군요. 전 그녀에게 '당신은 요리를 잘하지요?'라고 물었더니 그녀가 대답했습니다.

'예, 그래요. 제가 모셨던 마님들은 모두 그렇게 말씀하셨어요.'라고. 그러나 한낱 하녀로 고용되었다면 주인들은 그 하녀가 좋은 요리사인지 아닌지 알 기회가 없었을 겁니다.

다음엔 하드맨 씨입니다. 분명히 암스트롱 집안과 관련이 없어 보였습니다. 그저 프랑스 인 하녀와 좋아했던 사이가 아니었나 추측해 볼 수밖에 없었습니다. 외국 여자의 매력에 대해 말을 붙여 보았더니 제가 기대했던 반응이 돌아오더군요. 갑자기 눈물을 글썽거리며 눈 때문에 눈이 부신 듯이 행동했습니다.

허바드 부인이 남았군요. 허바드 부인은 이 연극에서 가장 중요한 역할을 맡았습니다. 라쳇 씨의 방과 연결된 방을 사용해야 하기 때문에 누구보다도 의심받기 쉬운 위치였습니다. 맡은 배역상 확실한 알리바이를 가질 수도 없었습니다. 맡은 역할을 해내자면, 즉 소박하고 조금은 우스꽝스럽지만 정 깊은 어머니 역할을 해내자면 예술가가 필요했습니다. 그리고 암스트롱 집안과 관련된 한 명의 예술가가 있었습니다. 암스트롱 부인의 어머니이자 여배우인 린다 아덴이……."

푸아로가 말을 멈추었다.

그러자 지금까지 줄곧 말해 왔던 목소리와는 완전히 다른 부드럽고 감정이 풍부한 목소리로 허바드 부인이 말했다.

"난 항상 희극적인 역할을 해 보고 싶었답니다."

그녀가 여전히 꿈꾸는 듯한 목소리로 말을 이었다.

"그 화장품 가방에서 실수한 것은 정말 어처구니없군요. 그래서 제대로 예행 연습을 하는 게 필요하지요. 사실 우린 미리 연습을 해 보았어요. 하지만 그때 난 짝수 방에 있었나 봐요. 빗장이 다른 위치에 있다는 건 생각지도 못했네요."

허바드 부인은 몸을 조금 뒤척여 똑바로 푸아로를 바라보았다.

"모든 걸 알고 계시는군요, 푸아로 씨. 정말 놀라운 분이세요. 하지만 그런 당신이라도 그 끔찍했던 뉴욕에서의 날들은 상상도 못하실 겁니다. 난 슬퍼서 미쳐 버릴 지경이었어요. 하인들도 그랬고, 아르버스넛 대령도 그 자리에 있었습니다. 아르버스넛 대령은 존 암스트롱과 절친한 친구였어요."

아르버스넛 대령이 말했다.

"암스트롱 대령은 전쟁에서 내 목숨을 구해 주었습니다."

"우린 그때 그 자리에서 결정했습니다. 아마 미쳤었는지도 모르지요. 카세티가 비열하게 도망갔지만 그에 대한 사형 선고는 집행되어야 한다고 말입니다. 그때 우린 열두 명이었어요. 아니, 수잔의 아버지는 프랑스에 있었으니까 열한 명이었군요. 처음에는 누가 그 일을 할지 제비 뽑으려고 했지만 결국에는 이렇게 모두 하기로 결정했습니다. 그것을 제안했던 사람은 운전사인 안토니오였어요. 메리가 헥터 매퀸과 함께 세부적인 계획을 세웠고요. 헥터 매퀸은 내 딸인 소니아를 무척 좋아했지요. 카세티가 어떻게 돈을 써서 외국으로 도망갔는지 상세하게 설명해 준 것도 그였지요.

우리의 계획을 완성시키기까지는 오랜 시간이 걸렸어요. 먼저 라챗을 뒤쫓았습니다.

그 일은 하드맨이 해냈어요. 그런 다음 우린 매스터맨과 헥터가 라챗에게 고용되도록 해야 했어요. 둘 중 한 명이라도 말입니다. 다행히도 그 일은 성공했죠. 그런 다음 우린 수잔의 아버지와 의논을 했습니다. 아르버스넛 대령은 열두 명이 가장 좋다고 했습니다. 그래야 좀 더 질서정연하다고 생각하는 것 같았어요. 칼로 찌르자는 의견을 찬성하는 사람은 별로 없었지만 나중에는 그게 어려운 점을 해결해 준다는 점에서 모두 동의했습니다. 수잔의 아버지도 기꺼이 협력했죠. 수잔은 외동딸이었거든요. 우린 헥터로부터 조만간 라챗이 오리엔트 특급을 타고 동양에서 돌아온다는 소식을 듣게 되었습니다. 피에르 미셸이 그 열차에서 근무하고 있었으므로 너무나 좋은 기회였어요. 게다가 다른 사람들에게 혐의가 가지 않게 하는 좋은 방법이었어요.

물론 내 딸의 남편에게도 알려야 했습니다. 그랬더니 그는 딸애와 함께 기차를 타겠다고 주장했지요. 헥터는 미셸이 근무 중일 때 라쳇이 여행을 하도록 교묘하게 일을 꾸몄습니다. 우린 이스탄불-칼레행 객실을 모두 예약하려고 했지만 불행히도 침실 하나는 어쩔 수 없었습니다. 그 침실은 회사의 중역용으로 오래전부터 예약이 되어 있더군요. 물론 해리스 씨는 가상의 인물이에요. 헥터의 침실에 낯선 사람이 들어와 함께 쓴다는 것이 아무래도 어색할 것 같았거든요. 그런데 마지막 순간에 당신이 왔던 거예요……."

그녀가 말을 멈추었다.

"자, 이제 당신은 모든 걸 알고 있습니다, 푸아로 씨. 이제 어떻게 하실 건가요? 모든 게 밝혀져야 한다면 모든 걸 내가 저지른 일로 할 수는 없을까요? 난 그자를 열두 번이라도 기꺼이 찔렀을 겁니다. 그자가 내 딸과 손녀 딸의 죽음, 그리고 지금쯤 행복하게 살고 있어야 할 한 아이의 죽음에 대해 책임이 있기 때문만은 아니에요. 그 이상의 이유가 있습니다. 데이지 이전에도 그자에게 유괴당한 다른 아이들이 있고 앞으로도 더 있을 것이기 때문이에요. 사회는 이미 그에게 사형을 선고했습니다. 우린 단지 그 선고를 집행했을 뿐이에요. 하지만 이 사람들 모두를 벌줄 필요는 없잖아요. 모두 선량하고 착한 사람들이에요. 불쌍한 미셸. 그리고 메리와 아르버스넛 대령은 서로 사랑하고 있답니다……."

그녀의 아름다운 목소리가 사람들로 들어찬 공간에 울려 퍼졌다.

한때 숱한 뉴욕의 관객들을 전율에 떨게 했던, 깊은 울림으로 마음을 움직이는 목소리였다. 푸아로가 친구를 바라보았다.

"당신은 이 회사의 중역입니다, 부크 씨. 어떻게 하시겠습니까?"

부크가 목청을 가다듬었다.

"푸아로 씨, 내 생각으로는 당신의 첫 번째 추리가 맞는 것 같습니다. 아니 분명히 맞습니다. 유고슬라비아 경찰이 도착하면 그 해결책을 내놓기로 합시다. 의사 선생도 찬성하시겠지요?"

"그럼요. 찬성합니다. 의학적인 증거에 대해선, 음, 내가 몇 가지 잘못 생각한 것 같습니다."

"그렇다면……."

푸아로가 말했다.

"여러분 앞에 해결책을 내놓았으므로 전 이만 물러갈까 합니다……."

〈끝〉

작품 해설

내가 생각하기에 『오리엔트 특급 살인』은 우리 할머니가 가장 좋아하는 소설 중 하나이다. 할머니는 이 책의 독창적인 구성을 매우 자랑스럽게 생각했으며, 또한 이 책은 할머니 인생의 한 시기, 즉 불행했던 첫 결혼 생활과 어머니의 죽음을 털어 버리고 맥스 맬로원과 새롭고 흥분되는 결혼 생활을 시작한 시기를 기념하는 책이기 때문이다. 맥스 맬로원은 고고학자였고, 그 직업은 할머니를 완전히 흥분시켰다. 그건 행복한 결혼의 시작이자 두 사람의 뛰어난 경력이 융합하는 계기가 되었다.

"난 항상 기차 여행을 좋아했어요." 할머니는 자서전에서 그렇게 말했다. 1933년에 써서 1934년에 영국에서 출간된 『오리엔트 특급 살인』은 아마도 할머니가 여행에 대한 강렬한 사랑, 특히 기차 여행에 대한 사랑을 기반으로 쓴 소설 가운데 가장 걸작일 것이다. 현대의 오리엔트 특급 열차는 호화롭긴 하지만, 1930년대에 런던에서 이스탄불 그리고 그 너머까지 가는 기차 여행이 주는 신비감과 모험은 결코 되살려 내지 못할 것이다. 그 당시 기차 여행은 단순한 이동 수단이 아니라, 다양한 문화들을 경험하는 일이었다. 프랑스를 거쳐 이탈리아 트리에스테까지, 그런 다음 발칸 반도와 유고슬라비아를 거쳐 이스탄불에 도착해서는, 그곳에서 배로 갈아타고 보스포루스 해협을 지나 하이데르 파샤까지 갔다가 다시 기차로 갈아타고 종착역인 다마스쿠스까지 가는 것이다. 마지막으로 다마스쿠스에서 바그다드까지는 자동차로 이동한다.

그 시절을 상상해 보시라! 그 당시에는 신문이나 읽으면서 동승한 여행객과 한마디도 하지 않거나, 독서에 몰두하는 고립된 여행은 생각도 할 수 없었다. 기차 여행은 기차에 올라서는 동승자들과 친구가 되고, 역에 도착해서는 기차에서 내려 기념품을 파는 그 지방 사람들과 어울리는 사교 행사였다. 쇼핑을 마치고 돌아와 보니 기차가 승객을 남겨 두고 떠나 버린 경우도 있었다! 기차 여행은 그 자체가 곧 생활이자 모험이었던 것이다.

물론 애거서 크리스티의 천재성은 오리엔트 특급 열차를 타고 경험했던 즐거운 사교적 모임으로부터 한 걸음 더 나아가, 이런 환경에서 어떻게 비극적인 상황이 일어날 수 있는지 상상해 냈다는 데 있다. 비록 오늘날에는 그렇게 다양한 인물들이 모두 한 기차에 탔다는 사실이 잘 믿어지지 않겠지만, 1930년대에는 그렇게 어려운 일이 아니었다.

말하자면, 할머니는 한 기차 안에 모든 용의자를 가둬 놓고 기차를 눈사태 속으로 몰아넣은 다음, 살인 사건이 일어나고 에르퀼 푸아로가 나타나 그 수수께끼를 해결할 시간을 만들어 냈던 것이다.

애거서 크리스티의 소설들에서는 '고립'이 작품의 주된 요소로 작용하는 것을 종종 볼 수 있다. 제한된 용의자나 단서에만 집중하게 되는 것 말이다. 그런 의미에서 기차는 '고립'을 위한 가장 완벽한 수단이라고 할 수 있다.

『오리엔트 특급 살인』은 애거서 크리스티의 소설들이 갖는 공통적인 특성을 보여 주는 완벽한 예제이기도 하다. 그 특성이란, 억압당한 자에 대한 강한 연민, 하인, 노동자, 발굴 현장의 인부 같은 노동자 계급에 대한 공감, 그리고 사회 정의에 대한 관심이다.

독자들은 이 소설을 읽고 사건의 배경에 감탄하거나, 다양한 등장 인물들의 성격에 매혹되면서도 라쳇의 사악한 의도에 걸려들어 미국 땅에서 유괴되어 살해된 어린 소녀 데이지 암스트롱은 의외로 쉽게 잊어 버린다. 내가 알기로는, 데이지 암스트롱 사건(비록 이름이 바뀌었을 수도 있겠지만)은 실제 사건이었다. 살인자를 추적해서 잡는 과정을 묘사하면서 할머니는 소설적 만족감을 얻었다고 한다. 1973년에 만들어진 『오리엔트 특급』이란 영화에서 가장 인상적인 장면은 데이지 암스트롱 사건에 대한 탁월한 묘사였다. 영화 도입부에 나오는 갈색 사진들은 그 장면을 한 편의 휴먼 드라마로 만들었다.

애거서 크리스티는 사람들의 관심을 환기시키는 설정과 사건의 배경이 되는 시대에 대한 정확한 관찰을 중요시했다. 그런 것들은 너무나 자연스럽게 작품에 녹아 있어서 때때로 이 책이 얼마나 오래전에 씌어진 것이지 알아차리기 힘들 정도다.

마지막으로 나는 그녀가 항상 가슴에 품었던 범죄에 희생된 자들에 대한 관심, 사회적 정의에 대한 열망, 그리고 생명의 소중함에 대한 믿음 같은 것들에 대해서도 말하고 싶다. 할머니의 걸작들이 갖고 있는 마법의 비밀은 바로 작품 속에 그 시대의 유쾌한 오락과 범죄의 사악함에 대한 자각이 자연스럽게 어우러져 있다는 점이기 때문이다.

매튜 프리처드

옮긴이 | 신영희

한국과학기술원 물리학과를 졸업하고 주로 SF와 장르 소설들을 번역해 왔다. 옮긴 책으로는 아서 클라크의 『라마』, 시어도어 스터전의 『인간을 넘어서』, 존 윈덤의 『걷는 식물 트리피드』, 테리 비슨의 『코드명 J』, 로버트 하인라인의 『하늘의 터널』, 딘 쿤츠의 『인텐시티』 등이 있다.

애거서 크리스티 에디터스 초이스

오리엔트 특급 살인

1판 1쇄 펴냄 2013년 12월 31일
1판 26쇄 펴냄 2024년 1월 24일

지은이 | 애거서 크리스티
옮긴이 | 신영희
발행인 | 박근섭
편집인 | 김준혁
펴낸곳 | 황금가지

출판등록 | 2009. 10. 8 (제2009-000273호)
주소 | 06027 서울 강남구 도산대로 1길 62 강남출판문화센터 5층
전화 | 영업부 515-2000 편집부 3446-8774 팩시밀리 515-2007
홈페이지 | www.goldenbough.co.kr

도서 파본 등의 이유로 반송이 필요할 경우에는 구매처에서 교환하시고
출판사 교환이 필요할 경우에는 아래 주소로 반송 사유를 적어 도서와 함께 보내주세요.
06027 서울 강남구 도산대로 1길 62 강남출판문화센터 6층 민음인 마케팅부

© ㈜민음인, 2013. Printed in Seoul, Korea

ISBN 978-89-6017-776-5 04840
ISBN 978-89-8273-108-2 04840 (set)

㈜민음인은 민음사 출판 그룹의 자회사입니다.
황금가지는 ㈜민음인의 픽션 전문 출간 브랜드입니다.